www.tredition.de

„Ein Himmel wie Türkis, eine See wie Lapislazuli, Berge wie Smaragd, Luft wie der Himmel. Den ganzen Tag Sonne, und warm; abends Gitarren und stundenlanger Gesang…

Kurzum ein grandioses Leben"

Frédéric Chopin

Ulrich Heuer

Mallorca hin und zurück

Die Geschichte einer Auswanderung

www.tredition.de

© 2014 Ulrich Heuer
Umschlag, Illustration: Ulrich Heuer
Lektorat, Korrektorat:
Übersetzung:
Weitere Mitwirkende:

Verlag: tredition GmbH, Hamburg

ISBN
Paperback 978-3-7323-5039-1
Hardcover 978-3-7323-5040-1
e-Book   978-3-7323-5041-4

Printed in Germany

Das Werk, einschließlich seiner Teile, ist urheberrechtlich geschützt. Jede Verwertung ist ohne Zustimmung des Verlages und des Autors unzulässig. Dies gilt insbesondere für die elektronische oder sonstige Vervielfältigung, Übersetzung, Verbreitung und öffentliche Zugänglichmachung.

Vorwort

Auswandern in die Sonne, wer hat davon nicht schon mal geträumt, seinen Lebensmittelpunkt dort zu haben, wo andere ihren Urlaub verbringen. 320 Sonnentage im Jahr, kann es Schöneres geben? Mallorca, das Paradies mit dem poetischen Namen

ISLAS BALEARES,

wozu auch die Inseln Ibiza, Formentera und Menorca gehören, wurde unser Traumziel. Wir, meine Ehefrau Regina und ich, haben uns diesen Traum 2011 erfüllt. Wie dieser Traum entstand und reifte, wie wir uns langfristig auf diesen Schritt vorbereiteten, welche Erfahrungen wir im fremden Land machen konnten und welche bleibenden Eindrücke wir erhielten, all dies möchte ich in diesem Buch darstellen. Das Buch soll kein erhobener Fingerzeig sein, ganz im Gegenteil, wenn Mallorca schon immer Ihr Traum war, was hält Sie davon ab, Ihren Traum zu verwirklichen? Bedenken Sie aber, das menschliche Bewusstsein ist nicht genug ausgeprägt, um die volle Verantwortung für sich selbst zu übernehmen. Sollten Sie fallen, es gibt auf Mallorca kein Sozialsystem, was Sie auffängt. Eine kleine ernstzunehmende Anekdote wird auf der Insel erzählt. Auf die Frage, wie man auf der Insel in kürzester Zeit eine Million € machen kann, gibt es die Antwort, man sollte mit zwei Millionen € auf die Insel kommen. Wir hatten drei schöne Jahre auf der Insel, warum wir aber trotzdem 2014 wieder nach Deutschland zurückgingen, ist Teil dieser Geschichte. Die Welt ist in einem Umbruch mit einer riesigen Geschwindigkeit. Täglich kann man auch auf der Insel erleben und aus den spanischen Medien erfahren, wie sich die Welt physisch auflöst und geistig zerfällt. Eine Welt ohne Werte, Ehre und Mitgefühl haben auch die Insel Mallorca längst erreicht. Korruption geht durch alle Schichten, macht vor der Regierung nicht Halt und hat das Königshaus schon längst erreicht. Daran schuld ist nicht nur die Wirtschaftskrise. Mallorca ist sehr schön, liebevolle, hilfsbereite und stolze Menschen haben wir kennengelernt, atemberaubende Natur konnten wir erleben, kulinarisch die Küche Mallorcas genießen und dennoch ist die Insel widersprüchlich und sehr anders als Deutschland. Spätestens nach der Lektüre dieses Buches werden Sie dies begriffen haben. Sie sehen danach Mallorca nicht mehr nur durch die Sonnenbrille eines Touristen. Auch wir haben diese Erfahrungen machen dürfen.

Dieses Buch widme ich unserer Familie, besonders unserer Tochter Juana, die vor der Auswanderung und in den 3 Jahren trotz Trennungsschmerz so tapfer zu uns stand. Auch unseren Bekannten Birgit und Henning S. sei dieses Buch gewidmet.

Verrückt nach Meer

Meine Frau Regina und ich sind in der „sowjetisch besetzten Zone", auch DDR genannt, aufgewachsen und haben bis zur Wiedervereinigung Deutschlands hier gelebt. Auch nach der Wende sind wir bis zu unserer Auswanderung nach Mallorca dem Bundesland Sachsen-Anhalt treu geblieben. In meiner Kindheit schickten mich meine Eltern in den Schulferien mehrmals in ein Kinderferienlager nach Koserow auf die Insel Usedom. So lernte ich frühzeitig das Meer, in diesem Fall die Ostsee, kennen. Diese Kinderferienlager machten mir immer viel Spaß. So konnte man doch bei Spiel und Sport am Strand auch das Meer genießen. Die Weite des Meeres, die Wellen und der Wind sowie das Sammeln von Muscheln und die Suche nach Bernstein waren für mich als Kind immer ein kleines Abenteuer. Nach 14 Tagen, das Kinderferienlager ging zu Ende, wurde ich traurig und wehmütig. Ich wusste ja nie, ob ich das Meer jemals wiedersehen werde. Werden meine Eltern im nächsten Jahr für mich wieder einen Kinderferienplatz beantragen und wenn ja, werden sie diesen auch zugesprochen bekommen? Das Kontingent an Kinderferienplätzen wurde vom FDGB (Freier Deutscher Gewerkschaftsbund) an die Betriebe und Einrichtungen verteilt und dort auf Antrag den Beschäftigten zur Verfügung gestellt. Natürlich nur nach Befürwortung durch die Ferienkommission. In späteren Jahren unterhielten die Betriebe und Einrichtungen eigene Ferienlager und Urlaubsobjekte, doch nicht alle konnten an der Ostsee sein.

So geschah es nun auch, dass für mich das Meer in sehr weite Ferne rückte. Es vergingen viele Jahre, bis ich wieder barfuß im Sand laufen und das Meer genießen konnte. Es war ein sehr schönes Gefühl, erinnerte ich mich doch an meine Kindheit, an die Zeit der Kinderferienlager. Zwischenzeitlich, erwachsen und verheiratet, hatte ich mit meiner Ehefrau Regina im Juli 1981 das „große Los" gezogen. Wir hatten einen Urlaubsplatz in Gören auf der Insel Rügen von der Ferienkommission zugesprochen bekommen. Diese Vergabe eines Ostseeplatzes an uns kam einem „Fünfer im Lotto" gleich. Von den Ferienkommissionen in den Betrieben und Einrichtungen wurden akribisch Statistiken und Nachweise geführt, an Hand dessen ihre Zusprüche oder Ablehnungen getroffen wurden. Dabei spielten zum Beispiel folgende Fakten eine entscheidende Rolle:

- Wann und wo war der letzte Urlaubsplatz?
- Wie ist das betriebliche Arbeitsverhalten des Antragstellers?
- Sind noch minderjährige oder schulpflichtige Kinder im Haushalt?
- Ist der Antragsteller im FDGB organisiert?
- Ist der Antragsteller SED- (Sozialistische Einheitspartei Deutschlands) Mitglied?

Es war unvorstellbar, dass ein Parteiloser an Stelle eines SED-Mitgliedes einen Ostseeplatz erhielt.

Natürlich wurde die Ablehnung in diesem Fall nicht damit begründet. Den uns zugesprochenen Urlaubsplatz an der Ostsee haben wir sehr genossen, wenn auch der Service, die Unterbringung und die Verpflegung in keiner Weise mit den heutigen Urlauben in den Hotels vergleichbar sind. Dazwischen liegen Welten, aber wir kannten ja nichts anderes und konnten somit auch keine Vergleiche anstellen. Das war auch zu damaliger Zeit gut so, denn zu den Urlaubsheimen, in denen BRD- Bürger bei uns in der DDR ihren Ostseeurlaub verbrachten, hatten wir ja sowieso keinen Zutritt. Was wäre, wenn ja? Wir hätten die Zwiespältigkeit des „Arbeiter- und Bauernstaates", des „Sozialismus auf deutschem Boden" mit eigenen Augen sehen können. Der „Klassenfeind" erholte sich in der DDR und brachte dem Staat auch noch Devisen. Wir nahmen auch in Kauf, uns blieb ja auch nichts anderes übrig, dass unser Speisesaal sich nicht im Haus der Unterbringung befand und wir somit zu allen Mahlzeiten einen Fußmarsch tätigen durften.

Wir waren auch strikt an Essenszeiten gebunden, denn mehrere Durchgänge kurz hintereinander mussten organisiert ablaufen. Organisationszwang waren wir ja als eingefleischte DDR- Bürger in allen Lebensfragen gewöhnt.

Wir waren am Meer, nur das zählte für uns. Im Hinterkopf hatten wir aber auch immer die negative Gewissheit, dass wir in den nächsten 5 Jahren keinen Antrag auf einen Urlaubsplatz an der Ostsee stellen brauchten, die Chance, dass wir einen erneuten Platz bekommen würden, war gleich null. Es kam für uns aber noch viel schlimmer, denn bis zur Wiedervereinigung beider deutscher Staaten im Jahre 1989 waren wir nie wieder am Meer, so sehr wir uns auch danach sehnten.

Nun war es soweit, die DDR hat aufgehört zu existieren. Die reglementierte Vergabe von Urlaubsplätzen durch den Handlanger des Staates, dem FDGB, hatte ein Ende. Schnell entstanden die Reisebüros in den Städten, in denen man sich einfach einen Urlaubskatalog besorgte und in aller Ruhe zu Hause ein Urlaubsziel aussucht und danach im Reisebüro diesen Urlaub unkompliziert buchte. Was eigentlich unspektakulär und einfach ist, war für uns wieder mal eine neue Erfahrung. Dennoch ließen wir zwei Jahre erst einmal verstreichen, bevor wir unseren ersten Urlaub buchten.

Natürlich, wie konnte es anders sein, es ging im Sommer 1992 an die Ostsee, und zwar nach Dänemark. Mit einer befreundeten Familie hatten wir ein Ferienhaus gemietet und sind mit eigenen PKWs zum Urlaubsort gefahren. Wir waren wieder am Meer und nur das war das einzig Schöne an diesem Urlaub. Die meisten Tage waren windig und eisig kalt. Der Strand war mit dem Strand von Gören nicht vergleichbar und die Preise für Lebensmittel jenseits von Gut und Böse. Für eine Tüte Gummibärchen für unsere Kinder mussten wir schon mal fünf DM hinblättern, Friske Fisk (frischer Fisch) in den Gaststätten kostete für eine Person 30 DM, für uns nicht bezahlbar. Wir hatten schon wieder mal eine neue Lebenserfahrung machen dürfen. Wenn es in der DDR frischen Seefisch so gut wie gar nicht gab, so konnte man hier frischen Seefisch durchaus kaufen aber nicht bezahlen, also so oder so, Seefisch stand nicht auf dem persönlichen Speiseplan.

Ab 1993 ging es dann für uns so richtig los, wir eroberten das Mittelmeer. 1993, 1995, 1996 und 2008 verbrachten wir unseren Urlaub auf der Insel Kreta. 1997 waren wir auf der Dreifingerinsel Chalkidiki, auf der Halbinsel Athos. Die Insel Zypern beeindruckte uns im Urlaub 2001. Ein Besuch der geteilten Hauptstadt Lefkosia (Nicosia) erinnerte uns an das gleiche Schicksal von Berlin. Hier konnte ja durch die friedliche Revolution die Mauer eingerissen und die Trennung beendet werden. Von ganzem Herzen wünschen wir den Griechen und Türken von Zypern recht bald auch die Beendigung der Spaltung, aber wie es gegenwärtig aussieht, sind die Mauern in den Köpfen der Politiker noch härter als das Bollwerk in der Stadt. Die Jahre 1998 und 2004 waren der Insel Rhodos vorbehalten. Aber auch auf der Insel Kos und in der Türkei verbrachten wir unseren Urlaub, das war 2005. Die Insel Santorini rundete 2007 unsere Mittelmeer-Urlaube ab, war aber noch nicht das Ende. Ist die Karibik wirklich so schön, wie sie in einschlägigen Reiseprospekten umschrieben wird? Türkis blaues Meer und schneeweißer Strand, das wollten wir mit eigenen Augen sehen.

2002 buchten wir, abweichend von unseren gewohnten Urlaubszielen, den Sommerurlaub in der Dominikanischen Republik.

Am 09.07.2002, nach 10 Stunden Flug und 6 Stunden Zeitverschiebung, landete unser Flugzeug der Fluggesellschaft Condor sicher auf dem Flughafen von Punta Cana. Als sich die Türen öffneten und wir erwartungsvoll aus dem Flugzeug stiegen, traf uns ein Schlag heißer und feuchter Luft. Es war so tropisch feucht, dass unsere Filmkamera sofort den Fehler „Kondensation" meldete. Im Hotel angekommen, stellten wir unser Gepäck ab und begaben uns sofort neugierig und erwartungsvoll an den Strand. Der erste Eindruck war überwältigend, wir waren sprachlos, so haben wir das Meer noch nie gesehen. Am Bavaro Strand hatte ich einen Kurzlehrgang im Tauchen absolviert und konnte für eine halbe Stunde in 10 Metern Tiefe in einem Korallenriff tauchen. Es war ein beeindruckendes Erlebnis, was ich ein Leben lang nicht vergessen werde. Diese Vielfalt und Farbenpracht der Korallen ist unbeschreiblich, man muss es einfach selbst erlebt haben. Dieser Urlaub war unser schönster Urlaub, den wir je genießen durften. Hier passte alles: Meer, Wetter, Verpflegung, die Abende an der Bar und nicht zuletzt der Ausflug zum Manati Park, wo unsere Tochter Juana mit Delphinen schwimmen konnte. Auch ein Urlaub 2006 in Tunesien und 2007 am Roten Meer in Ägypten soll der Vollständigkeit halber nicht unerwähnt bleiben. Nicht erst im Urlaub 2008 auf Kreta, ich nannte ihn ja bereits, reifte unser Entschluss, den Lebensabend auf dieser griechischen Insel zu verbringen, sondern bereits schon bei den vorherigen Urlauben auf dieser Mittelmeerinsel. So erhielt ich von meiner Familie zum 60. Geburtstag, am 26.07.2009, folgendes Gedicht geschenkt:

„Lieber Uli, es ist doch tatsächlich wahr,

Du wirst genau heut 60 Jahr! Höhen und Tiefen hast du erlebt, hast auch ganz oben schon in der Luft geschwebt!

Hast mit uns geweint und gelacht,

und viele kleine und große Späße gemacht.

Dein größter Traum, der ist nun nicht mehr weit;

Du weißt, sie vergeht sehr schnell, die Zeit.

„Griechenland" heißt das Domizil,

Du willst nicht wenig, Du willst viel!

Doch zunächst hast Du noch zu tun,

denn die Altersteilzeit lässt Dich nicht ruhen.

Auch wenn Du Dich nicht altersgerecht kleidest,

Cordhose und Weste auf jeden Fall meidest;

setz die Designerbrille auf, zieh an die tollen Klamotten,

Dein Base Cape auf und niemand wird Dich verspotten!

Noch 100 Wochen bis zum großen Schritt,

wir halten Dich nicht auf, denn wir kommen mit:

nach Kreta, deinem Lebenstraum,

man fühlt sich wie im Urlaub und man wird schön braun.

Die Jahre sind so schnell verflossen,

Du hast Kreta schon so oft genossen.

Doch bis dahin aber muss das Mittelmeer warten,

und Du verbringst noch viel Zeit in Deinem schönen Garten.

Nun schneide wieder Maßband an,

visualisiere Deinen Traum und freue Dich auf die Zeit

mit Aragon und Askan.

Gut, dass die 60 keine Rolle spielt;

man ist so alt, wie man sich fühlt!

Deine Familie"

Aragon und Askan waren zwei Hunde, die wir uns vorstellten, im Ruhestand an unserer Seite zu wissen. Um es schon mal an dieser Stelle vorweg zu nehmen, diese Hunde schafften wir uns nicht an, sondern wir wanderten mit zwei liebevollen, sehr schönen Perser-Katzen, Garfield und Sissi, aus.

„Visualisiere Deinen Traum", dazu möchte ich anmerken, dass ich zu diesem Zeitpunkt genau wusste, dass Gedanken eine sehr hohe Schwingungsfrequenz, wenn nicht sogar die höchste im Universum, besitzen. Alles um uns herum war zuerst ein Gedanke, bevor er zur Realität wurde.

Also schlussfolgerte ich daraus, dass ich nur fest an diesen Auswanderungswunsch denken muss,

immer wieder, wieder und wieder.

Ich kaufte mir die DVD „The Secret". Diese DVD enthält ein bisher gehütetes Geheimnis, welches bereits Platon, Newton, Beethoven, Shakespeare und auch Einstein kannten und ihr Leben danach ausrichteten. Dieses Geheimnis beruht auf dem Gesetz der Anziehung, das mächtigste Gesetz im Universum. Ich weiß nicht, wie oft meine Frau und ich diese DVD schon angeschaut haben, wir wurden immer wieder von neuem motiviert. Ich legte mir ein Visionsbuch an, visualisierte täglich diesen, meinen Lebenstraum, als sei er schon Realität. Ich stellte mir bildlich vor, wie es sich anfühlt, dort zu leben, wo andere ihren Urlaub verbringen. Ich hörte das Rauschen des Meeres, spürte die Sonne auf meinem Körper, schmeckte die salzige Meeresluft und nahm den typischen Duft wahr. Diesen Duft kannte ich von den Urlauben auf den griechischen Inseln.

Er ist sehr intensiv und stark würzig. Ich weiß zwischenzeitlich, dass dieser Geruch von dem Aroma der wild wachsenden mediterranen Pflanze „Affodills" herrührt.

Von der DVD „The Secret" erfuhr ich auch, dass der Weg zum Ziel völlig unbedeutend ist. Er ergibt sich schon zum rechten Augenblick.

Genau so kam es auch, aber zunächst der Reihe nach.

Erste Urlaube auf der Balearaninsel Mallorca

Eines Tages machte meine Frau den Vorschlag, doch mal an Stelle von Kreta nach Spanien, und zwar auf die Insel Mallorca, zu fliegen. Nur mal schauen, wie es dort so ist. Sie hatte gehört, dass Mallorca eine wunderschöne Insel sei, sie hat viel mehr zu bieten als nur den Ballermann, denn spricht man in Deutschland von Mallorca, so wird immer als erstes „Malle und Ballermann" genannt. Dieser Vorschlag überraschte mich sehr, ich war alles andere als davon begeistert. Was wird aus meiner Vision, meinem Lebenstraum? Zu diesem Zeitpunkt wusste ich auch noch nicht, bzw. ich konnte es noch nicht so einordnen, dass dieser Vorschlag nicht spontan getroffen wurde, sondern es war eine Führung vom Universum auf dem Weg zum Ziel. Ich stimmte, noch nichts ahnend von der weiteren Entwicklung, letztendlich dem Vorschlag zu und wir flogen über den Jahreswechsel 2009/2010 für eine Woche nach **Cala Ratjada** auf die Insel Mallorca. Schon beim Anflug auf den Flughafen von Palma de Mallorca bot sich uns beim Blick aus dem Fenster des Fliegers ein beeindruckendes Panorama. Die Felder und die Ortschaften sahen so strukturiert und geordnet aus, ich kann diesen Eindruck nicht in Worte kleiden, es war jedenfalls anders als ein Blick aus dem Flieger über Kreta. Als unser Flugzeug gelandet war und wir ausstiegen, war er wieder da, der bereits geschilderte eigenartige Duft der Mittelmeerregionen. Das Thermometer zeigte 18 ° C und das im Dezember. Der Flughafen von **Palma de Mallorca** erweckte in uns einen weiteren positiven Eindruck. Er ist riesig und mit Rollsteigen ausgestattet, mit denen man das ganze Areal abfahren kann und vor allem, es ist alles sehr sauber. Auf der Fahrt im Reisebus zu unserem gebuchten Hotel in **Cala Ratjada** fiel uns sofort auf, dass hier auf Mallorca etwas fehlt. Wo sind sie, die Müllberge am Straßenrand, die wir so häufig auf der Insel Kreta sahen? Die Straßen sind in einem sehr guten Zustand, anders als wir es von Deutschland kennen.

Cala Ratjada, unser Reiseziel, liegt im Norden der Insel Mallorca, an einer landschaftlich schönen Bucht. **Cala Ratjada** hat den zweitgrößten Fischereihafen nach **Palma de Mallorca**. Trotz Hotelbauboom, hat sich der Küstenort am nordöstlichen Punkt von Mallorca seinen ursprünglichen Charakter überwiegend erhalten. Hier steht auch einer der 16 Leuchttürme der Baleareninsel, gebaut im 19. Jahrhundert. Er ist ein beliebtes Ausflugsziel vieler Urlauber und Residenten. Eine weitere Sehenswürdigkeit ist zweifelsohne der ehemalige Sommersitz der Bankiers- Familie March. Es war der mallorquinische Unternehmer Joan March (1880-1962), der 1915 die mediterrane Hügelkuppe am Hafen von **Cala Ratjada** erworben hat und in diesem Kiefernwald begann, dieses prachtvolle Anwesen zu errichten und zu gestalten.

Mit dem Bus am Hotel angekommen, ging es gleich daran, unser Zimmer und das Innere des Hotels in Augenschein zu nehmen. Wir hatten eine gute Wahl getroffen und konnten einen sehr schönen Kurzurlaub verbringen. Da zu dieser Zeit keine organisierten Reisen vom Hotel angeboten wurden, erkundeten wir zu Fuß die nähere Umgebung, das Zentrum des Ortes, den idyllischen Hafen mit seiner Promenade und die Gassen von **Cala Ratjada**. Wir kamen an Gärten mit großen Bäumen voller Zitronen und wunderschön blühenden Sträuchern vorbei. Aber immer wieder zog es uns auf unserem Bummel, wie von magischer Hand gesteuert, zum Hafen. Hier verweilten wir auf einer Bank und versanken in Gedanken mit Blick auf die Weite des Meeres in unser Zukunftsziel. Im Vorübergehen hatten wir auch einen ersten Kontakt mit einem Maklerbüro. Hier wollten wir unverbindlich erfahren, wie wir an unsere Zielerfüllung herangehen müssen, welche Prioritäten wir setzen sollten. Wir hatten Glück, denn dieser Makler war Deutscher, somit gab es keine sprachlichen Probleme. Der wichtigste Tipp, den wir erhalten hatten, war der Hinweis darauf, dass wir als allererstes die **NIE** beantragen sollten. **NIE** steht für **Numero de Identificcatión de Extranjeros**.

Nur mit dieser **NIE** ist man auf der Insel geschäftsfähig. Diese eindeutige Identifikationsnummer für Ausländer, welche in Spanien leben oder dort geschäftlich bzw. beruflich tätig sind, ist die **NIE** zwingend notwendig. Egal ob man ein Konto eröffnen, eine Immobilie erwerben oder anmieten will, oder einen Kaufvertrag abschließen möchte, immer wird als Erstes die **NIE** verlangt. Eine sehr wichtige und nützliche Information hatten wir, wie es sich später noch herausstellen sollte, erhalten.

Ein weiterer Höhepunkt unserer Urlaubswoche bildete die Silvesterparty. Am Abend des 31.12.2009 wurden wir im Hotel mit einem 5- Gänge- Menü verwöhnt. Dieses Essen zog sich über mehrere Stunden hin. Es war ein wahrer Gaumenschmaus, einfach toll.

Das Menü sah wie folgt aus:

„Menú de Nochevieja

Geräucherte Aufschnittplatte mit Limetten- Vinaigrette

Bisquĕ vom Krebs mit Garnelen

Goldbrassen Filet mit Romescossoße

Honigmelonen Sorbet in Portwein

Entenschenkel „barbarie" an Sauce aus roten Früchten

Karamellisierter Ananas und Herzogin- Kartoffeln

Vulkan von Schokolade an Mousse

von Sichuan- Pfeffer und Physalis

und um 24.00 Uhr die traditionellen „Glückstrauben"!!!"

Traditionelle Glückstrauben, was ist das für ein Brauch? Als wir die Trauben überreicht bekamen, wussten wir noch nicht, wie wir damit umgehen sollen. Wir machten uns schlau und erfuhren, dass bei jedem der zwölf Glockenschläge, die uns in das neue Jahr geleiten, eine Traube gegessen werden muss, um im neuen Jahr Glück zu haben. Wie gesagt, so getan, als auf einer eigens im Hotel angebrachten großen Leinwand die Uhr die letzten 12 Sekunden vor Beginn des neuen Jahres anzeigte, begannen wir, unsere Trauben bei jedem Glockenschlag zu essen. Von Essen kann eigentlich keine Rede sein, denn es war mehr oder weniger ein Herunterschlingen, da man ganz schön in Zeitdruck kommt. Wir hatten es um 24.00 Uhr geschafft, alle Trauben waren verschluckt, jedoch staunten wir nun, denn jetzt begannen die 12 Glockenschläge, extra für die Glückstrauben. Wir hatten keine Trauben mehr, aber das Jahr 2010 war für uns trotzdem ein glückliches Jahr.

Der 01.01.2010 war ein schöner, sonniger Tag. Am Vormittag machten wir einen Neujahrsspaziergang auf der Hafenpromenade. Man konnte sogar kurzärmlig gehen.

Ja, wie schön muss es sein, dieses Klima ständig erleben zu können!

Am Sonntag, den 03.01.2010 war unser Rückflug nach Hannover. Auf dem Flughafen von Palma de Mallorca lasen wir, dass täglich 8 Flüge von München nach Mallorca durchgeführt werden. Von

Hannover sind es 3 Flüge pro Tag. Das ist von Kreta nach Deutschland undenkbar.

Zu Hause angekommen, schmiedeten wir unsere weiteren Pläne. Zunächst stellten wir einen Vergleich zwischen Kreta und Mallorca auf. Vieles, um nicht zu sagen alles, sprach für Mallorca. Mallorca hat eine bessere Infrastruktur mit ausgezeichneten Straßen, wie bereits gesagt, eine bedeutend günstigere Fluganbindung zwischen Deutschland und Mallorca und nicht zu vergessen, eine deutlich größere deutsche Sprachausprägung. Aber auch die Sauberkeit war ein entscheidender Punkt, der für Mallorca sprach. So wurde letztendlich unser Ziel neu konkretisiert.

Wir wandern nach Mallorca aus!

Ab wann besteht die realistische Möglichkeit? Da ich mich zu diesem Zeitpunkt noch in der aktiven Phase der Altersteilzeit befand und mein letzter Arbeitstag der 01.07.2011 und der letzte Arbeitstag meiner Ehefrau der 29.07.2011 vor Eintritt in die vorgezogene Rente war, zeigte sich der realistische Zeitpunkt nach dem 29.07.2011. Wir nahmen uns vor, dass wir noch im Jahr 2011 diesen Schritt verwirklichen werden. Zuvor wollten wir aber nochmals Urlaube auf der schönen Insel Mallorca verbringen. Aus diesem Ziel wurden 3 Kurzurlaube im Jahr 2010.

Vom 10.03. bis zum 14.03. ging es in ein Hotel unweit der Playa de Palma. Diese 5 Tage hatte ich meiner Ehefrau überraschend zum Geburtstag geschenkt. Im Flieger sagte uns der Pilot kurz vor der Landung, dass uns eine gegenwärtige Temperatur von 8° C erwartet. Wir dachten, wir hätten uns verhört, hatten wir nicht noch Temperaturen zum Jahreswechsel von annähernd 18° C in Erinnerung? Im Hotel angekommen, hatten wir die Bescherung. An der Rezeption fragte man uns zunächst, welche Fahrräder wir benötigen. Wir schauten uns ganz verwundert an, was soll diese Frage? Nun merkten wir, wir sind in ein Radsporthotel eingezogen. Dies war jedoch bei der Buchung nicht erkennbar. Nun wurden wir auch noch in ein Appartement außerhalb des Haupthauses untergebracht. Erinnerungen an die sozialistische Urlaubsphilosophie an der Ostsee kamen zum Vorschein. Das Zimmer war ar... kalt, eine klapprige Klimaanlage, die mehr Krach als Wärme produzierte, schaffte es nicht, eine einigermaßen wohlfühlsame Temperatur in das Zimmer zu bringen. Wir dachten, dass wir wenigstens im Haupthaus an der Bar ein wenig Wärme vorfinden würden, aber weit gefehlt, dieses Hotel kennt scheinbar keine Kälte. Man sagte uns auch, dass es am Mittwochmorgen in Palma sogar geschneit hatte. Wir steckten aber den Kopf nicht in den Sand, wie sagt man:

„Wer heute den Kopf in den Sand steckt, knirscht morgen mit den Zähnen".

Wir machten das Bestmögliche aus dem Urlaub. Die Erkenntnis, die wir mit zurück nahmen war, es gibt nicht nur Sonnenschein auf Mallorca. Zu diesem Zeitpunkt ahnten wir noch nicht, dass wir Jahre später dies noch viel intensiver spüren würden.

Weitere Urlaube 2010 auf Mallorca verbrachten wir vom 16.08. bis zum 26.08. in **Camp de Mar** und natürlich, weil es so schön war, über Silvester vom 30.12. bis zum 03.01.2011. Diesmal an der **Playa de Palma**. Mit den Glückstrauben sind wir ja nun perfekt, aber entscheidend war, wir wollten den Rutsch in das Jahr unserer Auswanderung dort feiern, wo zukünftig unser Zuhause sein wird.

Zuvor nutzten wir das Jahr 2010, um unsere Planung weiter voran zu bringen. Wir machten uns eine Übersicht über alle Aktivitäten, welche wir durchführen müssen.

Dies waren unter anderem folgende Aufgaben:

Suchen einer geeigneten Immobilie bzw. einer Wohnung nach unseren Wunschvorstellungen,

Abschluss eines Mietvertrages auf Mallorca,

Organisation des Umzuges nach Mallorca (Spedition),

Überführung unseres PKWs (Spedition),

Kündigung unserer Gartenparzelle beim Gartenverein, einschließlich Beräumung

Abmeldung diverser Verträge wie Zeitungen, Versandhäuser, Telefon, Internet, Versicherungen usw.,

Auflösung von Teilen unseres Hausstandes,

Vorbereitung unserer beiden Perser-Katzen auf die Übersiedlung nach Mallorca (Impfung. Europäischer Tierpass, Chip,)

Kündigung unserer Wohnung unter Beachtung der Kündigungsfristen und des Mietbeginns auf Mallorca,

Beantragung der NIE ,

Eröffnung eines Bankkontos auf Mallorca,

Abmeldung bei der Behörde in Deutschland,

Auftrag für die Nachsendung unserer Post für eine befristete Übergangszeit,

Ummeldung beim Arbeitgeber und der Rentenversicherung,

Verkauf des PKWs meiner Ehefrau.

Diese Aufgaben stehen in keiner zeitlichen Rangordnung, teilweise bedingen sich einige untereinander. Es musste also noch eine zeitliche Prioritätenliste erstellt werden.

Also schritten wir nun zur Tat.

Der Countdown hat begonnen

Wir haben am Pfingstmontag, den 24.05.2010 im Internet nach Wohnungen bzw. Immobilien gesucht. Dies über diverse Maklerunternehmen mit Schwerpunkt Mallorca.

Zur Kontaktaufnahme mit diesen Unternehmen hatten wir zuvor eine Wunschliste wie folgt erstellt:

Was suchen wir?

Objekt: Haus, Doppelhaushälfte, Wohnung mit Sonnenterrasse

Pool nicht notwendig

Lage: an der Ostküste oder in der Nähe von Palma, **nicht** im Landesinneren

Miete: etwa 700,00 €

Größe: bis ca. 100 qm

Seitenorientierung: Süden, Südost, Südwest

Blick: Meerblick

Schlafzimmer: 2 bis 3

Einbauschränke akzeptabel aber nicht unbedingt erforderlich

Bäder: 2 (Dusche und Wanne)

Wanne hat Priorität

Küche: wenn angeboten: neuwertige Einbauküche mit modernen Geräten

(Waschmaschine und Trockner nicht notwendig, wenn diese aber eingebaut sind, ist es auch in Ordnung)

Möblierung: unmöbliert!!!

Heizung: Fußbodenheizung oder Niedrigstromwandradiatoren oder Ölzentralheizung (modern) oder Deckenheizung **und** Klimaanlage, Kamin nicht Bedingung

(keine beweglichen elektrischen Heizgeräte oder nur Klimaanlage zum Heizen)

Internet/Telefon: nicht Bedingung

Tiere: wir haben 2 ruhige Perser Katzen, die mit uns umziehen

Stellplatz: für 1 Auto

Nach mehreren Kontakten mit Maklern, teilweise auch mit unseriösen Maklern, wurden wir endlich fündig. Wir erhielten auch noch am gleichen Tag eine Rückantwort. Das Besondere an dieser Antwort war, dass uns dieses Maklerunternehmen ein Buch empfahl, welches wir uns als allererstes besorgen sollten, damit wir viel Zeit und insbesondere auch Geld sparen können.

Wir kauften uns dieses Buch und studierten es intensiv.

Es ist ein Ratgeber für Langzeitmieter in Spanien mit folgendem Titel:

„Richtig mieten auf Mallorca von A-Z"

Herstellung und Verlag: Books on Demond GmbH Nordstedt

ISBN: 978-8391-0154-4, PB.204

Dieses Buch war uns eine sehr große Hilfe bei all unseren Aktivitäten in der Vorbereitung sowie auch während unseres gesamten Aufenthalts auf der Insel.

Ich möchte jedem, der sich mit dem Gedanken der Auswanderung nach Mallorca beschäftigt, dieses Buch dringend empfehlen – nein, ich gehe sogar einen Schritt weiter und behaupte – es ist ein Muss, dieses Buch zu besitzen und auch zu studieren für diesen entscheidenden Lebensabschnitt.

Auch mit Speditionsunternehmen für den Transport unserer verbliebenen Möbel und Einrichtungsgegenstände, welche wir mit auf die Insel nehmen wollten, sowie für die Überführung unseres PKWs hatten wir im Internet erste Kontakte geknüpft.

Wir konnten im Ratgeber für Langzeitmieter lesen, dass die **NIE** in der Ausländerbehörde in Palma beantragt werden muss. Dies ist aber ein sehr schwieriger Prozess. Eine riesige Menschenschlange steht täglich schon in aller Frühe vor Öffnung der Ausländerbehörde an, also muss man sich notgedrungen rechtzeitig dort einreihen. Ein weiteres Problem besteht darin, hat man es nach Stunden geschafft und man steht am Schalter des Beamten, muss man zunächst ein Formular ausfüllen und dies in spanischer Sprache. Ohne sprachliche Hilfe ist es unmöglich. Nach Ausfüllung des Antrages bekommt man ein weiteres Formular, mit dem man unverzüglich zum nächstgelegenen Geldinstitut gehen muss, um dort eine Bearbeitungsgebühr von 16,00 € pro Person einzuzahlen. Mit dem Beleg der Zahlung geht es zurück zur Ausländerbehörde. Gesetzt den Fall, man hat alles innerhalb der Öffnungszeiten geschafft, ansonsten heißt es, am nächsten Tag wieder anstellen. Hat man es doch geschafft, so zieht man in der Ausländerbehörde eine Nummer und wartet, bis man dran ist. Nun wird einem das **NIE** -Dokument ausgehändigt. Als wir all dies im Ratgeber gelesen hatten, lief uns erst mal ein kalter Schauer über den Rücken. Ob wir dies alles schaffen?

Eines Tages, wie der Zufall es will, hatten wir von einem Bekannten erfahren, dass man auch in einem spanischen Generalkonsulat vor Ort in Deutschland die **NIE** beantragen kann. Hierbei muss man jedoch einen kleinen Trick anwenden, um die **NIE** zu bekommen. Als Grund sollte man nicht sagen, dass man auswandern möchte, sondern man braucht die **NIE** lediglich zur Eröffnung eines Bankkontos auf Mallorca. Die Generalkonsulate sind wohl angehalten, für zukünftige Residenten die **NIE** nicht auszustellen, dies ist einzig und allein der Balearen-Verwaltung vorbehalten. Hat man jedoch die **NIE** erst einmal erhalten, interessiert es keinen, welche Antragsbegründung einst bestand. Die **NIE** ist dann wie in Deutschland als persönliche Identifikationsnummer lebenslänglich gültig. Im Internet wurden wir sehr schnell fündig, wir fanden die Anschrift und die Telefonnummer des spanischen Generalkonsulats in Hannover. Der telefonische Kontakt erfolgte auch in deutscher Sprache. Der Beamte gab uns einen Termin und bat uns, einen frankierten Rückumschlag mitzubringen, da die Ausfertigung dieser Dokumente einige Wochen dauern wird.

Am 22.09.2010 war es dann so weit. Wir fuhren nach Hannover zum spanischen Generalkonsulat. Problemlos beantragten wir die **NIE,** zahlten auch im Konsulat die Bearbeitungsgebühren und hinterließen die frankierten Rückumschläge für die Zusendung der Dokumente. Nach etwa 30 Minuten waren wir wieder draußen. Wir waren stolz über den ersten kleinen Schritt unserer Auswanderung. Etwa 6 Wochen später hatten wir die Post vom spanischen Generalkonsulat in unserem Briefkasten.

Hurra!!!!, die NIE sind da!

Der Monat Oktober 2010 war ein ereignisreicher und bewegender Monat. Am 26.10.2010 brachte unsere Tochter Juana eine gesunde und hübsche Tochter zur Welt. Unser Enkelkind Lena war geboren, was uns mit Freude und Stolz erfüllte. Gleichzeitig machten sich aber auch zweifelhafte Gefühle in uns breit. Ist das alles richtig was wir vorhaben? Wird uns unsere ganze Familie fehlen? Wie werden unsere Eltern, unsere Kinder und Enkelkinder mit dieser Situation leben? Immer wieder beruhigten wir uns mit dem Gedanken, dass unsere Kinder ihr eigenes Leben führen und wir uns ohnehin auch in Deutschland nicht jeden Tag sehen. Außerdem werden wir uns ja auch gegenseitig regelmäßig besuchen und unsere Kinder haben gleichzeitig eine günstige Urlaubsadresse. Die Fluganbindung Mallorca - Deutschland ist ja sehr gut, ein Flug dauert etwa zweieinhalb Stunden. Also machten wir uns stark und es ging weiter in der Vorbereitung.

Am 18.11.2010 kauften wir die ersten Umzugskartons, begannen Gläser und Geschirr aus unserem Garten zu holen und packten auch schon mal alles ein. Die gepackten Kartons deponierten wir in unserem Keller.

Das Jahr der Entscheidung

Von unseren Bekannten erhielten wir am 12.02.2011 einen Anruf. Wir sollen mal vorbei schauen, ihre Kinder kommen zu Besuch. Die Kinder besitzen auf Mallorca eine Immobilie und kennen sich auf der Insel auch gut aus. Wir möchten gern im Sommer ihre Immobilie mieten, damit wir von dort aus unsere geplanten Wege erledigen können.

Bereits am 06.01.2011 buchten wir für die Zeit vom 31.07. bis 15.08.2011 bei einer großen Fluggesellschaft einen Direktflug nach Palma de Mallorca. Für diesen Zeitraum benötigten wir also unbedingt eine Ferienunterkunft.

Mitte Februar fuhren wir zu unseren Bekannten nach Magdeburg und führten ein Gespräch mit ihren Kindern. Man zeigte uns Bilder von dem Haus, in dem wir 2 Wochen im Sommer unterkommen können. Eigentlich ist das Wohnen in einem Haus zu viel gesagt. Wir konnten lediglich auf der ausgebauten Dachterrasse 2 kleine Zimmer mit Außentoilette nutzen, da ja die untere Hälfte des Hauses langzeitvermietet ist. Also mieteten wir diesen Bereich, 16 Tage für 600,00 €, wussten aber zu diesem Zeitpunkt noch nicht, dass dieser Mietpreis im Verhältnis zum Niveau überzogen war. Aber was soll es? Was tut man nicht alles, wenn man sein Ziel vor Augen hat und dieses Ziel eine konsequente Umsetzung erfordert?

Am 02.05.2011 schickten uns die Kinder unserer Bekannten direkt per Email aus Mallorca 3 Bilder von einem Haus, ganz in ihrer Nähe. Diese Immobilie war zu dieser Zeit zur Langzeitvermietung angeboten. 2 Bäder, 1 Wohnzimmer, 1 Schlafzimmer, 2 Gästezimmer, eine große Sonnenterrasse mit Pool, dies alles für einen Mietpreis von 700,00 € pro Monat, Meerblick einbegriffen. Das Meer befindet sich etwa 500 m vom Haus entfernt. Als wir die

Bilder sahen, kam es wie aus einem Munde „ **Das sieht doch cool aus!**" Wir konnten an diesen Bildern nichts finden, bei dem man hätte sagen müssen, „lieber nicht!" Von uns wurden sogar kurze Zeit später schon Vorstellungen und Pläne geschmiedet, wie wir die Sonnenterrasse gestalten werden. Im Internet kauften wir 2 Bücher über mediterrane Kübelpflanzen. Wir baten die Kinder unserer Bekannten, für uns, innerhalb unseres Sommerurlaubs, einen Besichtigungstermin für dieses Haus zu vereinbaren.

Als wir am 31.07.2011 unseren Urlaub auf Mallorca begannen, hatten wir zwischenzeitlich 3 Eisen im Feuer.

Also, 3 Besichtigungen!

Das Haus , welches sich in der Nähe unserer Ferienwohnung, in **S' llot** bei **Cala Morlanda** befindet.

Ein Haus in **Sa Rapita**, das wir uns im Internet angeschaut hatten.

Eine Immobilie, angeboten von einer Maklerin aus **Sa Coma**.

Am Freitag den 05.08.2011 um 11.00 Uhr erfolgte gemeinsam mit der Maklerin die Besichtigung des Hauses in **Sa Coma.** Es war ein 3 Etagenhaus, wir hätten die unterste Etage mieten können. In den oberen Etagen erfolgen Ferienvermietungen an Urlauber. Die unterste Etage hatte eine ganz kleine Terrasse, direkt angrenzend an die Straße und nur durch eine kleine Mauer umsäumt. Die Miete sollte 600,00 € pro Monat betragen. Natürlich hatten wir uns gegen dieses Angebot entschieden. In keiner Weise entsprach es unseren Vorstellungen. Plötzlich hatten wir nur noch 1 Eisen im Feuer, denn das Haus in **S' llot** war bewohnt, ein Besichtigungstermin kam nicht zustande und ein Hinweis zur Vermietung war auch nicht mehr vorhanden. Auf einem Spaziergang schauten wir uns das Haus äußerlich an und wurden auch hier zurück auf den Boden der Realität versetzt. Wie doch Fotos täuschen können! Bei der vom Meer abgewandten Seite beträgt der Abstand bis zum Nachbargrundstück nicht mehr als 3 m. Kein Grün, nur Beton. Auch die Terrasse war in einem grauenvollen Zustand. Somit hatte sich dies auch erledigt. Alle unsere Hoffnungen richteten sich nun auf das Haus in **Sa Rapita**. Am Sonntag, den 07.08.2011 sollte hier die Besichtigung sein. Wir konnten den Tag kaum abwarten und wollten aus diesem Grunde am Tag zuvor schon mal nach **Sa Rapita** fahren. Wir waren sehr neugierig. Wie sieht das Haus von außen aus? Was ist es für ein Wohngebiet? Wie weit ist es bis zum Meer? Die Anschrift kannten wir ja aus dem Internet.

Wir stellten unser Navigationsgerät ein und ab ging die Fahrt nach **Sa Rapita**. Dort angekommen, führte uns unser Navigationsgerät vor die Einfahrt in den **Dalt de Sa Rapita**. Auf den ersten Blick machte diese Einfahrt auf uns einen sehr seriösen und gehobenen Eindruck, zumal auch in diesem Augenblick ein schwarzes Cabriolet aus dem **Dalt** herausgefahren kam. „Hier sind wir falsch! Das kann nicht sein! Das entspricht nicht unseren Werten! Wir haben uns sicherlich verfahren!" Das waren unsere Gedanken. Wir fuhren also nicht in den **Dalt** hinein und kehrten lieber um. Es ging zurück nach **S' llot**.

Dann war es so weit, der lang ersehnte Tag war gekommen. Wir hatten uns mit unserem Makler direkt in **Sa Rapita** vor der **Banca March** verabredet. Wir ließen unser Auto dort stehen und stiegen mit zum Makler ins Auto ein. Gemeinsam wollten wir zum Besichtigungstermin fahren. Kaum ins Auto des Maklers eingestiegen, fuhr er nach einigen Metern rechts ran und hielt nochmal an. Er stellte uns die Frage, mit welchen Vorstellungen wir ins Gespräch gehen möchten, denn die Vermieterin wird uns dort erwarten. Wir sagten dem Makler, dass wir eine Vorstellungsmappe vorbereitet hatten mit folgendem Inhalt:

Warum suchen wir ein Haus zur Langzeitmiete?

Welche Vorstellungen haben wir?

Unsere bereits vorhandene NIE.

Einkommens- und Rentenbescheid.

Der Makler empfahl uns, diese Mappe nicht vorzulegen, denn auf Mallorca möchte man gern verkaufen und nicht langfristig vermieten. Nun waren wir erst mal leicht schockiert, wir dachten, wir haben mit unserer vorbereiteten Mappe einen Trumpf in der Hand. Aber, sei es wie es sei, wir warteten erst mal ab, was auf uns zukommt. Als der Makler mit uns weiter fuhr und genau dort in den **Dalt de Sa Rapita,** in eine **Urbanizacion** einbog, wo wir am Tag zuvor schon mal standen uns aber nicht weiterfahren trauten, staunten wir nicht schlecht. Was erwartet uns hier?

Zur Erklärung: **Urbanizacionen** sind gleichzusetzen mit kleinen abgegrenzten Wohngebieten, wie wir sie auch aus Deutschland kennen.

Nach etwa 500 m hatten wir unser Ziel erreicht. Wir wurden freundlich von der Besitzerin begrüßt. Es ist eine Deutsche, die mit ihrer Familie in Deutschland lebt und die hier 2 Immobilien in unmittelbarer Nachbarschaft besitzt. Eine Immobilie wird von ihr und ihrer Familie in den Urlauben eigens genutzt. Die zweite Immobilie, also das Haus, welches wir besichtigen möchten, soll vermietet werden. Bisher bestanden kurzzeitige Ferienvermietungen an Urlauber. Das Haus übertraf all unsere Erwartungen. Es entsprach genau dem, was wir uns vorgestellt hatten: ein großer Garten, ein Abstellschuppen für Gartengeräte und Werkzeug. Im Haus 3 Schlafzimmer, 2 Bäder, 1 kleiner Wirtschaftsraum, 1 großes

Wohnzimmer mit überdachter Terrasse, 1 Einbauküche mit Durchreiche zum Esszimmer. Wir waren begeistert. Als wir im Gespräch der Vermieterin erklärten, dass wir unseren Lebensabend hier auf der Insel verbringen möchten, also dass wir eine Langzeitvermietung suchen, war sie begeistert. Wenn es nach ihr geht, so ihre Worte, können wir so lange wie gewünscht hier einmieten. Der Makler hatte sich also geirrt, wir konnten somit unsere vorbereitete Mappe der Vermieterin übergeben.

Die Miete soll 850,00 € pro Monat betragen. Dies ist eine Kaltmiete, es ist in Spanien nicht üblich, pauschale Beträge für Nebenkosten monatlich mit der Miete zu entrichten. Also käme noch hinzu:

Strom- alle 2 Monate

Wasser- alle 2 Monate

Müllgebühren- jährlich

Gas für Heizung und Warmwasser nach Bedarf.

Diese Nebenkosten werden direkt an den Anbieter gezahlt.

Wir stimmten dem Mietvertrag zu und wollten uns nochmals am 09.08.2011 zur Unterzeichnung des Mietvertrages zusammenfinden. Der Makler wollte zwischenzeitlich den Mietvertrag vorbereiten, sowohl in spanischer als auch in deutscher Sprache. Auf der Rückfahrt zu unserem Auto empfahl uns der Makler den Kauf des bereits genannten Buches. Als wir ihm sagten, dass wir dieses Buch besitzen und auch intensiv studiert haben, schaute er uns eigenartig lächelnd an.

Auf der Fahrt zurück zu unserer Ferienunterkunft dachte ich ständig an den Gesichtsausdruck des Maklers. Was hat es mit diesem Buch auf sich? Da wir ja dieses Buch mit in unseren Urlaub genommen hatten, beabsichtigte ich gleich bei Ankunft das Buch mal zur Hand zu nehmen.

In unserer Unterkunft angekommen, nahm ich das Buch zur Hand und stellte mit Erstaunen fest, der Verfasser des Buches ist unser Makler. Wir hatten es bisher nicht bemerkt. Wieso sind wir „zufälliger Weise" auf diesen Makler gestoßen? Uns ist bekannt, dass es im Leben keine Zufälle gibt, alles hat seine Bestimmung, uns ist lediglich „etwas zugefallen". Es war eine Fügung, es sollte so sein. Somit hatten wir ein gutes Gefühl, dass alles bestens laufen wird. Wir wussten nun auch, dass die beiden vorhergehenden „Eisen im Feuer" nicht sein sollten.

Wir konnten am Abend schon mal ein Gläschen auf unseren Erfolg trinken.

Den entscheidenden Dienstag konnten wir kaum erwarten, wir wollten nun endlich den Mietvertrag in unseren Händen halten.

Wie wir so sind, fuhren wir wieder einen Tag vorher nach **Sa Rapita.** Diesmal wollten wir bei der **Banca March** schon mal ein Konto eröffnen. Leider waren wir hier zu voreilig. Wir wurden in der Bankfiliale sehr freundlich und zuvorkommend beraten. Der Filialleiter sprach auch gut Deutsch, jedoch musste er uns aber auch mitteilen, dass wir erst ein Konto eröffnen können, wenn wir eine spanische Wohnanschrift vorweisen können. Also am Dienstag unter Vorlage des Mietvertrages.

Wir nutzten den Tag und fuhren weiter nach **Llucmajor,** bummelten noch etwas durch die Straßen, bevor es zurück zur Urlaubsunterkunft ging. Am Nachmittag meldete sich telefonisch auch unser Makler. Wir vereinbarten für Dienstag um 16.00 Uhr den Termin zur Unterzeichnung des Mietvertrages. Treffpunkt war wieder vor der **Banca March** in **Sa Rapita.** Diesmal fuhren wir aber zum ersten Mal mit unserem Auto direkt vor unser zukünftiges Miethaus. Wir unterzeichneten den Mietvertrag und erhielten jeweils eine Ausfertigung in spanischer und deutscher Sprache ausgehändigt.

Die Unterzeichnung des Mietvertrages erfolgte zügig und unkompliziert, da wir uns ja im Vorfeld bereits gründlich mit dem spanischen Mietrecht beschäftigt hatten.

Was für ein fataler Fehler!

Es gibt schon einige Besonderheiten im spanischen Mietrecht, die wir so im deutschen Mietrecht nicht kennen. So kann der Vermieter in Spanien den Mietpreis frei bestimmen bzw. der Vermieter und der Mieter können die Miete frei vereinbaren. Ortsübliche Vergleichsmieten zum Beispiel auf der Grundlage vom Mietspiegel gibt es auf Mallorca nicht. Zur Mietpreisbildung werden die Größe der Immobilie, die Qualität der Ausstattung, bauliche Besonderheiten, die Lage der Immobilie und nicht zuletzt die Nähe zum Meer oder der Meerblick herangezogen. In Spanien ist das Mietrecht in einem gesonderten Gesetz und nicht wie in Deutschland als Bestandteil des Bürgerlichen Gesetzbuches geregelt. Für die Langzeitvermietung von Wohnraum, also keine gewerbliche Vermietung, ist das städtische Mietrecht **(Ley de Arrendomientos Urbanos – LAU)** anzuwenden. Bei Saisonaufenthalt wird in der Regel der 11- Monatsmietvertrag geschlossen. Unseriöse Vermieter und Makler bieten auch Langzeitmietern diese 11- Monatsmietverträge an. Die Gründe hierfür sind unterschiedlich.

Oftmals möchte der Vermieter sich eine Hintertür offen halten, zumal allgemein bekannt ist, dass erfahrungsgemäß die meisten Mietverträge das erste Jahr nicht überstehen. Es ist also nicht alles Sonnenschein auf der Insel Mallorca und der Blick durch die „rosarote Brille" trübt sich sehr schnell. Für Langzeitmieter ist der 12- Monatsvertrag abzuschließen. Dieser Vertrag verlängert sich stillschweigend nach 12 Monaten um ein weiteres Jahr und dies bis zu 5 Jahren. Danach wird üblicher Weise ein neuer Mietvertrag geschlossen. Hat man sich jedoch einen 11- Monatsmietvertrag unterjubeln lassen und man beabsichtigt, länger im Mietvertrag zu verbleiben, so hat man nun verdammt schlechte Karten. Das spanische Mietrecht ist unter diesen Voraussetzungen quasi ausgehebelt. Das bedeutet, dass eventuell spätere strittige Sachverhalte nicht mehr nach dem Mietrecht geregelt werden können. Es würden dann, wenn überhaupt, sehr langfristige und komplizierte juristische Aktivitäten von Nöten sein. Das natürlich nach spanischem Recht. Die Aussichten auf Erfolg sind gleich Null.

Ein weiteres Problem besteht darin, dass der Vermieter, unter Beachtung der Kündigungsfrist, das Mietverhältnis zum Ablauf des 11. Monats aufkündigen kann. Man würde schlagartig auf der Straße sitzen, gelingt es nicht, innerhalb dieser Frist eine geeignete neue Wohnunterkunft zu finden.

Wir kennen diesbezüglich einen konkreten Fall aus unserer unmittelbaren Nachbarschaft, aber dazu Näheres im Verlauf dieses Buches.

Unser Makler, ein sehr seriöser Makler, hatte uns schon rechtzeitig im Vorfeld darüber in Kenntnis gesetzt, dass er uns diesen 11- Monatsmietvertrag auf keinen Fall anbieten wird.

Das war auch gut so!

Im Anschluss an die Vertragsunterzeichnung lud uns unser Makler noch auf eine Tasse Kaffee in den Club des **Dalt de Sa Rapita** ein. Wir saßen hier noch ungefähr 2 Stunden und unterhielten uns über das Leben auf Mallorca. Der Club, in dem wir saßen, bestand aus einer kleinen gastronomischen Einrichtung, und aus einem Tennisplatz. Ein sehr großer Pool mit angrenzenden Liegewiesen war auch vorhanden. Die Anlage machte einen sehr gepflegten Eindruck. Bei dieser Gelegenheit übergaben wir dem Makler auch die vereinbarte Courtage in Höhe von 1275,00 EURO.

Der 09.08.2011 war für uns nicht nur ein erfolgreicher Tag, sondern indirekt auch der Beginn eines neuen Lebensabschnitts!

Wie geplant, fuhren wir am 10.08.2011 nochmals nach **Sa Rapita,** um unser Konto bei der **Banca March** zu eröffnen. Dies alles ging reibungslos vonstatten. Nach ungefähr 30 Minuten war alles perfekt geregelt. Nun sind wir auch Kunden bei einer spanischen Bank. Der Filialleiter sagte uns noch, dass wir im Oktober, wenn wir ständig auf der Insel sind, nochmals vorbei schauen sollen, um das Konto in ein Residenten- Konto umstellen zu lassen. Was ist der Unterschied zwischen beiden Konten? Wir hatten keine Ahnung! Wir hätten uns aber lieber schlau machen müssen, denn wir sollten später noch eine unangenehme Überraschung erleben.

Am Abend des 11.08.2011 waren wir von unserem spanischen Nachbarn zu einem typischen spanischen Straßenfest eingeladen. Es war sehr schön. Wir konnten zum ersten Mal die Gastfreundschaft der Spanier selbst erleben und vielerlei kulinarische Leckerbissen der spanischen Küche genießen. Wir kamen auch mit anwesenden deutschen Residenten, die schon viele Jahre auf der Insel leben, ins Gespräch. Dieses Gespräch war nicht so gut, da hier eine typisch deutsche, rechthaberische Mentalität zum Ausdruck kam. Man wollte uns mit erhobenem Zeigefinger klarmachen, was auf der Insel

Mallorca alles schlecht ist. Wir schauten uns erstaunt gegenseitig an und stellten uns die Frage: „Warum sind diese Beiden immer noch auf der Insel und nicht in dem „besseren" Deutschland?" Wir ließen uns aber nicht beeinflussen, dazu war unsere Motivation viel zu hoch. Wir werden zukünftig sicherlich unsere eigenen Erfahrungen machen, dachten wir.

Wir verlebten noch schöne, restliche Urlaubstage, bummelten durch **Porto Cristo** und besuchten unter anderem noch die Tropfsteinhöhle in **Campanet**. Diese Tropfsteinhöhle steht eigentlich im Schatten der weitaus bekannteren Drachenhöhle von **Porto Cristo**. Diese Höhle kannten wir ja bereits. In einer Tiefe von bis zu 50 Metern gibt es in der Tropfsteinhöhle von **Campanet** keine Lichteffekte, Musik und Gondelfahrten. Man kommt aber auch hier ins Staunen über die vielen Tropfsteine und über den längsten und dünnsten Tropfstein von ganz Europa. So sagte uns der Höhlenführer, dass dieser Tropfstein einen Durchmesser von nur 4 Millimetern besitzt.

Der letzte Tag, der 14.08.2011, war ein Tag der Entspannung, bevor es zurück nach Deutschland ging.

Die letzten Monate und Tage in Deutschland

In Deutschland angekommen, haben wir als erstes unsere Kinder von den Erfolgen auf der Insel Mallorca unterrichtet. Unsere Tochter Juana beglückwünschte uns als erste und freute sich mit uns. Warum waren wir damals so blind und merkten nicht, dass diese Freude nur uns galt. Sie wünschte uns für unser zukünftiges Leben alles, alles Gute, aber sie war innerlich sehr traurig, denn wir verlassen sie für eine ungewisse Zukunft. Wir werden uns nicht mehr so oft sehen und das bedrückte sie sehr. Wann sehen wir uns überhaupt wieder? Diese Frage konnte keiner zu diesem Zeitpunkt beantworten. Wir begannen nun, unsere Prioritätenliste zu erstellen. Das Zieldatum stand ja nun fest. Am 01.10.2011 möchten wir mit Beginn unseres Mietvertrages auf der Insel sein. Es galt also:

Kündigung unseres bestehenden Mietvertrages hier in Deutschland

Buchung eines Fluges von Deutschland nach Mallorca für mich, meine Frau und unsere beiden Katzen

Verkauf des PKW meiner Ehefrau

Abschluss eines Vertrages mit einer Spedition zum Transport unserer Möbel und Einrichtungsgegenstände sowie unseres PKWs

Tierarztbesuch zur Vorbereitung unserer beiden Katzen.

Am 16.08.2011 schrieben wir unseren Vermieter an und schilderten ihm erstmals unser Vorhaben und den gegenwärtigen Stand. Die Übergangsphase zwischen den beiden Mietverhältnissen konnte nicht nahtlos gestaltet werden, denn auf der Sonneninsel

Mallorca besteht eine große Nachfrage nach Wohnraum. So mussten wir also den Mietvertrag bereits schon zum 01.10.2011 abschließen. Wir wollten nicht, dass uns eventuell noch ein anderer Interessent zuvor kommt. Aus diesem Grunde baten wir unseren Vermieter, den Mietvertrag durch einen Aufhebungsvertrag im gegenseitigen Einvernehmen aufzulösen. Unser Vermieter kam uns entgegen und stimmte diesem Vorschlag zu. Nun hatten wir wieder eine entscheidende Hürde genommen. Natürlich stand nun auch noch die Aufgabe vor uns, Schönheitsreparaturen an der Wohnung vorzunehmen. Aber auch das werden wir schaffen.

Jetzt konnten wir uns auch um einen geeigneten Flug kümmern. Am 25.08.2011 haben wir unseren Flug telefonisch bei einer bekannten, großen renommierten Fluggesellschaft gebucht. Zuvor galt es, die Reisebestimmungen für Katzen zu studieren. Wir können die Katzen mit im Fluggastraum befördern lassen, wenn das Gewicht jeder Katze, einschließlich Transporttasche, 5 kg nicht übersteigt und wir die vorgeschriebenen Maße der Transporttaschen einhalten. Wir hatten bereits im Internet zwei Transporttaschen gekauft, wie kann es anders sein, die Transporttaschen waren zu groß. Um kein Risiko einzugehen, wurden erneut zwei kleinere Transporttaschen gekauft. Die Tiere benötigen noch einen individuellen Heimtierausweis **(Pet Passport)** der Europäischen Union und beide müssen auch einen Mikrochip erhalten sowie alle erforderlichen Impfungen, insbesondere die Tollwutimpfung, über sich ergehen lassen. Also, noch recht bald ab zum Tierarzt!

Der Flug von Hannover nach Mallorca wurde für den 03.10.2011 in den frühen Morgenstunden gebucht. Zwei Tage nach Mietbeginn erfolgt erst die Auswanderung, aber dies war ja zu verkraften, obwohl wir die Zeit kaum noch abwarten konnten.

Goodbye Deutschland am 03.10.2011!

Soweit war es aber noch nicht. Die nächste Aufgabe bestand darin, ein geeignetes, seriöses Transportunternehmen zu finden, welches unser Umzugsgut und unseren PKW sicher nach **Sa Rapita** transportiert. Lange haben wir überlegt, wie wir unseren PKW auf die Insel bekommen. Fahren wir selbst über Frankreich nach Spanien und setzen in Barcelona mit der Fähre über oder lassen wir den PKW mit einem geeigneten Transporter überführen? Alles sprach für den Transport, sei es aus Kostengründen oder aus Mitgefühl für unsere beiden Katzen. Diese lange Autofahrt wäre ein unzumutbarer Stress für beide Tiere. Wir wollten nur unseren PKW „Skoda Superb" mit nach Mallorca nehmen, der Audi TT meiner Ehefrau musste vorher noch verkauft werden. Wir suchten also nun nach einem Transportunternehmen, wussten aber auch, dass diese Aufgabe nicht leicht sein wird. Es gibt leider auch in dieser Branche unseriöse Anbieter, die mit allen Mitteln versuchen, den Kunden Geld aus der Tasche zu ziehen, zumal ein Transport von Deutschland nach Mallorca ohnehin nicht billig ist. So gibt es zum Beispiel Kuriositäten in Hülle und Fülle, wie:

Vorkasse

Zahlung nach Beladung (eine äußerst unkalkulierbare Größe)

Weitergabe des Umzugs an billige Subunternehmen

Umlage von unvorhersehbaren Kosten für Verzögerungen, Ausfall der Fähre, Autobahnstreiks, Unwetter etc.

Zuladung von Gütern, die unter die Kategorie „Gefahrengut" fallen (im Gefahrenfall besteht kein Versicherungsschutz für das gesamte Transportgut) zusätzliche Kosten wie Beladegelder, Telefonkosten, Abfertigung der Frachtpapiere, Dieselzuschläge, und, und, und!!!

Wir fanden letztendlich einen Umzugsprofi für Mallorca, der sich über viele Jahre zu den leistungsfähigsten „Mallorca - Umzugsspezialisten" entwickelt hat. Die Kosten waren klar und transparent bestimmt und die genannten negativen Dinge nachweislich ausgeschlossen. Der Kubikmeter Transportgut war mit 111,00 € veranlagt, zuzüglich 19% Umsatzsteuer. Solange wir noch keine Übersicht über das Ladevolumen hatten, konnte uns auch noch kein Transporttermin genannt werden. Diese Transporte erfolgen immer als Sammeltransporte mehrerer Kunden, dementsprechend wird vom Unternehmen die LKW Größe bzw. die Anzahl der LKWs festgelegt. Danach erfolgt die Terminvergabe. Der Transport unseres PKW konnte von diesem Unternehmen nicht sichergestellt werden, wir bekamen aber eine Empfehlung zu einem erfahrenen Auto-Transportunternehmen mit Schwerpunkt Deutschland – Mallorca - Deutschland. Vor uns stand nun eine weitere, neue Aufgabe. Wir schlossen also auch mit diesem Autotransportunternehmen einen Vertrag, der genaue Termin der Abholung unseres PKW wurde uns Tage später genannt. „Ihr Auto wird am Donnerstag, den 15.09.2011 vormittags abgeholt", so die telefonische Information vom Unternehmen. Ein späterer Termin vor unserem Abflug war nicht möglich. Zwangsläufig mussten wir zustimmen, unseren PKW 19 Tage bis zu unserem Abflug nicht zur Verfügung zu haben. Alle wichtigen Aufgaben, für die wir den PKW benötigen, mussten also zügig erledigt werden. Das Transportunternehmen sicherte uns jedoch zu, dass der PKW in der Firma auf Mallorca sicher unter Verschluss abgestellt wird und dies ohne zusätzliche Kosten. Unter Beachtung der Transportkosten und der Wohnqualität nach mediterranem Einrichtungsstil legten wir fest, welche Einrichtungsgegenstände nehmen wir mit und wovon trennen wir uns. Was verschenken wir an unsere Kinder und Freunde, was versuchen wir zu verkaufen und was wird sofort entsorgt. Keine einfache Aufgabe. **Es begann das große Entrümpeln!** Dass wir hierbei große Fehler machten, stellte sich erst später heraus. In den folgenden Jahren mussten wir immer öfter zur Einsicht kommen, **„das hatten wir alles schon mal gehabt!"** Immer dann, wenn wir grade etwas benötigten oder sogar wieder neu anschaffen mussten.

Aber was soll es, was hilft im Nachgang das Jammern? Wie sagt doch ein bekannter deutscher Mentaltrainer? „Jammern füllt Kammern!" Man kann es nicht rückgängig machen. Würde man Ereignisse der Zukunft vorhersehen können, so würde man sicherlich einiges anders oder überhaupt nicht tun. Man würde keine neuen Lebenserfahrungen gewinnen, man würde in den Stillstand versinken. Das Leben ist nun mal eine Achterbahnfahrt, mal ist man oben, mal ist man unten! Wir hatten ausreichend Umzugskartons besorgt und begannen nun intensiv mit dem großen Packen. Alle fertigen Kartons stapelten wir in unserem Keller, um in der Wohnung ausreichend Bewegungsfreiheit zu gewährleisten. Dabei wurde gleich schon mal aussortiert, was wir nicht mitnehmen möchten. Die fertig gepackten Umzugskartons wurden akribisch nummeriert, vermessen und mit Kurzinhalt auf einer Liste festgehalten. Die Liste wurde zunehmend länger und länger, wir hatten ständig die 111,00 € für den Kubikmeter Transportvolumen vor Augen. Aus dieser Situation heraus entschlossen wir uns zunehmend, von immer mehr Dingen, Möbeln und Einrichtungsgegenständen zu trennen. So verzichteten wir zum Beispiel auf die Waschmaschine, den Kühlschrank, diverse Schränke, das Fernsehgerät (schwerer Röhrenfernseher), die Schrankwand, die Couch mit Sessel und auf das komplette Schlafzimmer, außer die Matratzen und die Aufleger. Man kann sich ja auf der Insel Mallorca neu einrichten. Wir sparen ja Transportvolumen und damit bares Geld. Für diese Möbel und Einrichtungsgegenstände bekommen wir sicherlich auch noch einige EURO, so unsere Vorstellungen. Dass diese Rechnung nicht aufging, sollte sich später noch herausstellen. Für gemeinnützige Zwecke wollten wir davon auch einiges zur Verfügung stellen. Das war eine gute Idee, aber halt nur eine Idee. Wie gedacht, so getan, nahmen wir Kontakt mit sozialen Möbellagern auf. Bereits am Telefon wurden wir schon vor den Kopf gestoßen. Wir erhielten lapidare Antworten wie: „An diesen Sachen sind wir nicht interessiert, die Schrankwand ist zu altmodisch, der Tisch ist zu hoch, der Stuhl ist zu klein, bla, bla, bla!" Die Schrankwand war unser erstes größeres Möbelstück, welches wir uns für viel Geld 1994 im Möbelhaus Skonto kauften. Sie war aus echtem Holz, hatte bleiverglaste Scheiben und besaß aufwendig verarbeitete Verzierungen und Ornamente. Warum diese Schrankwand von sozialen Möbellagern nicht an Bedürftige weiter zu geben war, habe ich nie verstanden. Einem echt Bedürftigen ist es doch sicherlich egal, wie alt die Schrankwand ist, Hauptsache er erhält solch ein Teil. In mir entstanden auch echte Zweifel am sozialen Charakter dieser Möbellager. Werden etwa gar keine Möbel für Bedürftige gesucht? Ist es etwa nur ein Vorwand? Will man eventuell kostenlos erworbene Möbel weiter verkaufen und so Gewinne erwirtschaften? Ich weiß es nicht, die Vermutung liegt schon nahe, zumal sich beim Angebot von Gläsern und Essgeschirr ähnliche Dinge abspielten. „Wenn nicht sechsmal komplett vorhanden, dann nehmen wir es nicht", so die Sprüche des „Sozialapostel". Einem sozial Bedürftigen ist es sch..... egal, wie viel Tassen und Teller er im Schrank stehen hat, trinken und essen kann er gleichzeitig sowieso nur aus einem Glas oder von einem Teller. Letztendlich wurde unsere Schrankwand für 25,00 € an eine uns bis dahin unbekannte Familie aus der Nachbarschaft verkauft. Man hatte im Ort irgendwie erfahren, dass man bei uns „Schnäppchen" machen kann.

Bei der Auflösung unserer Kleingartenparzelle kam ebenfalls viel „Kleinkram" zusammen. Was sich über Jahrzehnte in den Schränken im Bungalow ansammelte, war schon erstaunlich. Uns kam die Idee, bei unserer geplanten Abschiedsfete im Garten einen Basar zu gestalten, wo sich jeder von dem „Kleinkram" kostenlos nehmen kann was er möchte, einschließlich einiger Gartengeräte. Es war schon lustig anzuschauen, was alles so den Besitzer wechselt, wenn es nichts kostet. Bei dieser Aktion gab es positive sowie auch negative Erlebnisse. Eine Bekannte von uns sackte viele Dinge ein, sie konnte gar nicht alles transportieren und musste kurzentschlossen ihren PKW holen. Als wir sie einige Tage später trafen und wir fragten ob sie alles gut nach Hause gebracht hat, schilderte sie uns, dass sie im Kindergarten ihres Dorfes mit diesen Dingen ebenfalls einen Basar veranstaltete. Die Einnahmen, die sie durch den Verkauf an die Eltern der Kinder erhielt, stiftete sie dieser Kindereinrichtung. Eine tolle Sache, die uns sehr gefiel! Wie bereits gesagt, gab es auch negative Erlebnisse. Wir hatten einen großen, massiven, aus Betonteilen gefertigten Grill, wie man ihn in Baumärkten kaufen kann, im Garten stehen. An diesem Grill war ein Bekannter von uns interessiert. Er fragte mich, was wir dafür haben möchten. Ich machte ihm den Vorschlag, wenn er den Grill bei sich im Garten aufgestellt hat, dann möge er uns zum ersten Grillabend mit einladen. Dies war für ihn ein sehr gutes Angebot und er stimmte dem sofort zu. Wir verabredeten uns für einen Samstag im Garten, damit er den Grill abbauen kann. Als er mit zwei Helfern erschien und alle drei schon am frühen Samstagvormittag nach Alkohol stanken, ahnte ich nichts Gutes. Beim Abbau des Grills ging man nicht zaghaft mit Vorschlaghammer und Brechstange um. Ich hielt mich bei der Aktion zurück, fasste nicht mit zu, schließlich war es nicht mehr mein Grill. Im Herzen tat es mir schon leid, mit ansehen zu müssen, wie grob man mit „Geschenktem" umgeht. Es mussten nun auch noch die schweren Teile aus dem Garten herausgetragen und auf einen PKW-Anhänger verladen werden. Es ging solange gut, bis die schwere Betonplatte, auf der das Oberteil des Grills stand, an der Reihe war. Beim Aufladen auf den PKW- Anhänger fiel diese Betonplatte zu Boden und zerbrach in zwei Teile. Die einzige Reaktion, die von meinem Bekannten kam, war folgende Äußerung: „Das ist überhaupt nicht schlimm, ich habe Betonkleber, das bekomme ich wieder hin." Was das auch immer für ein Betonkleber ist, der einen Bruch solcher starken und schweren Betonplatte dauerhaft verbindet, ich weiß es nicht. Für mich war klar, das war es mit dem Grill! Tage später traf ich diesen „Klebeexperten", er hatte keine Zeit für ein Gespräch, ich könnte ihm ja die peinliche Frage nach dem Grill stellen. Von nun an ging er mir aus dem Weg, einen Grillabend gab es nicht mehr, ein Grill und eine langjährige Bekanntschaft waren zerbrochen.

Eine weitere Anekdote spielte sich wie folgt ab: Ich hatte auf der Terrasse unseres Bungalows einen sehr großen und gepflegten Sonnenschirm einschließlich Ständer stehen. Eines Tages, als ich in den Garten kam, war dieser Sonnenschirm mit samt dem Ständer verschwunden. Er war geklaut! Ich hörte mich bei einigen Gartennachbarn um, ob eventuell jemand den Diebstahl bemerkt hat. Siehe da, ich hatte Glück. Ein mir gut bekannter Gartenfreund unserer Kleingartenanlage wurde mit meinem Sonnenschirm auf der Schulter transportierend gesehen. Ich wollte ihn zur Rede stellen, traf ihn jedoch nicht an. So schrieb ich ihm einen Zettel mit der Aufforderung, binnen einer Woche den Sonnenschirm auf unsere Terrasse zurück zu stellen. Sollte dies nicht geschehen, so drohte ich ihm mit einer Anzeige wegen Diebstahls bei der Polizei. Diesen Zettel befestigte ich gut sichtbar an der Tür seiner Gartenlaube. Diese Aufforderung musste ich nochmals wiederholen, bis ich ihn eines Tages zur Rede stellen konnte. Was ich von ihm für eine Antwort erhielt, schlug sprichwörtlich dem Fass den Boden aus. „Ich habe mir den Sonnenschirm nur mal ausgeliehen um zu sehen, wie dieser vor meinem Haus aussieht." Ich muss dazu betonen, sein Haus befindet sich etwa 10 Kilometer von der Gartenanlage entfernt. „Ich hatte den Sonnenschirm auch wieder auf deine Terrasse zurück gestellt, jemand anders hat ihn danach geklaut." Es war mir einfach zu primitiv, mich weiter mit einem solchen Typ von Gartenfreund auseinander zu setzen. Ich machte auch keine Anzeige bei der Polizei. Bevor ich überhaupt bei einer Anzeige eine Antwort erhalte, bin ich schon längst nicht mehr in Deutschland. Sicherlich schon Monate oder Jahre auf der Insel Mallorca, was ist schon der Diebstahl eines Sonnenschirms!

Alle weiteren Dinge aus dem Garten, wie ein Pavillon, ein Notstromaggregat, diverse Gartengeräte, eine Tauchpumpe und eine Hollywoodschaukel haben wir unserer Tochter Juana und unserem zukünftigen Schwiegersohn Uwe überlassen.

Gleichlaufend zu dieser Gartenaktion ging es zu Hause weiter mit der großen „Packaktion". An den Wochenenden bekamen wir oft „große Hilfe" von unserer kleinen Lena. Es war immer sehr amüsant, mal saß sie in einem Umzugskarton, kurze Zeit später krabbelte sie schon wieder sehr aufgeregt hinter unseren beiden Katzen her. Es war somit immer was los in unserer nunmehr unordentlichen Wohnung. Am 21.08.2011, ein unvergessliches Datum, kam nachmittags unsere Tochter Juana überraschend zu Besuch. Ich war gerade im Keller beschäftigt, wurde dringend von meiner Ehefrau in die Wohnung gerufen. Vor mir stand unsere Tochter mit einem großen Karton in den Armen. Juana übergab uns diesen, als „Auswanderungspaket" beschrifteten Karton. Sie hatte sich, ohne dass wir es wussten, in mühevoller, tagelanger Arbeit, sehr viel einfallen lassen. Im „Auswanderungspaket" befanden sich neben diversen Scherzartikeln eine selbst gestaltete Wanduhr mit Fotos unserer lieben Lena, eine Flasche „Magdeburger Lebens- Elixier" (Kräuterlikör) und ein wetterfester Gartenzwerg. Es war eine kleine lustige Provokation, denn Juana wusste genau, dass wir auf solche „Gartenverunstalter" nicht stehen, aber sie beauftragte uns, dieses Teil in unserem Garten in **Sa Rapita** aufzustellen. Jeder Spanier hätte sofort gesehen, dass hier Deutsche leben. In Spanien ist es nicht üblich, solchen Kitsch aufzustellen. Da ich manchmal mit Juana Schach spielte, dies ja nun zukünftig nicht mehr möglich sein würde, befand sich im „Auswanderungspaket" auch ein sprechender, elektronischer Schachcomputer für einsame Winterabende. Kleine, nummerierte Geschenkpäckchen gaben uns zunächst Rätsel auf. Was hat es damit auf sich? Wir sollten es kurze Zeit später noch erfahren. Ein sehr liebevoll und emotional gestaltetes Familienalbum, das sich ebenfalls in dem „Auswanderungspaket" befand, war der Schlüssel zu diesen Geschenkpäckchen. In unregelmäßigen Abständen stießen wir beim Anschauen auf eingefügte Hinweise. Auf einer bestimmten Seite angekommen, wurden wir dort aufgefordert, das angegebene Geschenkpäckchen zu öffnen. Es machte uns sehr viel Spaß, es war lustig und zugleich auch lehrreich und spannend, wussten wir doch nicht, was uns im nächsten Geschenkpäckchen erwartet. Mal war die Aktionsaufgabe ein Rollenspiel oder wir mussten ein selbst gestaltetes Kreuzworträtsel lösen. Das Kreuzworträtsel stand unter dem Motto: „Auswandern kann nur der, der auch reif für die Insel ist". Wir konnten feststellen, dass wir schon einiges über Mallorca wussten, jedoch aber auch noch Bildungslücken hatten.

Folgende Aktionsaufgabe bildete jedoch einen Höhepunkt im Familienalbum:

„Jetzt wird es mal Zeit für Kultur ....

Aktionsaufgabe: Mallorca

Ab Januar 2012 schicken wir Euch jeden Monat durch die Insel, um Euch die schöne Kultur der Insel etwas näher

zu bringen. Übrigens schummeln geht nicht, jeder Ausflug muss mit einem Foto und Datum dokumentiert werden!"

So waren diese Ausflüge vorgeschrieben:

Januar: **Castell de Bellver**

Februar: **Chocolat Factory**

März: **Castillo Hotel Son Vida**

April: **Ses Salines**

Mai: **Valldemossa**

Juni: **Halbinsel Formentor**

Juli: **Banyalbufar/Estellencs**

August: **Fiesta Virgen del Carmen**

September: **Jumeira Bananera**

Oktober: **Museu de Mallorca**

November: **Ölmühlen**

Dezember: **Santo Domingo**

Zum Schluss des Familienalbums wurde es noch mal richtig emotional. Nicht nur durch speziell ausgewählte Fotos, sondern auch durch ein nochmaliges Dankeschön für all das, was wir in den vergangenen Jahren getan hatten. Beim Lesen bekamen wir eine Gänsehaut, besonders die letzte Seite hatte es in sich. Worte, die sehr viel sagten, die ein Gefühl unserer Tochter ausdrückten, was wir im

Laufe unseres Insellebens zunehmend stärker nachempfinden konnten.

Auf der letzten Seite steht zu lesen:

„ Herzenswunsch

Ich wünsche Euch, dass ihr immer den Mut habt,

der Stimme Eures Herzens zu folgen."

Diesen Mut hatten wir. Unsere Tochter Juana wusste genau, dass unsere Liebe zur Familie viel zu groß ist, als dass wir ständig von ihr getrennt sein können. Aber dazu Näheres im weiteren Verlauf meines Buches.

Am Donnerstag, den 25.08.2011 haben wir den Audi TT meiner Ehefrau verkauft. Es ging relativ schnell, wir haben den Preis noch etwas nach oben handeln können, letztendlich haben wir **4100,00 €** in bar erhalten. Es war für Regina ein sehr trauriger Tag, war doch der Wagen sehr gepflegt und ihr ganzer Stolz. Es versteht sich von selbst, dass sie den ganzen Tag an ihr Auto denken musste. Mit dem Hinweis auf den Blick in die Zukunft versuchte ich sie zu trösten. Mit dem gemeinsamen Altersruhestand hätten wir beim Verbleib in Deutschland uns auch nur noch für ein Auto entschieden. Diese Entscheidung wäre dann aus wirtschaftlichen Gründen ebenfalls für den Skoda Superb ausgegangen. Für diesen kauften wir noch vier neue Sommerreifen und ließen sie in unserer KFZ Werkstatt gleich noch aufziehen. „Wieso möchtet ihr vier neue Sommerreifen aufziehen lassen, eure Reifen könnt ihr getrost noch bis Oktober fahren, dann werden doch sowieso die Winterreifen aufgezogen?" So die Frage unseres Werkstattmeisters! Nun galt es, der Werkstatt zu sagen, dass wir zukünftig keine Winterreifen mehr benötigen, dass wir nach Mallorca auswandern. Gleichzeitig nutzten wir den Tag, bedankten uns bei der Werkstatt für den guten Service in all den Jahren und verabschiedeten uns.

Die ersten Tage im Monat September nutzten wir für Abschiedsbesuche bei unseren Eltern, Geschwistern und Bekannten.

Nun war auch der Tag gekommen, an dem es galt, unseren PKW für den langen Transport vorzubereiten. In Absprache mit dem Transportunternehmen durften wir auch den Kofferraum beladen, aber nur dann, wenn er auch separat abzuschließen ist. Bei unserem PKW ist dies möglich, so dass wir all die wichtigsten Dinge verladen hatten, die wir bei der Ankunft in unserem Haus auf Mallorca sofort benötigten.

Dann war es so weit!

Am Donnerstag, den 15.09.2011, kurz nach 8.00 Uhr, fuhr ein großer Autotransporter in unseren Wohnpark. Ich wartete schon ungeduldig. An Hand der Aufschrift der spanischen Spedition wusste ich, das ist er. Ich stoppte diesen Autotransporter bereits an der Einfahrt zum Wohnpark, denn er hätte im Wohnpark nicht wenden können. Auch meine Ehefrau erschienen zwischenzeitlich. Wir waren sehr stolz, zumal sich auch neugierige Bewohner einfanden und der Beladung zuschauten. Gemeinsam mit dem Fahrer des Autotransporters begutachteten wir unseren PKW, ob eventuell Schäden oder Kratzer erkennbar waren. Es wurde alles protokolliert, die Fahrzeugpapiere und der Autoschlüssel übergeben. Nach Unterzeichnung der Frachtpapiere wurde unser PKW auf das obere Deck verladen. Im unteren Deck befanden sich schon PKWs mit gleichem Ziel. Da der Transporter rückwärts auf die Hauptstraße haken musste, sperrte ich die Straße kurz ab und war dem Fahrer durch Einweisungen behilflich. Ich schaute dem Autotransporter noch nach, bis er an der Kurve meinen Blicken entschwand. Wird alles gut gehen? Wird unser Auto im fremden Land auch gut behandelt und sicher untergestellt werden? Wir haben den PKW mit Schlüssel, Zulassung und sonstigen Papieren in fremde Hände gegeben. Das einzige, was wir noch besaßen, war der Kfz- Brief. Zum Glück wusste ich zu diesem Zeitpunkt noch nicht, dass es in Spanien überhaupt keine Kfz-Briefe gibt. Auch Neuwagen werden ohne Kfz- Briefe ausgeliefert. Ich glaube, ich hätte mir sicherlich noch mehr Gedanken gemacht. Es galt jetzt, alle Einkäufe zu Fuß zu erledigen, denn Fahrräder hatten wir auch nicht mehr, wir haben beide Fahrräder bereits verkauft. Bis zum nächsten Supermarkt waren es ungefähr 2 Kilometer. Mit dem Rucksack auf dem Rücken ging es auf Schusters Rappen zum Einkauf. Es lief im wahrsten Sinne des Wortes ganz gut und man bewegte sich auch an der frischen Luft, was wir in den zurückliegenden Tagen viel zu wenig taten.

Am 18.09.2011 erschien mal wieder unsere Tochter Juana mit Lena zum Besuch. Trotz aller Umstände war es ein toller Tag. Am Nachmittag haben wir gemeinsam im Internet den ersten Urlaubsflug für unsere Drei, also für Juana, Uwe und Lena gebucht. Ab Flughafen Schönefeld geht es am 21.12.2011 nach Mallorca. Es ist der allererste Flug für unseren zukünftigen Schwiegersohn Uwe und natürlich für unsere kleine Enkeltochter. Wir werden ja bis dahin schon länger als 2 Monate auf der Sonneninsel Mallorca leben. Der Rückflug wurde für den 28.12.2011 gebucht, somit werden wir gemeinsam Weihnachten auf der Insel genießen. Darauf freuten wir uns schon sehr.

Mit all unseren Transportvorbereitungen waren wir nun endlich fertig, wir hatten den Vertrag mit der spanischen Umzugsspedition abgeschlossen. Insgesamt hatten wir 17 Kubikmeter Ladevolumen, verteilt auf 93 Packstücke, erreicht. **1887,00 €** würde uns dieser Umzug zunächst kosten, wir waren uns aber auch sicher, dass hier noch Kosten hinzukommen würden. Zum Beispiel war die Arbeitszeit für die Beladung des Fahrzeuges noch nicht berücksichtigt. Ausgenommen der Faltkartons verpackten wir alle Möbel und sperrigen Gegenstände in Luftpolsterfolie. Dies nach unseren eigenen Vorstellungen und auf unprofessionelle Art und Weise. Wird es den Anforderungen und Vorschriften für einen sicheren Transport genügen? Wir werden es sehen! Mit dem Vertragsabschluss konnte nun auch endlich der Umzugstag festgelegt werden. Am 26.09.2011 um 13.00 Uhr erreichte uns der erlösende Anruf der Spedition. Die Beladung sollte am 27.09.2011 abends erfolgen. 10 Minuten später klingelte erneut das Telefon. „Der Lastkraftwagen kann eventuell auch am Abend des 26.09.2011 eintreffen", so die Auskunft am anderen Ende des Telefons. Unsere Anspannung erreichte mal wieder erneut einen Höhepunkt. Ich hatte vorsorglich schon mal Zettel in die Briefkästen einiger Anwohner gesteckt. Ich bat damit um die Freihaltung unserer beengten Zufahrt zu unserem Wohnhaus und einiger Parkflächen. Bei der Beladung des Fahrzeuges würden diese Parkflächen blockiert sein.

Es begann das lange, ungeduldige Warten, die Zeit verging überhaupt nicht, so unsere Empfindungen. Kommt das Fahrzeug noch am Abend des 26.09.2011 oder erst einen Tag später? Um 17.00 Uhr schreckten wir auf, es klingelte an unserer Haustür. **Der Umzugswagen war endlich da!** Ich ging hinaus. Ein sehr großer Lastkraftwagen stand vor unsere Einfahrt. In großen Lettern stand unter anderem zu lesen: **„Der Umzugsprofi für Mallorca"** Diese Beschriftung und das spanische Kennzeichen lösten sofort allgemeine Neugier in unserem Wohnpark aus. Es kam nun mal nicht alle Tage vor, dass jemand einen so weiten Umzug und dann auch noch in ein anderes Land vornahm. Aber nicht nur das, sondern die Einparkkünste, rückwärts in unsere enge Zufahrt, waren interessant anzuschauen. Hier saß ein echter Profi am Steuer. Nach etwa 20 Minuten stand der Umzugswagen zur Beladung bereit. Unverzüglich wurde mit der professionellen Beladung begonnen. Unser restliches Hab und Gut wurde auf der Ladefläche verstaut und gegen Verrutschen gesichert. Etwa 2 Drittel der Ladefläche waren nach Ende der Beladung mit unserem Transportgut ausgelastet. Die Beladung war um 22.00 Uhr abgeschlossen und der Umzugsvertrag aktualisiert. Hinzu kamen:

2 Faltkartons x 2,88 €

1 Bücherkarton x2,66 €

2 Rollen Packband x3,33 €

14 Meter Luftpolsterfolie x1,88 €

4 Bilder/Spiegelkartons x 4,66 €

7 Meter Stretchfolienverpackung x 2,44 €

Zuzüglich der Beladekosten von 33,77 € und der Umsatzsteuer in Höhe von 374,60 € erhöhte sich der Gesamtbetrag des Transportes auf **2377, 49 €**

Es wurde festgelegt, dass diese Summe in bar bei der Anlieferung in **Sa Rapita** zu zahlen ist. Da die beiden Spediteure noch auf einen weiteren Lastkraftwagen warteten, welcher Umzugsgut von Berlin anliefert und diese Fracht noch zusätzlich mit auf unseren Umzugswagen verladen werden sollte, nutzten wir diese Wartezeit mit einem vorbereiteten Imbiss in unserer Wohnung. Wir konnten uns dabei ganz gut unterhalten, zumal der Verantwortliche der Spedition Deutscher war und schon viele Jahre auf Mallorca lebt. Nachdem der Lastkraftwagen aus Berlin kommend eingetroffen war, wurde das Umzugsgut sofort umgeladen. Man wollte nicht mehr losfahren, da es nun schon nach Mitternacht war. Man schlief in der Fahrerkabine und auf der Ladefläche. Die Fahrt nach Barcelona wollte man in den frühen Morgenstunden beginnen. Sie standen ja auch unter Zeitdruck, da man von der Fährverbindung Barcelona - Mallorca abhängig war. Ich habe die ganze Nacht kaum geschlafen. Ständig lauschte ich in die Nacht, ob ich eventuell etwas mitbekomme. Am frühen Morgen, so etwa gegen 06.00 Uhr, hörte ich im Halbschlaf, wie der Motor des Fahrzeuges gestartet wurde. Die lange Fahrt begann. Gedanklich wünschte ich einen guten, unfallfreien und sicheren Transport. Wir hatten aber ein gutes Gefühl, da wir doch Menschen kennen lernten, die diesen Job schon viele Jahre professionell ausüben. Unser Umzugsgut wird auf Mallorca nach **Llucmajor – Poligono Son Noguera** transportiert. Dort wird es entladen und in Lagercontainer, die in Lagerhallen stehen, eingelagert. Diese Lagercontainer sind aus siebenfach verleimten Sperrholzplatten gefertigt und stehen auf 12 cm hohen Füßen. Damit wird eventuelle Schwitzwasserbildung von vornherein ausgeschlossen. Alle Packstücke sind fortlaufend nummeriert. Diese Zwischenlagerung hat einen ganz besonderen Grund. Die Auslieferung erfolgt mit kleineren Lastkraftwagen, da es untersagt ist, mit diesen großen Fahrzeugen in die Ortschaften zu fahren, zumal es auf Grund der engen Straßen ohnehin nicht möglich wäre.

Am 28.09.2011 fuhren wir mit unseren Bekannten nach Hannover. Auch sie wollten im spanischen Konsulat die **NIE** beantragen, da auch beide nach Mallorca auswandern wollten. Sie vollzogen diesen Schritt jedoch erst im Januar 2012. Mit Erstaunen mussten wir feststellen, dass das spanische Konsulat geschlossen war, es sollte wohl nach Berlin verlegt worden sein. Gewissheit darüber gab es jedoch nicht. Hatten wir ein Glück, denn unsere Bekannten mussten somit die **NIE** vor Ort auf Mallorca beantragen.

Den 29.09.2011 nutzten wir für die Grundreinigung unserer Wohnung. In unserem Bett konnten wir schon einige Tage nicht mehr schlafen, denn wir hatten unser komplettes Schlafzimmer unserer Nachbarin verkauft. Wir nutzten ein aufblasbares Gästebett, welches wir am letzten Tag unseren Kindern überließen.

Am Freitag den 30.09.2011 holte uns unsere Tochter Juana ab. Wir haben für 3 Tage bei unseren Kindern „Asyl" erhalten. Sie gaben sich sehr große Mühe, es fehlte uns an nichts. Es waren 3 tolle Tage. Wir konnten uns auch intensiv mit unserer kleinen Lena beschäftigen. Es war sehr amüsant anzuschauen, wie die Kleine sich im Laufgitter aufrichtet und sich dabei herzhaft freute. Dann war er da, der einerseits lang ersehnte aber andererseits auch der schwere Tag des Abschieds. Am Abend brachten wir unsere Lena zu Bett und gaben ihr einen letzten herzhaften Abschiedskuss. Wenn sie morgen Früh aufwacht, sind Oma und Opa nicht mehr da. Beim Schließen der Kinderzimmertür kamen mir diese Gedanken und mir wurde wehmütig ums Herz. Was haben wir nur getan? Ist es nicht egoistisch, unsere Lieben einfach so zu verlassen? Ich tröstete mich selbst mit dem Gedanken: „Lena ist ja zum Glück noch viel zu klein, um alles bewusst zu erleben". Um 21.00 Uhr kamen unsere Bekannten und um 21,45 Uhr fuhren sie uns mit unseren beiden Katzen, beide in Tragetaschen eingesperrt, zum Flughafen Hannover. Es gab viele, viele Tränen des Abschieds, insbesondere bei Juana. Wir trösteten uns aber gegenseitig mit dem Ziel unseres Wiedersehens zu Weihnachten auf Mallorca. Die letzten Worte, die wir von Juana hörten, waren:

„Seit die Urlaubsflüge gebucht wurden, fällt mir das Abschiednehmen leichter".

Auf dem Flughafen angekommen, hatten wir noch bis zum Abflug einige Stunden Zeit. Für unsere Katzen kauften wir ja vorher schon vorsorglich zwei Halsbänder und zwei Leinen. Wir öffneten für eine gewisse Zeit die Tragetaschen und ließen die beiden an den Leinen laufen, sehr zur Freude von wartenden Fluggästen mit ihren Kindern. Unsere Bordkarten hatten wir bereits am Automaten hier auf dem Flughafen ausgedruckt.

Goodbye Deutschland

Flughafen Hannover in den Morgenstunden des 03.10.2011. An der Anzeigetafel wird für den Fug **Palma de Mallorca** der **Check In** angezeigt. Wir setzten unsere Katzen in ihre Transporttaschen und begaben uns nun zum Check In. Das Handgepäck und die Tragetaschen stellten wir auf das Förderband zur Durchleuchtung. Natürlich hatten wir die Katzen vorher herausgenommen. Mit den Katzen im Arm ging es nun hinein in den Abflugbereich. Alles verlief reibungslos. Bisher hatte keiner nach den Tierpässen gefragt, auch die erforderlichen Impfungen wurden nicht kontrolliert. Wozu der ganze Aufwand mit den Tieren vorher? Auch die Größe der Tragetaschen interessierte nicht. Nun waren wir im Abflugbereich und die Spannung stieg. Durch eine große Fensterscheibe schauten wir dem emsigen Treiben bei der Vorbereitung unseres Flugzeuges auf den bevorstehenden Flug zu. Eine gute halbe Stunde später kam der Aufruf „**Boarding**". Ein Kribbeln im Bauch ließ sich zwangsläufig nicht verhindern. Wir zeigten unsere Bordkarten und gingen zum Einstieg. Nachdem unsere Plätze gefunden waren, verstauten wir unser Handgepäck in der Ablage. Die Tragetaschen mit unseren Tieren fanden unter den vor uns befindlichen Sitzen Platz, so dass wir die Tragetaschen zwischen unseren Füßen hatten. Es war zwar nicht besonders bequem, aber was ist in einem Flieger schon bequem? Bei einer Flugzeit von etwa 2 Stunden ist es schon zu ertragen. Unserer Sissi gefiel es im Flugzeug überhaupt nicht. Dazu muss ich bemerken, dass beide Katzen total unterschiedliche Charaktere haben. Garfield ist ein sehr ruhiger Kater, er lässt sich fast alles gefallen, wogegen Sissi sehr temperamentvoll ist. Was ihr nicht gefällt, zeigt sie energisch und lautstark in ihrer Katzensprache. So auch hier im Flugzeug. Zwischenzeitlich rollte das Flugzeug zur Startposition. Die Spannung stieg, die Starterlaubnis wurde gegeben und wir spürten den kraftvollen Schub und die Beschleunigung. Wie immer erwarteten wir angespannt das Abheben des Flugzeuges. Mit Blick aus dem Fenster sahen wir, wie schnell wir an den Flughafengebäuden vorbeirollten. Das Flugzeug neigte sich nach oben und ehe es uns bewusst wurde, waren wir bereits einige 100 Meter hoch. Wir waren gestartet und befanden uns im Steigflug. Unter uns sahen wir die vielen Lichter von Hannover und Umgebung. Auch die Straßen und die Autobahn konnten wir erkennen. Wir stiegen immer höher, die Lichter wurden schwächer und schwächer, erste Wolkenschleier verdeckten unsere Sicht und nach einigen Minuten flogen wir über eine graue, geschlossene Wolkendecke. Schön war der Sternenhimmel anzuschauen, es begann bereits zu dämmern. Wie singt doch Reinhard May treffend in seinem Lied?

„Über den Wolken muss die Freiheit wohl grenzenlos sein, alle Ängste alle Sorgen,

sagt man, blieben darunter verborgen und dann würde, was uns groß und wichtig

erscheint, plötzlich nichtig und klein."

Diese Stimmung kam zurzeit noch nicht auf. Unsere Gedanken waren noch bei unseren Lieben. Was macht Juana jetzt in diesem Augenblick? Schläft sie noch? Ist sie nach unserem Abschied überhaupt zur Ruhe gekommen? Wir wussten es nicht, aber Uwe hat sie sicherlich trösten können, wir sehen uns ja bald wieder. Mit diesen Gedanken versuchten wir uns zu beruhigen.

Der Flug verlief ruhig, bei einem Glas Tomatensaft und in eine Zeitschrift vertieft versuchte ich mich abzulenken. Unsere Sissi beruhigte sich während des gesamten Fluges kaum. Kinder wurden sogar aufmerksam. „Hier muss eine Katze im Flugzeug sein", so ihre Bemerkungen. Als wir ihnen sagten, dass hier nicht eine, sondern zwei Katzen an Bord sind, dachten sie, wir wollten sie veralbern. Der Flug ging in die letzte Phase, als der Flugkapitän sich über Bordfunk meldete und den Landeanflug ankündigte. Über **Palma** ist es wolkenlos, uns erwarten 19 Grad, so seine Ankündigung. Wir freuten uns, genau das haben wir erwartet. Das Flugzeug hatte die Reisehöhe schon längst verlassen. Wir überflogen das Mittelmeer, man sah die Schaumkronen der Wellen, vereinzelt konnten wir sogar Schiffe erkennen. Am Horizont erschien bereits die Insel Mallorca. Wir überflogen kleine Ortschaften, sahen das **Tramuntana** Gebirge, erkannten die gut geordneten Felder und Straßen. Mit einer starken Linkskurve brachte der Pilot den Flieger in die Landerichtung. Kaum hatten wir bemerkt, dass wir sehr tief die Autobahn überquerten, schon war unter uns die Landebahn. Immer tiefer und tiefer, ein plötzliches Poltern und ein starkes Abbremsen. **Wir sind gelandet auf dem Flughafen von Palma de Mallorca, unserer neuen Heimat!** Wie immer auf Flügen erschallte ein kräftiges Händeklatschen aller Fluggäste. Auf diese Weise bedanken sich alle bei der Crew. Sicherlich ist diese Geste weniger ein Dankeschön an die Crew, sondern mehr ein persönliches Ventil zum Ablass von Ängsten und Spannungen. Das Flugzeug rollte zur Parkposition. Nach einigen Minuten öffneten sich die Türen. Wir nahmen unser Handgepäck und unsere Tragetaschen und verließen das Flugzeug. Die Kabinencrew wünschte uns noch einen schönen Urlaub. Im Stillen dachte ich: „Wenn die wüssten, was wir für einen langen Urlaub haben". An der Tür des Fliegers schlug uns ein warmer Luftstrom entgegen. Ein Luftstrom, bestehend aus den noch laufenden Triebwerken und dem angenehmen Klima. Da war er auch wieder, der Duft einer Mittelmeerregion. Ich hatte ihn ja anfänglich schon beschrieben. **Wir sind zu Hause angekommen! Sind wir es wirklich? Die Zeit wird es zeigen!**

Wir gingen zügig zum Gepäckband, um unseren Koffer zu übernehmen. Wir kannten uns ja bereits auf dem Flughafen gut aus. Man muss vom Ausstieg bis zu den Kofferbändern recht lange Wege in Kauf nehmen. Auf diesem schönen Flughafen ist alles super ausgeschildert. Die meiste Strecke fährt man auf Rollstegen. Als wir unseren Koffer übernommen hatten, gingen wir zum Taxi-Stand am Vorplatz des Flughafens. Es ging recht schnell und wir saßen im Taxi. Wir mussten ungefähr 50 Kilometer bis **Santa Ponca** fahren.

Santa Ponca liegt im Süd-Westen der Insel, in der Nähe von **Magaluf.** Besonders bevorzugt wird dieses Gebiet von britischen Urlaubern. Die schöne Natur wurde von der unkontrollierten Bebauung mit großen Hotelklötzen geschändet, obwohl dieses Gebiet bei den Mallorquinern einen hohen geschichtlichen Stellenwert hat. Durch die Landung von Jaume I am 12. September 1229 sollte die Insel von arabischer Belagerung befreit werden. Ein Kreuz zum Gedenken an dieses Ereignis steht auf einem Felsen über der Bucht. An dieser Stelle kann man übrigens einen traumhaften Sonnenuntergang bewundern. Anfang September jeden Jahres wird in **Santa Ponca** dieses Ereignis feierlich begangen. Im Rahmen eines großen Stadtfestes wird am Abend am Strand die Schlacht nachgestellt. Anschließend erfolgt ein großer, beeindruckender Festumzug. Ab Mitte August kann man rechtzeitig das vollständige Programm der **Fiestas Rei en Jaume** im Internet erfahren.

Also dort in **Santa Ponca** wollten wir unseren PKW übernehmen. Mit unseren beiden Katzen, natürlich in den Tragetaschen auf dem Schoß, ging die Fahrt über die Autobahn zum Zielort **Poligono Son Bugadelles, C/Aliconte 39**. Dies liegt im Gewerbegebiet von **Santa Ponca**. Der Fahrer hat es gut gefunden und uns dort abgesetzt. Der Preis für diese Taxifahrt war bedeutend billiger als für eine vergleichbare Strecke in Deutschland. Wir fanden das Gebäude nicht sofort, mussten uns deswegen erst noch durchfragen. Kurze Zeit später standen wir vor der Toreinfahrt. Wir waren vor Arbeitsbeginn erschienen und es war noch kein Ansprechpartner zu erreichen. Da wir aber telefonisch von Deutschland aus den Abholtermin abgesprochen hatten, warteten wir geduldig. Es war ja sehr schönes Wetter, das Warten fiel uns also nicht schwer. Nach einer halben

Stunde kam eine Mitarbeiterin, vermutlich die Sekretärin, also die Frau, mit der wir den Termin vereinbart hatten, denn sie konnte sich an uns erinnern. Sie ließ uns freundlich herein und wir sahen auch sofort unser Auto stehen. Es stand in einer großen Halle und war, wie zugesichert, ordentlich und sicher abgestellt. Uns störte auch nicht, dass das Auto leicht verstaubt war. Wir hatten es ja wieder, nur das zählte. Wir bezahlten **830,00 €** in bar, bekamen den Autoschlüssel, unsere Fahrzeugpapiere und den Nachweis der Zahlung. So konnten wir unsere Fahrt mit eigenem Auto auf der Insel Mallorca beginnen. Nach unserer Abfahrt machten wir an einer abgelegenen Stelle im Gewerbegebiet von **Santa Ponca** nochmals kurz Rast, um unsere beiden Katzen angeleint etwas Bewegung zu geben und ihnen vor allem Trinkwasser zu reichen. Danach begann ganz entspannt die Fahrt nach **Sa Rapita**. Vorher programmierten wir unser mobiles Navigationsgerät, unser fest im Fahrzeug eingebautes Navi konnten wir wegen fehlender spanischer Software nicht nutzen. Die Fahrt führte uns über die Ma1 und die Ma19 bis zur Ausfahrt **Llucmajor**. Von hier ab waren es noch 14 Kilometer bis **S'Estanyol** und ungefähr 17 Kilometer bis **Sa Rapita**. 2 Kilometer fuhren wir unmittelbar am Meer entlang. Es war sehr schön, das Meer endlich wieder sehen zu können. Nun könnten wir ja zukünftig das Meer so oft wie wir wollten erleben. Als wir das Ortseingangsschild von **Sa Rapita** erreichten, wussten wir, nun sind es nur noch wenige Minuten, bis wir an unserem Haus ankommen sind.

Sa Rapita ist eine Küstensiedlung entlang einer kleinen Steilküste im Süden von Mallorca. Die Promenade, wenn man überhaupt von einer Promenade sprechen kann, macht keinen verlockenden Eindruck. Dies liegt sicherlich daran, dass **Sa Rapita** und **Ses Covetes** durch den einzigartigen, naturbelassenen und kilometerlangen Sandstrand verbunden sind und bisher keine Hotels in der Gegend gebaut wurden. **Bisher!!** Es ist der sehr beliebte **Es Trenc** Strand. Kleine Ferienhäuser, einige gastronomische

Einrichtungen und zwei bescheidene Supermärkte reihen sich entlang dieser Promenade.

Wir hatten mit der Verwalterin der beiden Häuser unserer Vermieterin schon rechtzeitig von Deutschland aus den Übergabetermin vereinbart. Wird sie schon da sein? Sicherlich, bisher hat ja alles reibungslos funktioniert. Wir bogen an der **Banca March** links ab und fuhren nach 200 Metern in den **Dalt de Sa Rapita** hinein. Die dritte Straße rechts, nach 50 Metern standen wir vor unserem Haus. Die Verwalterin erwartete uns schon.

Die Einweisung und Übergabe

Da die Verwalterin ebenfalls Deutsche ist, gab es sprachlich zum Glück keinerlei Probleme. Nach einer herzlichen Begrüßung befreiten wir als erstes unsere beiden Katzen aus den Tragetaschen. Damit die Beiden uns bei der Einweisung und Übergabe nicht störten, sperrten wir sie vorübergehend mit Wasser und Trockenfutter in den leeren Geräteschuppen. Danach stand der Einweisung und Übergabe nichts mehr im Wege. Uns wurden zwei Schlüssel für die Eingangspforte, zwei Schlüssel für das Schiebetor des PKW Stellplatzes, zwei Schlüssel für die Haustür, ein Schlüssel für den Geräteschuppen und drei Sonderschlüssel übergeben. Auf Mallorca ist es üblich, dass Zimmertüren keine Schlüssel haben. Die Einsteckschlösser und die Schlossblenden sind dementsprechend auch so gefertigt. Ein Blick durch ein Schlüsselloch ist nicht, geht nicht! Die Verwalterin zeigte uns alle Zimmer. Die Möbel und Einrichtungsgegenstände wurden von der Vermieterin aus dem Haus entfernt, wie wir es bei der Unterzeichnung des Mietvertrages gewünscht hatten. Verblieben waren ein Gästebett, ein Kühlschrank, eine Waschmaschine und die Einbauküche, einschließlich Geschirrspüler und Elektroherd. Hätten wir uns damals bei der ersten Besichtigung diese Geräte nur näher angeschaut, uns wäre sicherlich eine große Enttäuschung erspart geblieben. Die Geräte sind so alt wie das Haus, also etwa 10 Jahre alt. Das Waschmaschinengehäuse war unterhalb total verrostet. Zum Zeitpunkt der Übergabe ahnten wir noch nicht, welche „Freude" uns diese Geräte noch bereiten würden. Bedauerlich war, aber nicht mehr zu ändern, dass wir in Deutschland eine neue Waschmaschine und einen guten Kühlschrank vor dem Umzug verkauft hatten. Dass sich in einigen Zimmern eingebaute Wandschränke befanden, fanden wir sehr praktisch und platzsparend. Die Verwalterin erklärte uns eine Gastherme, welche sich in einem kleinen Wirtschaftsraum befand. Wüsste ich nicht genau, dass es zur Steinzeit noch keine Gasthermen gab, so hätte ich schwören können, dass diese Therme aus dieser Zeit stammt. Mit dieser Gastherme wird das gesamte warme Wasser für die Küche und der beiden Bäder aufbereitet. In den Wintermonaten kommt natürlich noch die Warmwasserversorgung der Heizkörper aller Zimmer hinzu. Außerhalb des Hauses, unmittelbar an der rechten Außenwand, befand sich ein kleiner Gas-Raum. In diesem Gas-Raum waren zwei Batterien von jeweils sechs Propangasflaschen zu je 11 Litern installiert. War eine Batterie verbraucht, so konnte man mit einem Absperrhahn auf die andere Batterie umschalten. An der Hauptgasleitung befanden sich zwölf flexible Anschlussschläuche, die mit den Gasflaschendruckventilen verbunden waren. Diese Flaschenventile besaßen Schnellverschlüsse, wie ich sie von Deutschland her nicht kannte. Man konnte sehr schnell und ohne Schraubenschlüssel die Gasflaschen ab- und auch wieder anklemmen. Die Verwalterin sagte uns, dass wir leere Gasflaschen einfach jeweils am Donnerstag auf den Fußweg vorm Grundstück stellen sollten. Das Geld für den Flaschentausch brauchten wir nur in einen Briefumschlag geben und unter die Flaschen legen. Ein mit Gasflaschen beladener LKW fährt die Urbanisation einmal in der Woche ab und tauscht die leeren Flaschen gegen volle. Eventuelles Wechselgeld wird zurück in den Briefumschlag gelegt. Dies sollte man sich mal in Deutschland vorstellen. Da wäre gleich nach dem Herausstellen der Gasflaschen das Geld samt der Gasflaschen verschwunden! Im Oktober 2011 kostete eine 11- Liter Propangasflasche **13,07 €.**

Neben dem Gas-Raum befand sich eine kleine verschließbare Blechklappe. Dazu gehörte einer der drei Sonderschlüssel. Hinter dieser Klappe befand sich das **„Grauen"**! Ein Durcheinander von Rohren, Winkelstücken und Absperrhähnen. Unübersichtlich und unqualifiziert verlegt war dies das Herz der Wasserversorgung des gesamten Hauses. Die Bedeutung der einzelnen Absperrhähne konnte uns die Verwalterin nicht erklären. Diese **„Verlegetechnik"** ist wohl Standard auf der Insel und mit dem deutschen Handwerk nicht vergleichbar. Die Krönung bildete eine Kreiselpumpe, die man einfach auf Bruchsteine gestellt hat, damit die Pumpenanschlüsse für Zu- und Ablauf an die Leitungsanschlüsse heranreichen. Die Pumpe hing mehr oder weniger in dem Leitungssystem, als dass sie auf den Bruchsteinen stand. Bei jedem Start der Pumpe vibrierte das ganze Leitungssystem. Strom erhielt die Pumpe über eine simple Geräteschnur. Die Steckdose war eine einfache Steckdose für Innenräume, also nicht spritzwassergeschützt. Die Steckdose befand sich unmittelbar neben den Wasseranschlüssen. Bei diesem Anblick sträubten sich bei mir sprichwörtlich die Nackenhaare. Die Verwalterin sagte uns, dass vom Wasserhauptanschluss das Wasser in eine Zisterne gedrückt wird. Diese Zisterne war unmittelbar unter dem PKW Stellplatz. Da der Wasserdruck oft schwankt, pumpt man mit dieser Kreiselpumpe das Wasser in das Haus und man hält somit den Wasserdruck konstant. Also, immer wenn im Haus ein Wasserhahn oder die Toilettenspülung betätigt werden, springt automatisch die Kreiselpumpe an. Es ist eine simple Hauswasserversorgung.

Auf Mallorca ist es üblich, dass sich die Wasseruhr und der Stromzähler außerhalb des Grundstücks befinden. Diese Kästen sind in der Grundstücksmauer eingelassen und mit einem einfachen Schrankschlüssel verschlossen. Diese Schlüssel passen in alle Zählerkästen auf **Mallorca (Gesaschlüssel)**. Also, dazu gehört ein weiterer Sonderschlüssel.

Was hat es nun mit dem dritten Sonderschlüssel auf sich? Ein an der Wand, unmittelbar über dem Wasseranschluss am Haus befindlicher kleiner Kasten war die Lösung. Hier drin befand sich das elektronische Schaltsystem für das im Erdreich verlegte Sprühsystem für den Rasen, die Hecken, und die Pflanzen. Das System bestand aus sieben unterschiedlichen Kreisen. Man konnte die Zeit, die Dauer und die Wochentage unterschiedlich programmieren. Im Betrieb fuhren die Sprühköpfe durch den Wasserdruck automatisch aus dem Erdreich und nach Ablauf der Zeit versanken sie wieder. Eine sehr gute Sache, insbesondere in den heißen Sommertagen. Nach dem uns die Verwalterin noch die zum Haus gehörenden Terrassenmöbel zeigte und uns in den großen Propangasgrill eingewiesen hatte, waren wir auch am Ende der Einweisung und Übergabe. Zum Schluss übergab sie uns noch einen Hefter mit den Bedienungsanleitungen aller Geräte sowie ein Verzeichnis wichtiger Adressen für den Notfall. Es wurde auch Zeit, wir hatten vor lauter Eifer gar nicht mehr an unsere zwei Katzen gedacht.

Der Start auf Mallorca

Als wir nach unseren Katzen im Schuppen schauten, saßen beide verängstigt in einer Ecke. Die letzten Tage sind auch an den Tieren nicht spurlos vorübergegangen. Stress in den Transporttaschen, der Flug, neues Umfeld und neue Gerüche mussten erst mal verarbeitet werden. Wir nahmen sie mit ins Haus und ließen sie durchs Haus laufen. Unsere beiden sind reine Stubenkatzen, also keine Freigänger. Wir wussten, dass wir für die Zukunft uns noch einiges einfallen lassen mussten. Vor allem ahnten wir zu diesem Zeitpunkt noch nicht, wie sie eigentlich mit dem Klima zurechtkommen würden.

Wir ließen nun erst mal alles auf uns wirken und begannen dann, den Kofferraum unseres PKWs auszuräumen. Wir hatten in Deutschland all das eingeladen, was wir am ersten Tag auf Mallorca dringend benötigten: Bettzeug, Trinkwasser, Kaffee, Kaffeemaschine, Waschzeug, Katzenstreu und Katzenfutter (Trockenfutter), Katzenklo und sonstige Haushaltsmittel. Wir beabsichtigten, nachdem wir in aller Ruhe eine Tasse Kaffee getrunken hatten, nach Campos zu fahren, um das erste Mal einzukaufen. Wie sagt man: **„Die Luft aus dem Kühlschrank lassen."** Wie gedacht, so getan. Nach dem wir bei bestem Sonnenschein unseren Kaffee auf der Terrasse ausgetrunken hatten, ging die Fahrt nach Campos.

Campos liegt 9 Kilometer von **Sa Rapita** entfernt. Dort befindet sich auch der Sitz der für unser Wohngebiet zuständigen Gemeinde. Behördengänge dorthin hatten wir ja auch noch vor uns. Etwa 9000 Einwohner, davon 400 Deutsche, leben im Verwaltungsbereich von **Campos. Campos** ist eine gepflegte Kleinstadt mit zahlreichen Bars und sonstigen gastronomischen Einrichtungen sowie zahlreichen Geschäften, die zum **„Shoppen"** einladen. Die spanischen

Supermärkte **(supermercado) Eroski** und **Hipercor** kannten wir schon aus unseren Urlauben. Diese beiden Supermärkte waren auch in **Campos** ansässig. Besonders beliebt unter den Einheimischen und den Urlaubern ist der wöchentlich samstags stattfindende Wochenmarkt. Obst, Gemüse, Fleisch- und Wurstwaren, Fisch sowie Bekleidung, Lederwaren, Spielzeug und nicht zuletzt Trödel aller Art, vom rostigen Türschloss über Großmutters Küchengeräte bis hin zum Stahlhelm aus Francos Militärdiktatur werden hier angeboten.

Im Supermarkt **Eroski** werden nur spanische Produkte angeboten. Wir mussten also mit einem kleinen, elektronischen Übersetzer unsere Lebensmittel und Haushaltschemie suchen. Dies war schon anstrengend aber auch reizvoll. Man lernte so auch neue Produkte kennen. **Eroski** ist, verglichen mit der Verkaufskultur eines großen Discounter aus Deutschland, gleichzusetzen, so unsere Empfindungen. Neben den Dingen des täglichen Bedarfs durften wir auf keinen Fall Trinkwasser vergessen. Vom Grundsatz her ist das Leitungswasser auf Mallorca trinkbar, allerdings ist es sehr stark chloriert und kalkhaltig. Wir hatten uns entschlossen, das Leitungswasser nicht zu trinken. Also kauften wir einige Kanister mit stillem Wasser, um uns schon mal einen kleinen Vorrat anzulegen. Nachdem wir unseren ersten Einkauf erledigt hatten, fuhren wir nach **Sa Rapita** zurück. Zwischenzeitlich war es schon nachmittags und wir erfreuen uns immer noch an den sommerlichen Temperaturen, dem strahlend blauen Himmel und dem Sonnenschein. Eigentlich ist es ja in Deutschland bereits eine Stunde später, obwohl wir die gleiche Urzeit haben. Wie kommt denn das?

Schuld an dieser Situation war der ehemalige spanische Diktator Franco, da er in Verbundenheit zu Adolf Hitler, also zu Deutschland, 1940 die Uhrzeit per Erlass an Deutschland anglich. Dies ist bis heute so geblieben, da keine spanische Regierung ernsthaft bestrebt war, diesen Unsinn wieder rückgängig zu machen. Mit der Lage Spaniens im Westen Europas wäre die ideale Zeitzone demnach die **Greenwich Mean Time (GMT)**, die auch für das Nachbarland Portugal gilt. Wenn die Uhr 12 Uhr anzeigt, steht die Sonne in Spanien noch lange nicht am höchsten.

Im Zentrum Spaniens, zum Beispiel in Toledo, geschieht dies im Dezember erst um 13.14 Uhr und im Juni sogar erst um 14.18 Uhr. So hat Spanien bis heute die gleiche Uhrzeit wie Belgien, Deutschland, Dänemark, Frankreich, die Niederlande, Norwegen, Schweden, die Schweiz und Österreich, obwohl alle diese Länder entsprechend ihrer geographischen Lage einer anderen Zeitzone angehören. Wir geben also Spanien zur Überwindung der Finanzkrise nicht nur eine Unmenge an Geld, sondern auch noch unsere Uhrzeit!

Als wir zu Hause angekommen waren und allmählich Ruhe einkehrte, brach plötzlich Regina in Tränen aus. Sie überkam ein starkes Schuldgefühl, dass sie unsere Kinder, insbesondere Juana, zu der sie ja die stärkste Bindung hat, im Stich ließ. Ich tröstete sie. Für mich war die Zeit gekommen, ihr eine Karte zu zeigen, die uns Juana mitgegeben hatte und die wir erst auf Mallorca lesen sollten. Auf diese Karte hatte Juana folgendes geschrieben:

02.10.2011

Liebe Eltern,

nun ist es soweit, Euer neues Leben

auf der schönsten Insel Mallorca beginnt

und dafür möchten wir Euch von Herzen

das aller Beste wünschen.

Wir freuen uns sehr, Euch bald besuchen zu können!!!

Bleibt schön gesund und fit und

genießt Eure Rente in vollen Zügen!

Keine Sorge, wir werden auch trotz der Entfernung

immer für einander da sein.

Wir haben Euch ganz doll lieb.

Knutschi, Uwe, Juana und Lenchen

Nachdem sich Regina einigermaßen beruhigt hatte, planten wir unsere weiteren Schritte. Wir beschlossen, alle Zimmer zu renovieren, da das Haus stark verlebt war und wir ja nicht nur einen Urlaub sondern unseren gesamten Lebensabend hier verbringen wollten. Also brauchten wir Farbe und sonstiges Material. Am 04.10.2011 konnten wir aber erst nachmittags diese Materialien besorgen, da wie abgesprochen unser Umzugsgut am Vormittag angeliefert werden sollte.

Wir gingen am Abend noch zum Meer, um den ersten Tag besinnlich ausklingen zu lassen. Wir saßen an der Felsenklippe in **Sa Rapita** und schauten auf das Meer. Rechter Hand von uns war in der Ferne ein Leuchtturm zu sehen. Neben diesem Leuchtturm ging am Horizont mit einem glutroten Schein allmählich die Sonne unter. Sie versank im Meer, es war wunderschön anzusehen. Auf dem Rückweg zum Haus telefonierten wir von einer Telefonzelle aus noch mit Juana. Die Verbindung war recht gut. Wir versprachen ihr, uns so oft wie möglich von dieser Telefonzelle aus zu melden, so lange, bis wir ein eigenes Telefon im Haus besaßen. Dies wollten wir so schnell wie möglich in die Wege leiten, zumal unser Haus bereits einen Telefonanschluss besaß, dieser jedoch beim Auszug unserer

Vermieterin vor Jahren abgemeldet wurde. Auch hier wussten wir zu diesem Zeitpunkt noch nicht, welchen Ärger wir diesbezüglich noch haben würden.

Die erste Nacht haben wir recht gut geschlafen. Auch am Folgetag war wieder sehr schönes Wetter. Wir versorgten unsere Katzen, die sich gut erholt hatten, frühstückten auf der Terrasse und erwarteten unser Umzugsgut.

Pünktlich, vormittags wie vereinbart, kam unser Umzugsgut. Das Entladen ging zügig voran und nach ungefähr einer halben Stunde waren alle Umzugskartons, Möbel und Geräte entladen. Wir hatten alles entsprechend der räumlichen Zuordnung gleich in die entsprechenden Zimmer verteilen lassen. Alles bestens, keine Beschädigungen waren erkennbar! Wir bezahlten **2377,49 €** in bar. Damit war auch diese Aktion abgeschlossen. Nun hatten wir unser Auto und unser verbliebenes Hab und Gut wieder. Bisher lief alles nach Plan.

Super!!

Am Nachmittag fuhren wir nach **Llucmajor,** um Farbe und Zubehör kaufen zu können. Wir hatten von der Verwalterin den Tipp erhalten, dass es in **Llucmajor** ein diesbezügliches Spezialgeschäft gibt.

Llucmajor ist eine ländliche Stadt. Der Name dieser Stadt kommt aus dem Lateinischen und bedeutet: **lucus maioris**- großer Wald. Viel ist von diesem Wald nicht mehr vorhanden, es sei denn, man fährt von **Llucmajor** auf der Ma 5020 nach **Porreres**, so kann man noch Teile dieses einstmals großen Waldgebietes durchfahren. Ein noch heute unvergessliches Ereignis in der Geschichte von **Llucmajor** war zweifelsohne die Schlacht von 1349. Jaume III versuchte aus dem Exil kommend die Insel Mallorca zurück zu erobern. Dabei starb er in der Schlacht von Llucmajor. Im Herzen der Stadt liegt die **Placa dé Espanya**, Zentrum kultureller Veranstaltungen und eines regen Markttreibens. Freitags findet in **Llucmajor** immer Flohmarkt statt, auf dem man sich während der Urlaubssaison kaum vorwärts bewegen kann. Viele Urlauber möchten dieses eigenartige Flair miterleben.

An dieser Stelle möchte ich die Gelegenheit nutzen und auf weitere attraktive Märkte der Insel wie folgt hinweisen:

montags: Calviá, Manacor

dienstags: Alcúdia, Arenal, Arta, Porreres

mittwochs: Santanyi, Sineu

donnerstags: **Inca**

samstags: Palma (Flohmarkt) Son Fusteret, Santanyi

sonntags: Consell, Marratxi, Santa Maria

Es gibt natürlich weitaus mehr Märkte auf der Insel Mallorca.

Zurück zum Kauf des Malerbedarfs.

In **Llucmajor** angekommen, parkten wir zunächst vor einer Filiale einer aus Deutschland bekannten großen Drogeriekette. Hier trifft man sicherlich deutsche Kunden, bei denen wir uns nach dem Weg zum Farbenfachgeschäft erkundigen können, so unser

Vorhaben. Wir gingen hinein und sprachen einen deutschen Kunden an, der uns auch sofort freundlich zeigte, wo wir dieses Fachgeschäft finden. Die Straße, in der sich das Geschäft befindet, war genau gegenüber dieser Drogerie. Nun sahen wir auch das Hinweisschild dieses Farbenfachgeschäftes. Wir hatten uns entschlossen, die Zimmer unseres Hauses in Sonnengelb und normalem Orange zu streichen. An Hand einer Farbskala ließen wir uns je einen Farbeimer gebrauchsfertig mischen. Es war nicht einfach, denn hier wurde nur spanisch oder englisch gesprochen. Da wir ja unsere Bildung in der ehemals „sowjetisch besetzten Zone Deutschlands" erlangten, war dort natürlich die russische Sprache dominant. Wie hatten wir uns damals damit gequält und geärgert. Wofür? Alles war umsonst! Wir spürten es mal wieder! Wir konnten in diesem Farbenfachgeschäft sprachlich überhaupt nicht punkten. Mit dem elektronischen Übersetzer und einer Art „Gebärdensprache" kamen wir nach geraumer Zeit doch noch zum Ziel. Wir kauften zusätzlich noch einen Eimer weißer Wandfarbe für die Decken der Zimmer, eine Trittleiter sowie diverses Zubehör. Die Rechnung hätte uns fast erschlagen. Wir waren mal wieder um über **200,00 €** erleichtert worden. Im Stillen dachte ich sofort an den Spruch - „.......mit 2 Millionen € auf der Insel ankommen!" Wir wussten auch zu diesem Zeitpunkt noch nicht, dass in den Fachgeschäften nach einem Rabatt gefragt werden kann, von sich aus bietet natürlich der Verkäufer diesen Rabatt nicht an. Wir haben dies erst viele Monate später erfahren. **Dumm gelaufen!**

Wir fuhren zurück nach Hause, mit der Renovierung wollten wir erst am nächsten Tag beginnen. Im Hinterkopf hatten wir aber abgespeichert, wo wir zukünftig unsere Drogerieartikel kaufen werden.

Wir beabsichtigten am Abend schön essen zu gehen, schließlich hatten wir ja schon zwei erfolgreiche Tage in der Fremde hinter uns.

Ein Rundgang durch unseren Garten zeigte uns, dass auch hier in den nächsten Tagen allerhand Arbeit auf uns wartet. Die Hecken müssen geschnitten und der Rasen gemäht werden. Bei der Unterzeichnung des Mietvertrages hatte uns die Vermieterin erklärt, dass sie bisher einen Gärtner beauftragt hatte, bei Bedarf sich um die Pflege von Hecken und Rasen zu kümmern. Sie war bereit, dies auch weiterhin so beizubehalten. Wir lehnten es jedoch ab, ich wollte es lieber selber tun, zumal mir Gartenarbeit immer Freude bereitete. **Diese Entscheidung war auch gut so!** Bei näherer Betrachtung der Hecken kam ich zu dem Schluss, dass dieser Gärtner bisher wenig Lust an dieser Arbeit oder wenig Ahnung von Gartenarbeit hatte. Die Hecken waren im unteren Drittel total verkahlt und in den Hecken lag durchgängig eine ungefähr 10 Zentimeter hohe Laubschicht. Ich glaube, seit der Pflanzung der Hecken wurde das Laub niemals entfernt. Wie sollte da jemals das Wasser aus der Bewässerungsanlage in das Erdreich eindringen, zumal auch niemals mit einem Wasserschlauch bewässert wurde. Es wunderte mich überhaupt, dass oberhalb der Hecke Wuchs zu verzeichnen war. Also, so schnell wie möglich eine elektrische Heckenschere und einen Rasenmäher kaufen! Es blieb mir nichts anderes übrig, als die Hecken bis ins Stammholz zurück zu schneiden, damit diese wieder blickdicht wurden. Es handelte sich um die Sorten **Sempre Verde** und **Oleander**. Hinter den Hecken befand sich ein Maschendrahtzaun. Wir hätten unsere Katzen eigentlich zu diesem Zeitpunkt im Garten frei laufen lassen können, wenn auch das Rolltor des PKW Stellplatzes und die Eingangspforte nicht aus Gitterstäben gefertigt wären. Hier könnten die Katzen problemlos entweichen. Wir mussten uns also für die Zukunft noch etwas einfallen lassen.

Es war Abend, wir gingen zur Promenade von **Sa Rapita**. Einige Restaurants hatten noch geöffnet. Wir suchten uns ein ansprechendes Restaurant aus. Uns wurde ein Tisch im Außenbereich zugewiesen, mit einem sehr schönen Ausblick auf das Meer. Wir hatten sehr gut in aller Ruhe und mit einem Gläschen Wein zu Abend gegessen, sprachen über die ersten beiden, erfolgreichen Tage und schauten in die Aufgaben der näheren Zukunft. Nach der Renovierung des Hauses wollten wir die Behördengänge zur Erlangung unserer **Residencia** und die Anmeldung unserer Wohnanschrift bei der Gemeinde **Campos** erledigen. Sicherlich keine leichten Aufgaben, aber wir werden irgendwie auch dies schaffen. Auch die Ummeldung und Versicherung unseres PKW hatte in den nächsten Tagen Priorität. Morgen werden aber erst mal die Malerpinsel geschwungen.

Auch wieder ging der Tag mit einem traumhaft schönen Sonnenuntergang am Meer zu Ende. Wir bezahlten unsere Speisen und Getränke und gingen in Ruhe nach Hause. Es war ein lauer und von frischer Meeresluft durchdrungener Abend.

Im Labyrinth der Behörden

Wer in Deutschland über die Beamten in den Behörden schimpft, der kennt noch nicht die Arbeit der Beamten in den spanischen Amtsstuben! Die Beamten entsprechen auch hier dem Bild, das man generell von Beamten hat, aber auf Mallorca läuft eben alles noch ein Großteil komplizierter ab. Vor allem geht es hier nach dem Motto:

„Nur nicht hetzen, immer mit der Ruhe, was ich heute nicht schaffe, das schaffe ich morgen!"

„mañana, mañana"

Bereits in Deutschland las ich die Zeitung „Mallorca Magazin". Das „Mallorca Magazin" erscheint wöchentlich und ist in einer geringen Stückzahl auch im Zeitungshandel in Deutschland erhältlich. Neben unterhaltsamen und aktuellen Themen, Veranstaltungstipps, Promiklatsch, Kleinanzeigen, Ratschlägen für Residenten und Einwanderungsbestimmungen gibt es auch zahlreiche Werbeinserate von Firmen und Einrichtungen. Noch während meiner beruflichen Tätigkeit in Deutschland versuchte ich, wöchentlich diese Zeitung zu erwerben. Ich nutzte dazu meine Mittagspause und ging zum nahe gelegenen Hauptbahnhof, um dort die Zeitung zu kaufen. So konnte ich schon rechtzeitig die wichtigen Informationen zu den Einwanderungsbestimmungen erfahren. Wir wussten also, dass in den ersten drei Monaten auf Mallorca keine Meldepflicht bestand. Darüber hinaus unterlagen wir den gleichen Rechten und Pflichten wie denen eines spanischen Bürgers.

Also galt:

1. Eintragung im Ausländerregister;

2. Anmeldung im Einwohnermeldeamt;

3. Ummeldung unseres PKW zu veranlassen.

Da wir der spanischen Sprache nicht mächtig waren und schon gar nicht der katalanischen, (da die Amtssprache katalanisch ist und im konkreten Fall „mallorquinisch" als Dialekt des „Katalanischen" gesprochen wird), hatten wir einen Alleingang durch die Beamtenstuben erst gar nicht versucht. Dem deutschsprachigen Inselradio konnten wir eine Werbung einer Agentur entnehmen, die sich um die Anmeldungen kümmert.

Wir programmierten unser Navigationsgerät und fuhren nach **Son Veri Nou (Llucmajor)** zu dieser Agentur. Wir wurden dort sehr freundlich empfangen und erhielten qualifizierte und konkrete Hinweise zu den erforderlichen Aktivitäten. Wir erteilten der Agentur einen schriftlichen Auftrag zur Anmeldung unseres PKW auf der Insel Mallorca sowie zur Abmeldung in Deutschland. Auch bei der Beantragung unserer **Residencia** wurde uns diese Agentur behilflich. Wir übergaben der Agentur unseren KFZ-Brief und den KFZ-Schein im Original, Kopien unserer Personalausweise, unserer bereits vorhandenen **NIE** sowie des Mietvertrages. Eine Anzahlung in Höhe von **500,00 €** hatten wir unverzüglich überwiesen.

Nun warteten wir weitere Informationen erst mal ab.

Da unser PKW noch in Deutschland zugelassen war, konnten wir ihn auch weiter wie bisher nutzen. Ein mulmiges Gefühl hatte ich schon in der Magengegend, da wir nicht mehr im Besitz des KFZ-Briefes waren und wir ohne KFZ-Schein fuhren. Was wäre, wenn wir in dieser Zeit in eine KFZ Kontrolle geraten wären? Es ging aber alles gut!

Von der Agentur erhielten wir auch die Aussage, dass sie versuchen werden, dass man uns die Zulassungssteuer erlässt, da wir unseren PKW als Umzugsgut deklariert hatten. Bevor wir also ein spanisches Kennzeichen an unser Auto schrauben konnten, sollten noch einige Tage vergehen und zwar mit der Überwindung eines Behörden- Parcours, den nur eingefleischte Agenturen bewältigen können, die dies täglich tun. Es gibt in der spanischen Bürokratie so viele legale Schlupfwege und unterschiedliche Auslegungen, die wir alleine nicht überschaut hätten. Wenn Sie zum Beispiel fünf Personen oder Behörden über die Bestimmungen zur Um- und Anmeldung eines PKW befragen würden, so bin ich mir sicher, dass Sie fünf unterschiedliche Erklärungen erhalten werden. Man kann dies eigentlich nur mit folgendem Wort beschreiben: **Chaos!**

An dieser Stelle sei mir erlaubt vorab schon festzustellen, dass die Beauftragung dieser Agentur eine gute Entscheidung war.

Wir hatten eine sehr gute Wahl getroffen!

Nach einigen Tagen erhielten wir einen Anruf von der Agentur. Es ging um die Beantragung unserer **Residencia**, verbunden mit der Eintragung im EU- Ausländerregister. Uns wurden auch die Anschriften des Ausländerbüros **(Oficina de Extranjeros)** der Polizei **(Policia Nacional)** in **Palma de Mallorca** sowie der Termin der Beantragung genannt. Am 20.10.2011 um 09.00 Uhr öffnet das Ausländerbüro, wir sollten aber ungefähr ein bis zwei Stunden vorher dort sein, da immer eine riesige Menschenschlange ansteht. Das sind ja schöne Aussichten, dachten wir, aber es traf uns nicht unvorbereitet, wir hatten schon darüber gelesen. Das Positive der Nachricht war aber, dass uns eine Mitarbeiterin der Agentur bei diesem Behördengang begleiten und unterstützen wird. Da wir nicht wussten, ob wir dort vor Ort gleich einen Parkplatz finden werden, fuhren wir schon mal einen Tag vorher nach **Palma de Mallorca,** um uns mit den örtlichen Gegebenheiten vertraut zu machen. Das war gut so, denn das Parken ist für Ortsunkundige ebenfalls das reinste Chaos. Monate später, als wir uns in **Palma de Mallorca** gut auskannten, wäre das Parken kein Problem mehr gewesen.

Am 20.10.2011, nachdem wir ein leichtes Frühstück zu uns genommen hatten, denn vor Anspannung und Aufregung bekamen wir keinen Bissen hinunter, fuhren wir etwa um 7.00 Uhr nach **Palma de Mallorca** zum Ausländerbüro. Wir fanden auch einen Parkplatz in der Nähe, wo wir durch einen Einweiser eine Parkfläche zugewiesen bekamen. Am Ausländerbüro angekommen, stockte uns fast der Atem. Ungefähr 100 Personen standen bereits am Eingang in einer Schlange an. Wir stellten uns ebenfalls sofort an, denn das hatten wir ja in der „DDR" bestens gelernt. Immer weiter erschienen weitere Personen, die sich hinter uns einreihten. Das Ausländerbüro öffnete pünktlich um 9.00 Uhr und schubweise wurden die Leute hereingelassen. Zwischenzeitlich war auch die uns unterstützende Mitarbeiterin der Agentur eingetroffen. Am Schalter angekommen, stellte die Mitarbeiterin der Agentur dem Beamten am Schalter folgende Frage:

„El Formulario para pagar la tasa, por favor"

Wir erhielten zwei Formulare, mit denen wir die Gebühr zu zahlen hatten. Damit mussten wir sofort zur nächstgelegenen Bank gehen, etwa 500 Meter. Dort im Wartebereich der Bank füllte unsere „Hilfe" die Formulare für uns aus. Am Schalter zahlten wir je **10,20 €** und es ging zügig zurück zum Ausländerbüro. Zwischenzeitlich hatte sich die Warteschlange aufgelöst und wir konnten am Schalter die Einzahlung nachweisen. Der gelbe Durchschlag blieb bei der Bank, das weiße Original behielt der Beamte des Ausländerbüros und wir erhielten den blauen Durchschlag ausgehändigt. Danach wurden uns zwei weitere Formulare übergeben, die wiederum unsere „Hilfe" ausfüllte. Vorab mussten wir zwei Nummern am Automaten ziehen und warteten, bis unsere Nummern aufgerufen wurden. Nach einer halben Stunde war es soweit, wir konnten dem Beamten die Formulare und jeweils eine Kopie unseres Personalausweises übergeben. Nun wurden sie ausgedruckt und uns übergeben, unsere **Residencia**. Stolz hielten wir es in der Hand, das

Certificado de Registro como Residente communitario.

Wir sind nun offiziell Residenten der Insel Mallorca. Wir bedankten uns recht herzlich bei unserer „Helferin" und wollten sie noch zu einer Tasse Kaffee einladen, aber sie hatte leider keine Zeit. Die Gebühr für ihre Hilfe in Höhe von 60 € je Person, also 120,00 € sollten wir mit der Gesamtrechnung nach Abschluss aller Aufgaben in der Agentur zahlen. Die Mitarbeiterin der Agentur sagte uns auch, dass sie den Auftrag hatte, uns mitzuteilen, dass wir noch die Abmeldebescheinigung unseres bisherigen Wohnsitzes in Deutschland einreichen möchten. Zu diesem Zeitpunkt waren wir in Deutschland noch nicht abgemeldet, wir wollten uns kümmern, nachdem wir uns in Campos angemeldet hatten. Dies ist also unsere nächste Aufgabe!

Nach der Verabschiedung gingen wir ins Zentrum von **Palma de Mallorca**, um in aller Ruhe unser ausgefallenes Frühstück nachzuholen.

Einige Tage später, nachdem wir nun auch mit unserer Renovierung im Haus fertig waren, stand vor uns die Aufgabe, die

Anmeldung beim Bürgerbüro des Rathauses **(Ajuntament)** in **Campos** zu veranlassen. Wir wollten allein, ohne spanische Sprachkenntnisse unser Glück versuchen. Vorsorglich kopierten wir unsere Personalausweise, die **NIE** und den Mietvertrag. Zusätzlich nahmen wir auch den Mietvertrag im Original mit, man konnte ja nicht wissen, was alles benötigt wird. Wir brauchten im Bürgerbüro nicht lange warten und konnten der Beamtin wiedermal in unserer eigenen „Gebärdensprache" signalisieren, was der Grund unseres Besuches war. Aber unser elektronischer Übersetzer nutzte uns nichts. Sie verstand uns nicht, wir verstanden sie nicht, obwohl wir ihr immer wieder den Mietvertrag (in spanischer Sprache) und unsere neu ausgestellten **Residencia** entgegen hielten. Ich hatte den Eindruck, dass sie uns nicht verstehen wollte. Was konnte man schon wollen, wenn man den Mietvertrag und die **Residencia** zeigt? All zu viel Möglichkeiten gibt es ja wohl nicht!

Eine junge spanische Frau, die zwischenzeitlich das Bürgerbüro betreten hatte und die auch ein wenig deutsch sprach, versuchte, sich für uns als Dolmetscher zu betätigen. Ein einziges Wort war der Schlüssel zur Verständigung.

Empadronamiento - die Anmeldung bei der Gemeinde!

Nun war auch bei der Beamtin ein freundlicher Gesichtsausdruck erkennbar.

Zwischen den beiden spanischen Frauen entfachte sich ein reger Wortwechsel, dem wir nur interessiert zuschauen und uns über die schnelle Aussprache wundern konnten. Wir versuchten Worte zu verstehen, aber wir verstanden nichts! Sprachen sie in Spanisch, in Mallorquin oder in Katalan? Keine Ahnung! Und Spanisch wollen wir mal lernen? Das schaffen wir nie, so unsere Gedanken.

In Spanien besteht keine Pflicht für einen Sprachtest. Man kann ohne jegliche Sprachkenntnisse einwandern. Dass dies natürlich fatal ist, insbesondere bei der Bewältigung von Behördengängen, wussten wir, aber nun spürten wir es das erste Mal so richtig selbst. Wäre die junge spanische Frau uns nicht behilflich gewesen, wir würden wohl heute noch dort sitzen!

Wie ging es nun weiter?

Wir erfuhren, dass wir die Anmeldung nicht erhalten, da die Beamtin noch das

CEDULA D'HABITABILIDAD benötigt. Wir sollten es besorgen und danach nochmals kommen. Was ist denn das nun wieder? Die junge Frau konnte es uns auch nicht in deutscher Sprache nennen. Wir bedankten uns bei beiden Frauen und zogen erfolglos von dannen. Zu Hause angekommen, riefen wir unverzüglich unsere Agentur an und schilderten unser „Erfolgserlebnis". Für das **CEDULA D'HABITABILIDAD** erhielten wir die Erklärung. Es handelt sich hierbei um eine Wohnbarkeitsbescheinigung der Immobilie. Auf Mallorca muss jeder Besitzer einer Immobilie eine solche Bescheinigung besitzen und vorweisen können. Mit dieser Bescheinigung wird nachgewiesen, dass die Immobilie für Wohnzwecke geeignet und zugelassen ist. Mit der maximal möglichen Belegung der Immobilie beugt man bewusst einer Überbelegung vor.

Also mussten wir unverzüglich Kontakt mit unserer Vermieterin aufnehmen. Sie bestätigte uns den Besitz dieser Bescheinigung und ließ uns diese auch sofort zukommen. Tage später, mit der Wohnbarkeitsbescheinigung in den Händen, ging es erneut zum Bürgerbüro. Nun ging alles sehr schnell, wir erhielten komplikationslos jeder das

Certific: Que del padrŏ d' aquest terme municipal resulta que hi figura inscrit (a).

Da die Amtssprache ja Katalanisch ist, haben wir es auch dementsprechend übersetzt. Diese Übersetzung lautet:

„Census Zertifikat Bewohner dieser Gemeinde die darin eingeschrieben ist (a)"

Wir haben also unsere Anmeldungen erhalten!

Da wir ja nun angemeldet waren, konnten wir auch unverzüglich die Abmeldung bei der Gemeinde unseres bisherigen Wohnsitzes in Deutschland veranlassen. Ich telefonierte diesbezüglich mit der Verwaltungsgemeinde in Deutschland und schilderte den Sachverhalt. Man tat sich zunächst schwer, da eine Abmeldung ohne persönliches Erscheinen unmöglich sei. Sollten wir deshalb extra nach Deutschland fliegen? Auch eine Überweisung der 5,00 € aus dem Ausland sei unmöglich. Soviel zur Europäischen Union! Letztendlich fanden wir gemeinsam doch noch eine Lösung. Per Fax schickten wir eine Vollmacht an das Bürgerbüro der Verwaltungsgemeinschaft, in der wir unsere Tochter Juana bevollmächtigten, diese Abmeldung persönlich vor Ort für uns vorzunehmen. Zum **Dalt de Sa Rapita** gehörte auch ein Maklerbüro, von dem aus wir das Fax sendeten. Unsere Tochter zahlte natürlich auch die **5,00 €** für uns, so dass das Bürgerbüro freundlicher Weise die Abmeldebestätigung an uns per Fax sendete. Natürlich ebenfalls an das Maklerbüro. Das Original der Abmeldung wurde unserer Tochter ausgehändigt. Es war alles ein wenig kompliziert und umständlich, aber es hatte am Ende doch alles gut geklappt. Sofort gaben wir die Abmeldung an unsere Agentur wie gefordert weiter.

Jetzt fehlte uns nur noch die Ummeldung unseres PKWs. Täglich warteten wir auf einen erlösenden Anruf von unserer Agentur.

Als eines Tages unser Handy klingelte, dachten wir sofort, dass es nun soweit sei. Überraschend war nicht unsere Agentur am Telefon, sondern unser Makler. Er erkundigte sich, wie wir die ersten Tage verbracht hatten und ob wir seine Hilfe benötigten. Wir fanden diese Geste sehr nett, zumal er schon viele Jahre auf der Insel lebt und sich im „Labyrinth der spanischen Bürokratie" gut auskennt. Auch über das Thema Telefonanschluss sprachen wir mit ihm. Er signalisierte uns, dass er uns hierzu behilflich sein kann. Er kannte eine Agentur, die sich auf die Übernahme der Organisation der Telefonanmeldungen spezialisiert hat. Für eine Gebühr von einmalig 25,00 € bräuchten wir nicht aktiv werden, die Agentur würde für uns alles organisieren, so seine Aussage. Wir sagten sofort zu und es dauerte auch nicht lange, bis uns ein Mitarbeiter dazu anrief. Wir gaben ihm per Telefon unsere persönlichen Daten an, die er für die Anmeldung benötigte, einschließlich unserer spanischen Bankverbindung. Wir erteilten ihm auch eine Abruferlaubnis für die **25,00 €.** All das geht in Spanien so problemlos, dies ist schon eigenartig! Denk ich im Nachhinein daran zurück, so muss ich selbstkritisch eingestehen, dass wir sehr leichtsinnig handelten und das auch noch in einem für uns fremden Land. Wie sagt man? „Wir machten drei Kreuze, dass es gut ging" Wir sollten uns etwa 14 Tage gedulden, denn erfahrungsgemäß dauert diese Aktion so lange.

Aus 14 Tagen wurden 4 Wochen, aus 4 Wochen wurden 8 Wochen, aus 8 Wochen wurde ein viertel Jahr, aber auch da hatten wir immer noch keinen Telefonanschluss. Immer wieder, ich weiß nicht mehr, wie oft wir uns bei der Agentur in Erinnerung brachten. Immer wieder erhielten wir die gleiche, folgende Antwort: „Wir fragen beim Anbieter nach und melden uns wieder bei ihnen." Man meldete sich auch immer danach bei uns, die Antwort immer wieder vertröstende Worte. Zuletzt hieß es, es sei keine Telefonnummer frei, man hat den Antrag erst mal zur Seite gelegt und wird Anfang des neuen Jahres erneut prüfen.

Bei einem Telefon- und Internetanschluss kommt man auf Mallorca an der **Telefonica** nicht vorbei. Die **Telefonica,** das ehemals staatliche Unternehmen, hat das Kabelmonopol und man benötigt immer erst einen aktiven Anschluss bei dieser Gesellschaft, bevor man zu einem anderen Anbieter unter Einhaltung bestimmter Voraussetzungen wechseln kann. Also hatten wir keine andere Chance, als bis Januar weiter zu warten, in der Hoffnung, dass es dann doch noch klappen wird. Wir telefonierten also weiter von der Telefonzelle aus mit unserer Tochter in Deutschland. Auch ließen wir uns von Juana unsere Prepaid Karten für unsere Handys vorerst in Deutschland aufladen. Sie kaufte die Aufladung und teilte uns den Code zur Freischaltung mit. Dies konnte auf Dauer kein Zustand sein, wir mussten uns schnellstens eine Lösung einfallen lassen.

Auf das leidige Problem von Telefon und Internet komme ich an anderer Stelle nochmals zurück!

Da war er nun, der lang erwartete Anruf unserer Agentur. Uns wurde mitgeteilt, dass wir am 25.10.2011 um 08.00 Uhr unseren PKW dem spanischen TÜV vorstellen sollten. Der spanische TÜV **(Inspección Tècnica de Vehiculos- ITV)** befindet sich auf Mallorca an vier Orten.

Palma I: Poligono son Castelló Con C/Geremi Sucrers i **Candelers 2**

Palma II: Can Pastille, Cami Son Fangos

Inca: Ctra. Palma- Alcúdi Av. Jaime II

Manacor: Poligono Industrial s/n. C/. Oliveristes s/n.

Bevor der Wagen aber zum **ITV** zugelassen werden konnte, musste ein Sachverständiger die Angaben auf dem KFZ-Brief überprüfen. Der Sachverständige stellte danach eine Bescheinigung aus, dass der Wagen auf Mallorca zugelassen werden konnte. Diese Bescheinigung ist die **Certificado de Caracteristicas**. Dies hatte die Agentur vorab veranlasst und somit war der Weg für die technische Überprüfung frei. Zuständig für uns war die **ITV**- Station Palma II. Dort sollten wir am 25.10.2011 um 08.00 Uhr auf einen Mitarbeiter der Agentur warten. Dieser Mitarbeiter sollte für uns alles regeln.

So fuhren wir am 25.10.2011 rechtzeitig zum **ITV** und warteten, wie vereinbart, auf den Mitarbeiter der Agentur, der auch pünktlich erschien. Nach dem wir uns begrüßt hatten, ging er unseren PKW anmelden. Zwischenzeitlich sollten wir hinter eine große Halle fahren und uns mit dem Auto an der ersten Einfahrt bei den wartenden PKWs einreihen und auf den Mitarbeiter warten. Wir sollten auf keinem Fall allein in die Halle fahren, er würde es für uns übernehmen. Zur Erklärung sei bemerkt, die Halle hat mehrere Einfahrten. Jede Einfahrt ist eine Prüfstrecke. Man fährt eigentlich den Wagen allein von Station zu Station und man bekommt von den Technikern konkrete Anweisungen. Mit unseren nicht vorhandenen spanischen Sprachkenntnissen würde hier ein Alleingang die reinste Katastrophe sein.

Langsam kamen wir ins Schwitzen, denn die PKW- Schlange vor uns wurde immer kürzer und der Mitarbeiter unserer Agentur war noch nicht wieder erschienen. Er hatte neben uns noch einen weiteren Residenten zu betreuen, aber er erschien doch noch rechtzeitig. Wir standen neben unserem PKW und unterhielten uns, bis wir zur Einfahrt aufgefordert wurden.

Während dieser kurzen Zeit hatten wir mit dem Mitarbeiter unserer Agentur ein sehr interessantes Gespräch. Wir wunderten uns zunächst, warum er ständig zum Himmel schaute und ein Flugzeug fotografierte. Wir dachten erst, dass er Besuch hatte und er den Rückflug dokumentieren wollte. Unsere Neugier war doch stärker und wir fragten ihn, was dies zu bedeuten hätte. Wir sollten uns den Kondensstreifen des Flugzeuges näher anschauen, ob wir eine Besonderheit bemerkten. Dieser Kondensstreifen sah wirklich eigenartig aus. Er war nicht durchgehend und löste sich auch nicht allmählich auf, wie man es allgemein bei Flugzeugen in großer Höhe sonst sieht. Nein, dieser Kondensstreifen bestand aus mehreren Segmenten. Einem Stück Kondensstreifen folgte eine Lücke, danach wieder ein Stück Kondensstreifen und dies einige Male so hintereinander. Ganz deutlich konnte man sehen, wie sich hinter dem Flugzeug immer neue, kurze Kondensstreifen bildeten. Er, der Mitarbeiter unserer Agentur, sagte uns, dass er dies schon längere Zeit bei Flügen über Mallorca beobachten konnte. Er ist der Meinung, dass nun auch schon mit Passagierflugzeugen, ohne dass der Fluggast die leiseste Ahnung hat, Silberjodid oder Silbernitrat versprüht wird, um Regenwolken aufzulösen. Es seien wohl sogenannte „Billigfluggesellschaften", die sich stillschweigend damit ein „Zubrot" verdienen. Was an dieser Geschichte wahr ist, wir wissen es nicht. Bestätigen können wir aber das, was wir mit eigenen Augen gesehen haben. Es war Oktober, die Urlaubshauptsaison war längst zu Ende. Warum will man zu dieser Zeit Regen fern halten? Dies macht doch eigentlich keinen Sinn, zumal die Landwirte nach der langen Trockenzeit sehnsüchtig auf Regen warteten. Aber so oder so, was ist in der heutigen Zeit noch logisch?

Nun waren wir an der Reihe. Der Mitarbeiter unserer Agentur übernahm unseren PKW und fuhr damit in die Halle und folgte den Anweisungen der Beschäftigten. Wir schauten eine geraume Weile dem Treiben zu und gingen danach schon mal zur gegenüberliegenden Ausfahrt der Halle. Nach Ende der Inspektion wurde uns unser PKW zurückgegeben, wir sollten aber noch einen Moment warten, bis die Dokumente ausgestellt waren. Nach einer kurzen Zeit sagte uns der Mitarbeiter unserer Agentur, dass wir einen sehr schönen PKW haben und alles in Ordnung sei. Die Unterlagen erhielten wir jedoch noch nicht ausgehändigt. Es muss noch die Ummeldesteuer und die für 2011 anteilige KFZ-Steuer entrichtet werden. Auch die Freistellung von der Zulassungssteuer war zu diesem Zeitpunkt noch nicht behördlich entschieden. All diese Aufgaben wurden weiter in Verantwortung unserer Agentur veranlasst.

Wieder war eine kleine Hürde im Labyrinth der Behörden genommen.

Die genannten noch erforderlichen Aufgaben zogen sich bis zum 23.11.2011 hin. An diesem Tag erhielten wir den Anruf von unserer Agentur, dass alles erledigt sei und unsere Kennzeichen bereit liegen. Wir fuhren sofort hin, bezahlten unsere Rechnung und übernahmen die Kennzeichen. Wir hatten noch einen Betrag von **291,23 €** zu zahlen. Diese Kosten setzten sich wie folgt zusammen:

Ummeldesteuer	599,00 €
Übersetzung	43,45 €
Anmeldung der beiden **Residencia**	120,00 €
KFZ Steuer anteilig 2011	28,78 €
Total	791,23 €

Anzahlung	500,00 €
Restbetrag	**291,23 €**

Die Kosten für die Übersetzung von Deutsch in Spanisch betraf die Abmeldebescheinigung aus Deutschland, und zwar ein einziges Blatt. Das war schon heftig, was die **Traductora- Intèrprete Jurado,** also die vereidigte Übersetzerin so verdient.

Glücklicherweise war es der Agentur gelungen, dass uns die Zulassungssteuer erlassen wurde.

Wir konnten ja nicht ohne Versicherungsschutz fahren, denn mit dem Moment des Anschraubens der spanischen Kennzeichen hatte sich der deutsche Versicherungsschutz erledigt. Die Agentur vertrat auch eine große Versicherung, die in Deutschland sehr populär ist. Uns war natürlich wichtig, dass wir auch in Versicherungsangelegenheiten deutschsprachige Ansprechpartner hatten. So verzichteten wir aus diesem Grunde auf Preis- und Leistungsvergleiche mit anderen Mitbewerbern.

Da ich persönlich in Deutschland viele Jahre in der Versicherungsbranche tätig war, kannte ich mich bezüglich des Vorgangs der Antragsaufnahme gut aus. Hier auf Mallorca kamen mir in diesem Prozess ernsthafte Zweifel. Machten wir in Deutschland etwas falsch oder sahen wir mit der deutschen „Genauigkeit" einiges zu eng? Läuft etwa auf Mallorca einiges zu lasch? Ich wusste es nicht, wollte es auch in diesem Moment nicht wissen. Bei der Antragsaufnahme erfolgte die Erfassung aller erforderlichen Angaben direkt im Computer. Der Antrag wurde nicht ausgedruckt, ich musste keine einzige Unterschrift leisten. Alles wurde unverzüglich an die Versicherungsgesellschaft gesendet. Auch ein Beratungsprotokoll, wie es in Deutschland, gemäß einer

EU- Richtlinie, zwingend gefordert wird, wurde nicht gefertigt. Bisher dachte ich, dass auch Spanien der EU angehört, aber sicherlich habe ich da falsch gedacht! Auf meine Frage hin, warum ich keinen Antrag unterzeichnen brauchte, erhielt ich lapidar die Antwort, „Warum einen unterzeichneten Antrag? Sie haben uns doch eine Einzugsermächtigung des Jahresbeitrages von Ihrem Konto erteilt! Erhalten wir von Ihnen das Geld, dann haben Sie auch den Versicherungsschutz, erhalten wir das Geld nicht, so haben Sie auch keinen Versicherungsschutz und alles hätte sich erledigt. So einfach ist das!" Ich war sprachlos!

Um es vorweg zu nehmen, wir erhielten auch sehr zügig unsere Versicherungsunterlagen zugeschickt und der Jahresbeitrag wurde jährlich auch pünktlich abgebucht. Aus unserer Sicht war alles in Ordnung. Nun hatten wir aber „Gott sei Dank" keinen Schadensfall und brauchten auch die Versicherung nicht in Anspruch nehmen.

Unsere Hausratversicherung und die Private Haftpflichtversicherung hatten wir auch dort abgeschlossen.

Nach dem wir uns herzlichst für die Hilfe bedankt und verabschiedet hatten, fuhren wir sofort nach **Campos** zu unserer KFZ- Werkstatt, um die Kennzeichen in die Halterungen einsetzen zu lassen. Wir wollten es nicht selbst tun.

Wieso wir aber schon Kunde einer deutschen KFZ- Werkstatt waren, darüber schreibe ich im nächsten Kapitel, denn dem geht eine Anekdote voraus.

Pech und Pannen

Wir waren wieder mal auf der Insel unterwegs, diesmal wollten wir nach **Manacor** fahren, um Lampen für unser Wohnzimmer zu kaufen.

Manacor hat ungefähr 31000 Einwohner und ist die zweitgrößte Stadt der Insel. Besonders attraktiv ist **Manacor** nicht. Der Stolz der Stadt sind die berühmten Kunstperlen, sie sind ein Exportschlager. Es gibt verschiedene Hersteller, wobei am bekanntesten **Majorica** ist. Während der Urlaubssaison werden scharenweise Urlauber nach **Manacor** gefahren, damit sie sich diese Perlen in einem Showroom über zwei Etagen anschauen können, wobei sie in der oberen Etage einigen Perlenherstellern über die Schultern schauen können. Die eigentliche Fabrik kann aber nicht besichtigt werden, sie befindet sich auch an einer anderen Stelle der Stadt. Diese Fabrik wurde 1902 von dem Deutschen Eduard Heusch gegründet. **Manacor** hat auch eine Möbelindustrie und demzufolge zahlreiche Möbelgeschäfte.

Sicherlich hat sich auch jeder Besucher von **Manacor** in **Olivart** die zahlreichen, aus Olivenholz handgefertigten Gegenstände angeschaut und ein kleines Souvenier mit nach Hause genomen. Beeindruckt haben bestimmt auch die Preise dieser Gegenstände.

Um **Manacor** herum befindet sich ein großes Weinanbaugebiet **D.O. Pla i Llevant** mit drei großen Weingütern. Am bekanntesten ist wohl das Weingut von Toni Gelabert, denn er ist Produzent spitzenmäßiger Weißweine.

Auch unweit von **Manacor,** an der Ma15 gelegen, befindet sich eine sehr große und schöne **Jardíneria,** in der wir während unseres

Insellebens so gut wie ein Stammkunde waren. Eine **Jardíneria** ist keine Gaststätte (wegen der „Stammkunden"), sondern in Deutschland vergleichbar mit einem Gartencenter und einer Baumschule. Auch **Llucmajor** hat ebenfalls eine sehr schöne **Jardíneria**.

Kurz vor **Manacor** passierte es. Wir wollten tanken und fuhren an die Tanksäule einer Tankstelle heran. Ich tat, was man eigentlich nicht tun sollte. Anstelle von Diesel tankte ich Super Benzin. Warum? Keine Ahnung! Es war einfach passiert, obwohl wir nicht das erste Mal auf Mallorca tankten. Nach ungefähr sieben getankten Litern bemerkte ich diesen Fehler und brach sofort den Tankvorgang ab. Da der Tank fast leer war, wären bei der nachfolgenden Volltankung mit Diesel sicherlich keine Schäden entstanden. Ich wollte aber auf keinen Fall ein Risiko eingehen. Wir bezahlten diese sieben Liter, starteten den Motor nicht sondern schoben unseren PKW an den Seitenrand der Tankstelle. Danach riefen wir den ADAC an. Das Gespräch war in deutscher Sprache. Zu diesem Zeitpunkt waren wir noch Mitglied im ADAC. Die Mitgliedschaft kündigten wir aber später, da in unseren neuen, spanischen Versicherungsbedingungen das Abtransportieren defekter Fahrzeuge bis zu einer Werkstatt kostenfrei mitversichert ist. Auf Mallorca bietet dies jedes Versicherungsunternehmen kostenfrei mit an, da auf der Insel das Abschleppen von Fahrzeugen generell verboten ist.

Wir warteten bei bestem Sonnenschein ungefähr eine Stunde auf den ADAC. Wir hatten gedacht, dass, wie auch in Deutschland üblich, ein Fahrzeug des ADAC erscheint. Es kam jedoch ein spanisches Abschleppfahrzeug im Auftrag des ADAC. Der Anblick dieses Fahrzeuges war nicht gerade vertrauenswürdig. Es hatte den Anschein, dass dieses Fahrzeug selbst jeden Moment Hilfe benötigt. Der Fahrer war jedoch sehr freundlich, aber, das hatten wir schon mehrmals, er verstand kein Wort der deutschen Sprache und wir verstanden ihn nicht. Dass er unseren PKW aufladen sollte, war schnell verständlich gemacht und erfolgte unverzüglich. Aber wo soll es hingehen?

Wir hatten zwischenzeitlich mit einer deutschen KFZ- Werkstatt telefonischen Kontakt aufgenommen und angefragt, ob wir das Auto bringen können, dem auch zugestimmt wurde.

Woher kannten wir die Werkstatt?

Wir hatten öfter schon in dem Mallorca-Magazin eine Werbeanzeige dieser Werkstatt gelesen. Als ob ich es ahnte, ich hatte aus der Zeitung diese Anzeige ausgeschnitten und den Fahrzeugpapieren beigelegt. Es war eine Werkstatt, insbesondere qualifiziert auf Reparaturen der „Nobelkarossen" der „Schönen und Reichen" von Mallorca, aber auch für normale PKW war diese Werkstatt zugänglich. Ein deutscher Meisterbetrieb und das auch noch ganz in unserer Nähe, das war für uns sehr wichtig. Man hatte ja schon so manche Geschichte über spanische Werkstätten gehört und gelesen. Schauten wir ab und an mal rein in spanische „Hinterhofwerkstätten", so konnten wir Gehörtes und Gelesenes gefühlsmäßig durchaus nachvollziehen.

In diesem Zusammenhang fällt mir eine gelesene Anekdote ein. Las ich sie im „Mallorca- Magazin", in der „El Aviso", in der „Inselzeitung" oder in der „Mallorca-Zeitung"? Ich weiß es nicht mehr. Die letzten drei sind monatlich gratis herausgegebene Lektüren. Diese gelesene Anekdote hat sich aber in mein Gedächtnis eingeprägt.

Ein Kunde brachte seinen PKW in eine von mir bereits charakterisierte spanische Werkstatt. Er hatte Probleme mit der Zündung beziehungsweise mit dem Zündverteiler. Als er Tage später in die Werkstatt kam um nachzufragen, wie der Stand der Reparatur sei, suchte er zunächst sein Auto und den Werkstattmeister. In der dunklen und vermüllten Werkstatt tastete er sich vorsichtig bis zum anderen Ende vor, wobei er auch noch versehentlich in eine volle Ölwanne trat. Am anderen Ende sah er nun sein Auto auf der Hebebühne stehen. Alle vier Räder waren abgeschraubt. Zwischenzeitlich kam nun auch der Werkstattmeister zu ihm. Nun fragte er ihn, was dies zu bedeuten hat. „Warum sind die Räder abgebaut, das Auto hatte doch nur Probleme mit der Zündung?" So die Frage an den Werkstattmeister! Nun folgte die Antwort des Werkstattmeisters. „ Die Räder sind gegenwärtig beim **ITV**! Als ich dies las, wusste ich zunächst nicht, wie ich dies zu verstehen habe, aber kurze Zeit später hatte ich es verstanden. Ein PKW hatte einen Inspektionstermin beim **ITV**. Da dessen Räder verschlissen waren, wurden einfach die Räder des PKW des Kunden an diesen PKW geschraubt, damit er mängelfrei durch den **ITV** kommt.

Auch das ist Mallorca!

Unser PKW war auf dem Abschleppwagen kratzerfrei verladen und gesichert. An Hand des Zeitungsausschnitts konnten wir dem Fahrer zeigen, wohin die Fahrt gehen sollte. Wir nahmen beide mit im Fahrerhaus Platz, besser gesagt, wir quetschten uns so gut wie irgend möglich mit hinein. Der Fahrer nahm nicht die uns bekannte Route, sondern er wählte einen kurzen Weg. Diese Route war aber nicht die beste Lösung. Es ging über enge, kurvenreiche und hüglige Straßen, sowie durch kleine Ortschaften nach Campos. Nach hinten zu unserem PKW schauend, ließ unverzüglich Angstgefühle in uns aufsteigen. Der PKW schwankte hin und her. Letztendlich kamen wir sicher und heil an der Werkstatt in Campos an. Wir schilderten dem KFZ-Meister unser Missgeschick, während dessen unser Auto vom Abschleppwagen wieder auf die Straße gesetzt wurde. Der KFZ-Meister empfahl uns, gegenüber in einer Bäckerei in aller Ruhe eine

Tasse Kaffee zu trinken. Wie gesagt so getan, wir bedankten uns mit einem kleinen Obolus beim Fahrer des Abschleppwagens und gingen rüber zur Bäckerei.

Wir ließen uns jeder eine Tasse **Café con leche,** also eine Tasse Kaffee mit Milch, kommen. Auch ein Stück leckeren Kuchen ließen wir uns dazu schmecken. Nach den Aufregungen der letzten Stunden hatten wir es uns redlich verdient.

Kaffee auf Mallorca richtig zu bestellen, war nicht immer einfach.

Hier ein kleiner Überblick:

Café con leche   Milchkaffee (je nach Wunsch mit warmer oder kalter Milch)

Café con leche desnatada   Kaffee mit entrahmter Milch

Café americano   schwarzer Kaffee

Café solo corto de aqua   Espresso stark

Café solo corto de café   Espresso mild

Café cortado Espresso mit viel oder weniger Milch

Café bonbón Espresso mit süßer Kondensmilch

Also mussten wir immer genau darauf achten, was für einen Kaffee wir wünschten!

Eine lange Bestellung konnte aber auch so aussehen:

Dos cafés descafeinados de máquina con leche natural y sacarina.

Dies hört sich sehr kompliziert an, aber hier wird ein koffeinfreier Milchkaffee aus der Maschine mit Süßstoff gewünscht.

Die Zeit war vergangen, wir bezahlten unseren Kaffee und den Kuchen und gingen zurück zur Werkstatt. Unser PKW war wieder fahrbereit. **„Gott sei Dank!"**

Nun folgte die Rechnung!

Arbeitslohn für 1,5 Stunden	63,56 €
Reinigungsmittel für den Tank, 20 L	75,00 €
Diesel, 18 L	27,59 €€
Xeromicc Additiv 250 ml	22,46 €

Zuzüglich 18% Steuern mussten wir insgesamt **222,56 €** zahlen. Meine Dummheit hatten wir teuer bezahlen müssen, aber wie sagt man?

„Dummheit muss bestraft werden!"

Wie der Zufall es wollte, die nächste Dummheit ließ nicht lange auf sich warten. Die Temperaturen im November waren auf Mallorca noch sehr angenehm mild, so dass wir bei unseren Fahrten fast immer mit geöffnetem Fenster fuhren. Was wir aber versäumten und es auch nicht bemerkten, war die ständig angeschaltete Klimaanlage. Wir hätten sie doch einfach nur ausschalten müssen! Es dauerte zwangsläufig nicht lange, bis die Klimaanlage ihren „Geist" aufgab. Nichts ging mehr, weder der Ventilator noch die Automatik. Da wir die Klimaanlage nicht benötigten, so dachten wir, ließen wir sie erst im Frühjahr 2012, kurz bevor die Kinder im Sommer zu Besuch kamen, reparieren. Was wir aber nicht beachteten, war die sehr hohe Luftfeuchtigkeit im Winter auf Mallorca und dies noch unmittelbar in Meeresnähe. Daher mussten wir ständig mit einem Schwamm und einem Tuch die Scheiben von innen trocknen. Ein Scheibenwischer, der innen angebracht sei, wäre hier gut gewesen. Einigermaßen kamen wir so gut über den Winter, der ja auf Mallorca nicht allzu lang ist. Ende Januar blühten schon wieder die Mandelbäume.

Es war mittlerweile bereits Mitte November und die Nächte wurden allmählich kühler. Die Heizperiode abends hatte längst begonnen. Auch die Stürme, Gewitter und Regengüsse wurden häufiger und vor allem heftiger. Es kam auch öfter mal zu kurzzeitigen Stromausfällen, aber dies war uns bekannt, denn es zählte fast zur Normalität auf Mallorca. Mit der Stromeinspeisung vom Festland in das Stromversorgungsnetz von Mallorca über ein auf dem Meeresgrund verlegtes Kabel änderte sich Monate später diese Situation bedeutend.

Am 21.11.2011 erlebten wir einen gewaltigen Regenguss. Wie eine Sturzflut floss das Regenwasser vom Dach unseres Hauses zu Boden. Da ja keine Dachrinnen am Haus vorhanden waren, sah es aus, als ob ein riesiger Wasservorhang vom Dach herunter hing. Zum Glück war der Boden felsig, so dass das Wasser sehr schnell versickerte. Ich konnte mich nicht erinnern, dass ich jemals solch einen heftigen Regenguss erlebt hatte.

Wir saßen in unserem Wohnzimmer, als wir ein tropfendes Geräusch vernahmen. Das hatte uns gerade noch gefehlt! Im Esszimmer bildete sich in einer Ecke der Zimmerdecke ein Wasserfleck, der zusehends größer wurde. Wir stellten erst mal ein Gefäß unter. Es dauerte auch nicht lange, bis zu den Wassertropfen auch noch Putzstücke der Zimmerdecke ins Gefäß fielen. Wir informierten über unser Handy unverzüglich unsere Vermieterin in Deutschland. Sie gab uns die Empfehlung, den Hausmeister des **Dalt** zu informieren, damit er sich diesen Schaden mal anschauen kann. Dieser Hausmeister ist ein Deutscher, der schon sehr lange auf der Insel lebt. Dies taten wir auch, aber es passierte wochenlang nichts, bis sich eines Tages ein deutscher Bauunternehmer bei uns meldete, um den Schaden zu begutachten. Aufs Dach schaute er nicht. Er begründete dies damit, dass jetzt in der feuchten Jahreszeit ohnehin nichts unternommen werden kann. Erst wenn alles abgetrocknet sei, kann man schauen, was zu tun ist. Mir war diese Erklärung unbegreiflich, man hätte doch sicherlich mal schauen können, wo das Wasser in die Zimmerdecke eingedrungen ist. Es kam aber noch „besser"! Mit Blick an die Zimmerdecke „faselte" er etwas von „Betonkrebs" und die ganze Zimmerdecke müsste erneuert werden. Da er so viele Aufträge hätte, könne er sich ohnehin nicht um unsere Reparatur kümmern, so seine Ausreden. Mir war nicht klar, warum er überhaupt erschienen war. So informierten wir erneut unsere Vermieterin, die eine andere Firma beauftragen wollte. Also, sicherheitshalber weiter ein Gefäß unterstehen lassen. „Gott sei Dank!" bei den nächsten Regengüssen tropfte es nicht mehr. So konnte das Loch an der Zimmerdecke allmählich abtrocknen. Zur weiteren Erklärung füge ich hinzu, dass sich über dem Esszimmer eine Dachterrasse befand, die aber nicht zugänglich war und somit auch niemals benutzt werden konnte. Alle Häuser dieser Bauart wurden mit diesen Dachterrassen gebaut und der zukünftige Eigentümer musste sich entscheiden, ob er diese Dachterrasse auch nutzen wollte.

Der erste Besuch unserer Lieben

Wir haben emsig die ersten drei Monate unseres Insellebens genutzt, um uns wieder so gut wie nur möglich einzurichten. Einiges wurde ja in Deutschland verkauft, entsorgt oder verschenkt. Spätestens hier mussten wir feststellen, dass wir vor unserer Auswanderung in dieser Frage zu überstürzt handelten. Nur um Umzugskosten zu sparen, mussten wir nun viel mehr Geld für die Neuanschaffung ausgeben. Aber jammern half uns nicht weiter! Zu unserem Vorteil gab es auf der Insel Mallorca auch das schwedische Möbelhaus mit den vier großen Buchstaben, welches insbesondere Frauen so sehr lieben. Wir brauchten ja nur ungefähr 30 Kilometer fahren. Immer wenn wir dort waren, war auf der Rückfahrt unser Auto mit allerlei Dingen vollgepackt. Auch das bekannte dänische Bettenhaus war auf der Insel ansässig.

Wir wollten unseren Kindern den ersten Aufenthalt auf der Insel so angenehm wie möglich gestalten und dazu gehört auch ein gemütliches Heim. So hatten wir in den ersten drei Monaten einen Fernseher, eine große Polsterecke, ein Doppelbett, ein komplettes Kinderbettchen, Badschränke, Teppiche und Vorleger sowie sonstige Wäsche und Einrichtungsgegenstände gekauft. Es sah schon recht gemütlich aus.

Auch unsere Grünanlage hatte sich sichtbar verändert. Die Hecken waren geschnitten und der Rasen gemäht. Vorher mussten wir uns ja eine elektrische Heckenschere und einen Rasenmäher kaufen. Schwierig war das Schneiden der Oleanderhecken. Das Wort Oleander stammt von dem Wort „**olea**" für Öl und „**andreios**" für kräftig oder stark ab. Oleander konnte ich mit einer elektrischen Heckenschere nicht schneiden. Die Äste waren zu elastisch. Ich musste eine gewöhnliche, mechanische Heckenschere nutzen. Am Abend wusste ich im wahrsten Sinne des Wortes, was ich getan hatte.

Ich spürte es in meinen Oberarmen. Nun zählt ja auch der Oleander mit zu den giftigsten Pflanzen im Mittelmeerraum. Alle Pflanzenteile sind giftig. Sie enthalten **„Glykosid Oleandrin"**. Obwohl er so wunderschön duftete und aussah, beim Schneiden hatte ich immer einen bitteren Geschmack auf den Lippen. Nur den Blattläusen konnte das Gift scheinbar nichts anhaben. Jedes Jahr im Frühjahr waren die Hecken sehr stark befallen. Es half auch keine chemische Bekämpfung, da die Nachbarn ihre Hecken nicht pflegten, erschienen die Blattläuse recht schnell wieder.

Viele Pflanztöpfe mit den unterschiedlichsten Pflanzen hatten wir gekauft und aufgestellt. Die Auswahl auf der Insel war riesig. Mit unserer guten Pflege gelang es uns, im Laufe unseres gesamten Inseldaseins fast alle Pflanzen zum Blühen zu bringen. Auch ein Zitronenbäumchen wurde von uns zwischenzeitlich schon gepflanzt.

Zur Begrüßung unserer Lieben hatten wir den Garten liebevoll auf den Besuch vorbereitet. Unsere kleine Lena sollte sich hier mit unseren beiden Katzen nach Herzenslust tummeln können. Ausreichend Spielzeug stellten wir bereit und Luftballons hängten wir auch auf. Die Vorfreude war bei uns sehr groß, wir hatten uns ja fast ein viertel Jahr nicht gesehen.

Ein Schild mit folgender Aufschrift wurde gefertigt:

„Herzlich Willkommen

in Eurem

2. Zuhause,

der Villa „Juana" in Sa Rapita"

Auch den „wunderschönen" Gartenzwerg holten wir rechtzeitig aus dem Geräteschuppen und stellten ihn neben unserem Begrüßungsschild auf.

Der 21.12.2011 war gekommen, der Tag unseres Wiedersehens hier bei uns auf der Sonneninsel Mallorca. Im Inselradio wurde uns ein schöner, sonniger Tag vorhergesagt. Wir bereiteten im Haus alles Nötige vor und fuhren rechtzeitig zum Flughafen, den **Sant Joan Airport** von **Palma de Mallorca**. Wir waren ja schon öfter auf diesem Flughafen, aber noch nie haben wir mit unserem PKW jemanden vom Flughafen abgeholt. So kam es denn auch dazu, dass wir die Einfahrt zum Parkhaus nicht fanden. Wir fuhren in der falschen Spur und standen plötzlich oberhalb am Abflugbereich. So durften wir zwangsläufig noch einmal eine größere Ehrenrunde fahren, bis wir endlich vor der Einfahrt zum Parkhaus standen. Wir stellten in der zweiten Ebene unser Auto ab, fuhren mit dem Fahrstuhl hinunter und gingen zum Ankunftsbereich. Am Ausgang „D" würden sie herauskommen, so konnten wir es der Anzeigetafel entnehmen. Wir setzten uns unmittelbar gegenüber der Anzeigetafel auf eine Bank. Unsere Blicke waren auf die Anzeigetafel regelrecht fixiert. Die Zeit wollte einfach nicht vergehen. Mit der Anzeige, dass der Flieger sich im Landeanflug befand, schlugen unsere Herzen noch schneller als bisher. Nach ungefähr 15 Minuten erschien die Information „gelandet". Unsere Kinder waren wieder am Boden, sie waren das erste Mal auf Mallorca. Wir hatten telefonisch einige Tage vorher gemeinsam miteinander vereinbart, dass sie uns anrufen möchten, wenn sie das Flugzeug verlassen haben und sich auf dem Weg zum Kofferband befinden. Das Handy meiner Frau wollte und wollte nicht klingeln, es kam uns wie eine Ewigkeit vor, bis endlich der erlösende Klingelton ertönte. Nun rutschte mir mein Herz sprichwörtlich in die Hosentasche. Wir stellten uns nun unmittelbar vor den Ausgang „D". Ich richtete meine Videokamera unmittelbar auf diesen Ausgang, denn ich wollte die Begrüßung unbedingt im

Film festhalten. Die Urlaubshauptsaison war ja vorbei und somit herrschte wenig Betrieb auf dem Flughafen. Die Gepäckübernahme am Kofferband ging demzufolge zügig vonstatten.

Plötzlich waren sie da, unsere Kinder Juana, Uwe und Lena. Die Begrüßung war sehr herzlich, wir konnten alle die Freudentränen nicht unterdrücken. Es war ein so schöner und liebevoller Moment. Wir waren erstaunt, wie sich in diesem viertel Jahr unsere kleine Lena verändert hatte. Das konnten wir leider nicht miterleben, aber Schuld daran waren wir ja selbst. Da waren sie wieder, die Gewissensbisse!

Wir gingen gemeinsam hinaus und erstmals konnten unsere Lieben in aller Ruhe den Hauch von Mallorca spüren. Die Sonne schien bei angenehmen Temperaturen. Wir unterhielten uns noch eine Weile über allerlei Dinge, bevor wir zum Parkhaus gingen und nach Hause fuhren. Während der Fahrt konnten sie schon mal die Schönheit der Insel bestaunen. Einiges kam ihnen fremd und ungewohnt vor, nicht zuletzt der Verkehr auf der Autobahn. Wir waren fast allein auf der Autobahn und das bei Tempo 120 km/h. Keine LKW- Kolonnen und wenige PKWs. Verglichen mit Deutschland, unvorstellbar! Schneller konnten wir aber nicht fahren, denn auf Mallorca sind auf Autobahnen maximal 120 km/h erlaubt.

Ungefähr 2 Kilometer vor **S'Estanyol** konnten wir unseren Kindern in der Ferne schon mal das Meer zeigen. An der Eisdiele **Cardinelli** am Ortseingang von **Sa Rapita** machten wir Rast. Hier kann man besondere Eiskreationen genießen. Nicht umsonst wirbt die Eisdiele mit dem „besten Meeresblick der Welt". Dieser einzigartige Meerblick reicht von Mallorcas schönstem Naturstrand **Es Trenc** über **Colonia Sant Jordi** bis zur Nachbarinsel **Cabrera**.

Die Insel **Cabrera** verdankt ihren Namen den Ziegen **(Cabras)**, die bis in die 50iger-Jahre jeden grünen Sprössling abfraßen. Dadurch erhielt die Insel das karge Aussehen. Die Insel wurde 1991 zum Naturschutzgebiet erklärt und nur wenige Touristen dürfen täglich die Insel betreten. Von **Colonia Sant Jordi** kann man ganzjährig täglich, nach erfolgter Vorreservierung, mit einem Boot zur Insel fahren. Auf der Insel sind die Regeln sehr streng. Man darf immer nur die Pfade benutzen, keine Pflanzen abpflücken und auch nicht rauchen, denn hier ist die Brandgefahr extrem hoch. **Cabrera** hat aber auch eine dunkle Vergangenheit. Im spanischen Unabhängigkeitskrieg gegen Napoleon wurden 9000 französische Kriegsgefangene auf die Insel gebracht, von denen nur knapp 3000 überlebten. Ein Kunststoffglas erinnert daran und schützt eine in den Sandstein gekratzte Inschrift. Der nördliche Zipfel **Cabreras** ist bekannt durch die **Cala Blava**, die blaue Grotte. Nachmittags scheint die Sonne in die Höhle und lässt das Wasser strahlend blau erscheinen.

Bei einem Eisbecher auf der großen Sonnenterrasse der Eisdiele konnten sich Juana und Uwe von dem anstrengenden Flug so langsam erholen. Unsere Lena hatte mit ihren 12 Monaten noch keinen Anspruch auf einen eigenen Sitzplatz. Das Kind musste ja über zwei Stunden auf dem Schoß der Eltern sitzen. Für das Kind und auch für die Eltern ist dies nicht gerade bequem. Dass Lena deswegen sehr unruhig war, ist mehr als verständlich.

Wir konnten es kaum abwarten, unseren Kindern unser neues Zuhause zu zeigen. Wir waren schon stolz darauf, was wir in den 3 Monaten geschaffen hatten. Nach dem wir gezahlt hatten, fuhren wir auch unverzüglich weiter.

Am Haus angekommen, ließen wir das Gepäck erstmal im Auto und machten einen kleinen Rundgang durch den Garten. Unsere

Kinder fanden alles sehr schön. An der Haustür reichten wir ihnen vor dem ersten Überschreiten der Türschwelle eine Scheibe Brot und Salz sowie ein Gläschen **Herbes de Mallorca**.

Einer großen Beliebtheit erfreut sich auf der Insel **der Palo deMallorca,** der **Herbes de Mallorca** und der **Herbes Tunel**.

Palo deMallorca ist ein Aperitif, dessen Ursprung bis ins 17. Jahrhundert zurückgeht. Zu dieser Zeit diente er als medizinischer Likör. Dieser Aperitif wird mit Enzianwurzel und Chinarinde hergestellt. Verfeinert wird dieses schwarze, dickflüssige und bittere Getränk durch Hinzufügung von Zucker, karamellisierter Saccharose und Alkohol sowie Trauben und Feigenextrakten. Der Alkoholgehalt schwankt zwischen 25% und 35%.

Herbes de Mallorca wird durch Mischen eines alkoholhaltigen Anisgetränks mit einem Destillat und verschiedenen aromatischen Pflanzen hergestellt. Je nach Zuckergehalt gibt es **Herbes Dolces** (süß), **Herbes Seques** (trocken) und **Herbes Mesclades** (gemischt). Der Alkoholgehalt beträgt 40%.

Herbes Tunel wird aus einem feinen Bouquet von Wildkräutern wie Myrte, Minze, Rosmarin und Anis hergestellt. Sein Alkoholgehalt liegt bei 30%.

Nach dem wir mit unseren Gläsern auf einen schönen, vor uns liegenden Urlaub angestoßen hatten, mussten Juana und Uwe sich erst mal kräftig schütteln. Einen **Herbes de Mallorca** hatten beide noch nie getrunken, man sah es ihnen förmlich an.

Wir zeigten ihnen zuerst ihr Gästezimmer, ihr eigenes Bad und das Schlafzimmer für unsere kleine Lena. Sie fanden alles sehr „toll" und freuten sich auf den Urlaub. Am Nachmittag machten wir noch einen Spaziergang durch den **Dalt**. Die frische Meeresluft und die Sonne taten allen sehr gut, insbesondere unseren Kindern, die ja in Deutschland die Sonne schon wochenlang nicht mehr gesehen haben. Lena freute sich, dass sie in ihrem Sportwagen von Oma und Opa geschoben wurde.

Zurück im Haus angekommen, wurde Lena für die Nacht vorbereitet. Nachdem sie ihr Abendbrot gegessen hatte, planschte sie noch in der Badewanne, bevor es in ihr neues Kinderbettchen ging. Das Kind war den ganzen Tag sehr lieb und ausgeglichen, obwohl sie einen sehr langen Tag hinter sich hatte. Sie schlief auch sofort ein. Wir saßen noch ein wenig beisammen, tranken noch ein Gläschen Wein und unterhielten uns. Wir hatten uns ja eine Menge zu erzählen. Es wurde aber nicht sehr spät, denn unsere Beiden konnten ihre Müdigkeit nicht länger unterdrücken. Sie sind ja bereits in der Nacht mit ihrem Auto zum Flughafen Berlin-Schönefeld gefahren. Ein schöner Tag ging zu Ende.

Am 22.12.2011 tollte Lena nach dem Frühstück auf einer ausgebreiteten Wolldecke im Garten herum. Zum Frühstück hatte ich allen aus frischen Orangen Saft gepresst. Ich vertrete noch heute den Standpunkt, dass derjenige, der noch nie eine frisch vom Baum gepflückte Orange gegessen hat, gar nicht weiß, wie Orangen wirklich schmecken. Mallorca ist ja auch neben den Oliven die Insel der Orangen. In der Urlaubssaison wird mit frischgepresstem Orangensaft das große Geschäft gemacht. Bekanntlich sitzt bei Urlaubern ja das Geld locker und es wird beim Preis von etwa 2,50 € je Glas nicht darüber nachgedacht, wieviel Kilo Orangen man dafür auf dem Markt kaufen könnte.

Das Mittagessen konnten wir auf der Terrasse einnehmen. Das Wetter ließ dies wieder zu. Nach dem Mittagsschlaf unserer „Kleinsten" ging es ab zum **Es Trenc** Strand von **Sa Rapita**. Solch einen „großen Sandkasten" hatte unsere kleine Lena noch nie gesehen. Vor allem musste der Sand auch sehr gut geschmeckt haben, denn sie hatte großen Gefallen daran, sich ständig Sand in den Mund zu stecken. Auch das Meer zog sie magisch an. An den Händen haltend versuchte sie ins Wasser zu laufen. Allein konnte sie ja noch nicht laufen, aber mit unserer Hilfe ging es schon recht gut. Zum Baden war es zu kalt, aber mit den Füßen im Wasser war es angenehm. Wir konnten unseren Kindern auch erklären, dass man hier im Meer sehr weit hinauslaufen kann, bis man keinen Grund mehr unter den Füßen verspürt. Es war für beide schon mal eine Vorfreude auf einen Urlaub während der Badesaison. Wir saßen im Sand, schauten aufs Meer und ließen unseren Gedanken freien Lauf. Alle Urlauber sind bereits zurück in ihre Heimat geflogen. Wir hatten den Strand und das Meer für uns alleine, denn hier ist unsere neue Heimat. Daran zu denken war schon ein erhabenes Gefühl. **Ein lang ersehnter Traum hatte sich erfüllt!** Diese Tatsache konnte ich zu dieser Zeit noch nicht so richtig glauben. Ich dachte, dass ich das alles nur träumte. Wie schön wäre es, wenn auch unsere Kinder für immer bei uns auf der Insel gewesen wären. Dies ging aber leider nicht. Dafür hatten sie aber jährlich eine gute Urlaubsadresse, um die wohl jeder sie beneidete. Urlaub bei Mutter und Vater am Meer und dies im Sommer mit Sonnengarantie, wer hatte das schon?

Gemeinsam genossen wir diesen schönen Nachmittag am Meer, der viel zu schnell verging. Am Abend saßen wir noch gemütlich beisammen, aber diesmal wurde es viel später mit dem Schlafengehen.

Am 23.12.2011 nahmen wir uns vor, bereits schon am Vormittag nach **Palma de Mallorca** zu fahren.

Palma de Mallorca ist die größte Stadt auf der Insel mit etwa 350.000 Einwohnern. Da die gesamte Insel 610.000 Einwohner zählt, wohnen allein davon mehr als 50 % in **Palma de Mallorca**. Hier ist auch gleichzeitig der Sitz der Balearen- Regierung.

Es ist die Stadt, die niemals schläft!

Wir hatten uns bereits in diese Stadt verliebt. Man kann kommen wann man will, ob Haupt- oder Nebensaison, es ist immer etwas los.

Der älteste Stadtteil, **Sa Calatrava** mit der Kathedrale **(La Seu)** und dem Almudaina- Palast **(Palau de ſ Almudaina)** wird mit dem **Parc de la Mar** vom Meer getrennt. Übrigens kann man jeden letzten Samstag im Monat zur Mittagszeit die altertümliche Wachablösung vor dem Palast anschauen.

Wir packten nach dem Frühstück alle notwendigen Sachen ein und fuhren nach Palma. Auf der **Autopista de llevant** (Ma 19) gelangten wir direkt in die Stadt. Kurz nach dem Ortseingang konnten wir auf die derzeit größte Baustelle von Palma aufmerksam machen. Es handelt sich um die Baustelle des Kongresspalastes. Zu damaliger Zeit wussten wir noch nicht, was diese Baustelle für ein Politikum ist. Um es an dieser Stelle schon mal vorwegzunehmen, es gibt einige Parallelen zum Bau des Großflughafens in Berlin. Diese Parallelen sind meiner Meinung nach folgende:

beide Bauprojekte hatten ein stümperhaftes und unprofessionelles Management,

die verantwortlichen Politiker sind nicht nur auf einem Auge blind, sondern die Europäische Union schaut auch noch zu, wie Steuergelder in Größenordnungen verschwendet werden,

die ursprünglich kalkulierten Kosten übersteigen ein Vielfaches, die Steuerzahler müssen die Zeche zahlen.

Die Termine der Fertigstellung sind weiterhin fraglich.

Es gibt aber eine Besonderheit, bei der sich beide Bauprojekte voneinander unterscheiden. Wann auch immer der Großflughafen in Berlin fertig gestellt wird, wenn überhaupt, dann steht jedoch fest, welche Verwendung dann erfolgt. Es wird ein Großflughafen sein!

Beim Kongresspalast auf Mallorca sieht dies ganz anders aus. Sollte dieses Bauwerk auch mal fertiggestellt sein, dann ist die „unendliche Geschichte" noch lange nicht zu Ende, denn die geplante Verwendung steht immer noch nicht fest. Im Oktober 2013 platzte eine dritte Ausschreibung bezüglich der Verwendung. Immer noch wird nach einem Käufer oder Betreiber gesucht. Kürzlich las ich bei Facebook im Internet einen Beitrag, in dem von einer Fertigstellung im Juli 2015 die Rede war. Der Baustopp belief sich zwischenzeitlich auf zwei Jahre. Die Inselregierung hat einen Kredit über 36 Millionen Euro aufgenommen, so konnte ich dort lesen. In einer Zeit, in der Spanien von Europa zur Bewältigung der Finanzkrise Hilfsgelder erhalten hat und die damit verbundenen Sparauflagen zu einer drastisch erhöhten Verarmung der Bürger, auch auf Mallorca, führte, wird noch ein Kredit aufgenommen und das Geld in ein „Fass ohne Boden" geschüttet.

Für mich ist diese Haltung unverständlich!

Verbaut wurden wohl bereits 80 Millionen Euro und offenstehende Entschädigungen an Baufirmen, bezüglich des zweijährigen Baustopps, sind dabei noch nicht berücksichtigt.

Wir fuhren bis zum Parkhaus, welches sich direkt unter dem **Parc de la Mar** befindet. Die Einfahrt zum Parkhaus befindet sich unmittelbar an der Ma 19, also günstiger ging es nicht. Es ist ein riesiges Parkhaus mit Stellflächen über zwei Etagen.

Den ganzen Tag verbrachten wir in Palma. Wir besichtigten die Kathedrale, schlenderten durch die engen Gassen der Altstadt bis zum **Placa Major** und machten Rast im **Ś Hort del Rei**. Natürlich aßen wir auch gemütlich in einem Restaurant zu Mittag. Für unsere kleine Lena hatten wir extra ein Gläschen mit Kindernahrung mitgenommen, welches wir hilfsbereit und freundlich aufgewärmt bekamen. Am Abend waren wir alle erschöpft, es war aber wieder ein schöner, ereignisreicher Tag.

Es war Heilig Abend, der 24.12.2011. Wir bummelten in **Campos** über den Wochenmarkt und aßen diesmal im Menürestaurant in **Campos** zu Mittag. Hier konnte sich jeder nach Herzenslust am Buffet bedienen und essen, worauf man Appetit hatte. Das alles für einen Festpreis pro Person. Es hatte uns dort gefallen, ich glaube wir waren während unseres Insellebens nur zwei- oder dreimal dort essen und zwar solange, bis wir ein anderes Menürestaurant kennen lernten.

In **Coll d'en Rabassa** befindet sich das Menürestaurant **Pequeño Mundo**. Es ist ein sehr gepflegtes und anspruchsvolles Menürestaurant mit einem reichhaltigen und vielfältigen Angebot. Für einen Festpreis von 9,50 € von montags bis freitags **(De Lunes a Viernes)** und samstags **(Sabados)** für 12,50€ konnte man preisgünstig und vor allem typisch mallorquin speisen. Dies kam bei all unseren Gästen sehr gut an, so dass wir immer mit unseren Gästen dort einkehrten.

Um 17.00 Uhr war es dann so weit. Es war Bescherung. Damit ein Hauch von Weihnachtsstimmung aufkommen konnte, so wie wir es von Deutschland gewöhnt waren, schlossen wir die **Persiana** (Fensterläden), damit es nicht nur abgedunkelt war, sondern auch für diese Zeit kein Blick aus dem Fenster auf Palmen und den blühenden Bougainvillea- Strauch möglich war. Obwohl wir einen künstlichen Weihnachtsbaum aufgestellt hatten und Weihnachtslieder hörten, echte Weihnachtsstimmung kam einfach nicht auf! Wir machten aber das Beste daraus und unsere Lena freute sich genauso wie wir alle über die Weihnachtsgeschenke. Traditionsgemäß aßen wir am Abend Kartoffelsalat und Bockwurst. Noch nicht zur Tradition gehörten der gute spanische Wein und der **Herbes de Mallorca,** was sich aber noch im Verlaufe der Zeit änderte.

Am 25.12. statteten wir der **Platja de Palma** einen Besuch ab.

Von **Can Pastilla** bis **Ś Arenal** erstreckt sich der feine, breite Sandstrand über eine Länge von ungefähr acht Kilometern, bekannt als **Platja de Palma.** Auf dieser Länge herrscht im Sommer ein erhebliches Gedränge. Die **Platja de Palma** ist eine der ansprechendsten Flanierpromenaden der Insel Mallorca. An der vom Meer abgewandten Seite reihen sich eng aneinander Boutiquen, Restaurants, Cafés, Kneipen und Einkaufszentren. Zentrum der Jugend und sonstigen, feierlustigen Urlaubern ist zweifelsohne der Bereich des **BALNEARIO 6** und des **Megaparkes**, auch als Ballermann bekannt. Dieser Bereich, in dem im Sommer Hütchenspieler und die sogenannten „Klauhuren" naiven Urlaubern das Geld aus der Tasche ziehen, wo bei Urlaubern „Grölen" und „Saufen" der einzige Urlaubsinhalt ist und wo illegale Straßenhändler den Urlaubern mit Angeboten von Sonnenbrillen, Armbanduhren und sonstigen, nutzlosen Gegenständen auf die Nerven gehen, ist kein gutes Aushängeschild für die Insel Mallorca. Immer wieder versucht die Inselregierung dies in den Griff zu bekommen, es ist aber immer nur sprichwörtlich „ein Tropfen auf den heißen Stein". Will die Inselregierung dies aber auch wirklich? Ich weiß es nicht! Fest steht aber, dass auch hier sehr viel Geld von den Urlaubern auf der Insel gelassen wird. Hier in diesem Bereich wurde auch das Wort „Malle" für Mallorca geprägt. „Malle" ist nicht Mallorca, wer „Malle" sagt, meint den Ballermann und Mallorca ist viel, viel mehr als der Ballermann. Mallorca ist Natur, Geruch, Sonne, Farbe, Stille, Kontrast, Jungbrunnen, Tradition, Stolz und noch vieles mehr!

„Gott sei Dank"! Im Winter ist hier wenig Betrieb. Wir konnten aber unseren Kindern diesen Bereich mal zeigen, damit sie sich eine Vorstellung von dem machen konnten, was hier im Sommer los ist. Lena fand den Strand wieder toll. Auf einer Decke zogen wir sie durch den Sand, während dessen Juana Muscheln sammelte. Hier an diesem Strand fanden wir größere Muscheln als in **Sa Rapita**. Wir aßen auch hier zu Mittag und eine Tasse Kaffee und ein Stück Torte ließen wir uns dann in einem Café in **Can Pastilla** auch noch schmecken.

Can Pastilla besitzt aber auch eine besondere Attraktion. Es ist das Palma Aquarium, welches 2007 eröffnet wurde und in dem die Besucher über einen Rundgang von 900 Metern, unterteilt in einen Innen- und Außenbereich, allerlei Fische und Korallen besichtigen können. Das Aquarium ist nach „Mittelmeer" und „Tropische Meere" untergliedert. Die Hauptattraktion bildet zweifelsohne das Haifischbecken **Big Blue**. Allein dieses Haifischbecken hat ein Fassungsvermögen von 3,5 Millionen Liter Wasser, wobei das gesamte Aquarium 5,5 Millionen Liter Wasser beinhaltet. Das Haifischbecken ist das größte Becken dieser Art in Europa. Beeindruckend schön und kaum mit Worten zu beschreiben, ist der Dachterrassen- Garten. Hier heißt es: **„Welcome tot he jungle"**. Es ist ein kleiner Regenwald mit Piranha Becken und rauschenden Wasserfällen. Man konnte förmlich das feuchtwarme Klima spüren.

Jährlich besuchen rund 400.000 Menschen dieses Aquarium. Auch wir gehörten dazu, denn am 26.12.2011 war dies unser

Ausflugsziel. Wir brauchten uns an der Kasse und dem Eingang nicht lange anstellen, wie es sonst im Sommer üblich ist. Im Dezember waren nur wenige Besucher anwesend. Der Eintrittspreis ist heftig, aber für diese große und schöne Anlage durchaus gerechtfertigt. Erwachsene zahlten 22,50 € und für Kinder unter drei Jahren war der Eintritt frei. Da meine Frau und ich die Ermäßigung für Residenten nutzen konnten, brauchten wir jeder nur 17,50 € Eintritt zahlen. Den Eintritt von insgesamt 80 € zahlten wir gern, denn wir wollten ja unseren Kindern im Urlaub einiges bieten. Da sollte der Besuch des Aquariums auf jeden Fall dazu gehören. Wir waren alle vom Anblick der farbenprächtigen Fische und Korallen sehr beeindruckt. Am Haifischbecken hatten wir vor der riesigen Glasfront das Gefühl, inmitten der Haifische zu stehen, als ob wir uns selbst unter Wasser befanden.

Auch unsere Lena fand die bunten Fische schön, besonders interessant fand sie jedoch den Kinderspielplatz. Hier war ein Kindertrampolin, welches sie besonders anzog. Wie in einem kleinen Käfig, durch ein Netz gesichert, konnte sie nach Herzenslust darinnen krabbeln. Weil es so schön federte, kreischte sie vor Freude und wollte überhaupt nicht wieder herauskommen. Für das vorhandene Torwandschießen mit einem Ball interessierte sich besonders unsere Tochter Juana. Nach mehreren Versuchen gab sie aber recht bald enttäuscht auf. Nicht die Löcher in der Torwand waren zu klein, nein, die gesamte Torwand hätte doppelt so groß sein müssen, da selbst diese nicht getroffen wurde.

Am Nachmittag liefen wir noch ein wenig durch den **Dalt**. Wir hatten hier eine Schafsherde, die öfters selbständig durch den **Dalt** zog und auf den brachliegenden Flächen graste. Auch an diesem Tag war die Schafsherde da. Juana und Lena versuchten sich der Herde zu nähern, was ihnen aber nur bis zu einer bestimmten Distanz gelang. Das Ergebnis ihrer Versuche war letztendlich, dass an diesem

Nachmittag die gesamte Herde die Flucht ergriff. **Schade!** Lena wollte doch nur ein kleines Lämmchen streicheln.

Am vorletzten Urlaubstag fuhren wir nach **Cala Pi**. Der Ort **Cala Pi** liegt malerisch auf einem Kalksporn, der auf einer Seite steil ins Meer abfällt. Von der Landspitze aus hatte man einen wunderschönen Blick auf die Weite des Meeres, entlang der bewaldeten Steilküste. Zum überwiegenden Teil besteht der Ort aus Villen und Ferienwohnungen und einem Hotel. Eine Treppe führt hinunter zum kleinen, in einer Bucht befindlichen Sandstrand.

Früher, vor fast 2000 Jahren, befand sich hier am Ort ein riesiger Steinbruch, der von den römischen Eroberern betrieben wurde. Man baute das Gestein ab, um Straßen und Städte errichten zu können. An einem geheimen Platz, den nur wenige Einheimische kennen, der **Cantera de es Molar de Cala Pi,** kann man heute noch Spuren dieser Arbeiten sehen. Diese Steine sind nichts anderes als versteinerte Muscheln, fossilisiert und an die fünf Millionen Jahre alt. Diesen Steinbruch konnten wir natürlich nicht besichtigen, denn der Zugang wäre zu mühselig gewesen.

Auf der Rückfahrt machten wir Rast an einem typisch mallorquinen Restaurant mit guter einheimischer Küche. Wir konnten bequem im Freien unter einer mit Schilf überdachten Terrasse sitzen. Die frische Luft hatte nicht nur uns Erwachsene hungrig gemacht, sondern auch unsere kleine Lena. Sie hatte regen Appetit und ein Omelett schmeckte ihr besonders gut.

Am Abend kehrte so langsam Wehmut ein. Wie schnell ist doch die Woche vergangen. Nun galt es, langsam an den Rückflug zu denken. Der 28.12.2011 war ein Tag, den wir wahrlich nicht herbei gesehnt hatten, aber wir mussten der Realität ins Auge schauen. Im Juni 2012 wollen unsere Kinder uns wieder besuchen. Somit hatten wir wieder ein Ziel vor unseren Augen, ein schwacher Trost. Diesmal müssen wir ja fast ein halbes Jahr warten, eine lange Zeit!

Am Morgen des 28.12.2011 frühstückten wir noch gemütlich, bevor wir zum Airport fuhren. Bis zur Sicherheitskontrolle begleiteten wir noch unsere „Drei". Die Verabschiedung war sehr emotional und die Tränen konnten wir nicht unterdrücken. Besonders Juana und Regina litten sehr. Es tat uns auch sehr leid, unsere kleine Lena loslassen zu müssen. Wir schauten noch eine Weile hinterher, bis sie nach der Sicherheitskontrolle unseren Blicken entschwunden waren. Der ganze Tag war trübselig. Wir gingen am Abend noch zum Meer. Wir setzten uns auf Felssteine und ließen unsere Gedanken über die Weite des Meeres schweifen. Wir beschlossen, mal wieder unsere Tochter Anja und unseren Sohn Lars anzurufen, vielleicht kommen sie uns auch mal besuchen, wir würden uns sehr freuen. Im Haus zurückgekommen, telefonierten wir noch mit unseren Kindern Uwe und Juana. Sie sind gut zu Hause angekommen. Beide bedankten sich nochmals für die schönen Tage. Die Vorfreude auf den Juni 2012 hatte begonnen.

Ein bewegtes Jahr ging zu Ende

Am 30.12.2011 so gegen 20.00 Uhr passierte es. Wir saßen im Wohnzimmer und schauten fern. Plötzlich hörten wir ein lautes Geräusch, als sei etwas zu Boden gefallen. Wir dachten sofort an unsere beiden Katzen. Was haben sie für einen Schaden verursacht? Ich ging durch alle Zimmer, konnte jedoch nichts erkennen. Die Katzen dösten friedlich im hinteren Zimmer. Ich setzte mich wieder ins Wohnzimmer und schaute weiter fern. Nach etwa 10 Minuten erneut das gleiche Geräusch. Dieses Mal schaute ich auch nach draußen und überprüfte mit einer Taschenlampe das Haus. Auch hier draußen konnte ich keine Ursachen finden. Ich schaute nochmals durch alle Zimmer, irgendetwas muss es doch gewesen sein. Im Gäste- Bad wurde ich fündig. An der linken Wand, unmittelbar unter dem Heizkörper, lag Putz am Fußboden. Zunächst hatte ich dafür keine Erklärung, zumal an der Zimmerdecke keine Schäden zu sehen waren. Doch plötzlich sah ich es! In Höhe des Heizkörpers hatten sich auf einer Fläche von ungefähr 2 Quadratmetern die Fliesen von der Wand gelöst und nach außen gedrückt. Es war also kein Putz, der am Boden lag, sondern ausgehärteter Fliesenkleber. Sofort war mit klar, wie dies geschehen konnte. Da die Fliesen der Bäder und nicht nur die, sondern auch die Fliesen in der Küche ohne Fugen, sondern direkt auf Stoß an die Wand geklebt waren, konnte eine Ausdehnung bei Erwärmung nicht erfolgen. Es kam zu Spannungen, zumal die Fliesen vom Fußboden bis unter die Zimmerdecke angebracht sind. Dies passierte bei einer Heizkörpertemperatur von etwa 35 Grad, denn wärmer wurden die Heizkörper ohnehin nicht. Man konnte mit den primitiven Heizkörperventilen den Heizkörper zu- oder abschalten, eine Temperaturregelung war kaum möglich. Es kam aber noch hinzu, dass alle Heizkörper im Haus falsch angebaut waren. Die Heizkörper hatten auf einer Seite Luftleitrippen, mit denen die warme Luft in den Raum geleitet werden soll. Mit der Begründung, „dass es besser aussieht, wenn die glatte Seite nach außen zeigt", wurden die Heizkörper letztendlich auch so montiert. Dies hatte zur Folge, dass die warme Luft direkt an die Wand geleitet wurde. **Das war spanische Handwerkskunst auf „höchstem Niveau"!** Mir fehlten dazu die Worte!

Sicherlich hatte noch nie jemand im Winter in diesem Haus gewohnt, sonst wäre das Malheur bestimmt schon früher passiert. Bei der Besichtigung des Hauses ist uns dies alles nicht aufgefallen. Um es vorweg zu nehmen, die Fliesen im anderen Bad hielten während des gesamten Mietzeitraumes stand. Nach einem viertel Jahr schon all diese Mängel am Haus, was würde noch alles passieren? So unsere Gedanken.

Unsere Vermieterin in Deutschland wollte es kaum glauben, was geschehen war. Es war uns schon peinlich, wieder einen Schaden melden zu müssen, es war aber nicht unsere Schuld. Per Email schickten wir ihr Fotos vom Schaden, so musste sie ihn wohl oder übel anerkennen. Eine Einleitung einer Reparatur sicherte sie uns sofort zu.

Da wir ja, wie bereits geschildert, immer noch kein Telefon und Internetanschluss im Haus hatten, kümmerten wir uns zwischenzeitlich um eine Übergangslösung. In einem Telefonshop in **Can Pastilla** ließen wir uns beraten. Der Inhaber, ein Deutscher, war sehr kompetent. Er empfahl uns zwei spanische Prepaid Verträge eines spanischen Anbieters mit einem günstigen Tarif für das Telefonieren in das deutsche Festnetz. Zusätzlich, vom gleichen Anbieter, erwarben wir einen USB Stick für den Internetzugang mit einem Datenvolumen von 1 GB pro Monat. Das war nicht viel, aber wir hatten erst mal eine Lösung, denn den beantragten Festnetzanschluss hatten wir ja noch nicht aus den Augen verloren. Allein dieses Datenvolumen kostete uns monatlich **25,00 €**. Zum

Aufladen des USB Sticks mussten wir monatlich nach **Can Pastilla** fahren. Der Empfang bei uns zu Hause war „besch….", um es geschmeidig auszudrücken. Im Haus hatten wir keinen Empfang, weder mit dem Handy, noch mit dem USB Stick. Wollten wir telefonieren, so mussten wir nach draußen gehen und eine geeignete Stelle suchen. Erhielten wir einen Anruf, so mussten wir schnell nach draußen rennen, damit die Verbindung nicht abriss. Mit dem Internet das gleiche Drama! Wir hatten uns extra ein USB Verlängerungskabel gekauft, damit wir für das Zustandekommen einer Internetverbindung das Kabel aus dem Fenster hängen konnten. So ging es einigermaßen. Mit der Zeit kannten wir die Stellen auf dem Grundstück, an denen eine Telefonverbindung möglich war. Zum Nachteil war, dass uns beim Telefonieren jeder Nachbar zuhören konnte. Zum Vorteil war, sie konnten es nicht verstehen, da wir ja deutsch sprachen. Im Winter waren sowieso die Häuser unserer Umgebung zum größten Teil nicht bewohnt. Im Frühjahr haben wir ja sowieso einen Festanschluss im Haus, so dachten wir.

Falsch gedacht, aber dazu später!

Der letzte Tag des Jahres 2011 war angebrochen. Wir hatten versäumt, uns rechtzeitig für die Teilnahme an einer Silvester Feier zu kümmern. Allein zu Hause den Abend vor dem Fernsehgerät zu verbringen, nein, dazu hatten wir keine Lust! So gegen 20.00 Uhr gingen wir zur Uferpromenade von **Sa Rapita**, wir hofften, dass ein Restaurant geöffnet hatte. Wir hatten Glück, das Restaurant **Can Pep** an der **Aviguda Miramar 30** gelegen, hatte geöffnet. Es war ein Restaurant der gehobenen Preisklasse. Durch seine hervorragenden Fischgerichte und der mallorquinischen Weine ist es inselweit bekannt und immer sehr gut besucht. Auch an diesem Abend war es so, wir bekamen sogar noch zwei Plätze. Der Abend war gerettet! Bei guten Speisen und Getränken sowie mit spanischer Musik verbrachten wir einen sehr gemütlichen Jahreswechsel. Je später der

Abend, desto lustiger wurde es. Die Mallorquiner konnten sehr gut feiern! Selbst eine Polonaise führte nicht nur durch den Gastraum, sondern wir schlängelten uns auch zwischen Pfannen und Töpfen durch die Küche. Die Köche fanden es ebenfalls lustig. Nachdem das neue Jahr auf spanische Art begrüßt wurde, war noch lange nicht Schluss. Wir lernten noch Deutsche kennen, die schon lange auf Mallorca lebten. Wir führten noch interessante Gespräche, denn wir waren ja noch Neulinge auf der Insel. Der erhobene Zeigefinger wurde wiedermal sichtbar. Den gänzlichen Bruch mit Deutschland hätten wir nicht vollziehen sollen, so ihre Bemerkungen. Zu damaliger Zeit waren wir noch zu sehr euphorisch, um derartige Ratschläge anzunehmen, zumal es nun ohnehin zu spät war.

Alles in allem, es war eine sehr schöne Silvesterfeier im Can Pep!

Wie schnell sich aber Sachverhalte ändern, musste ich kürzlich im Internet zur Kenntnis nehmen. Ich las Kritiken über das Restaurant **Can Pep** aus dem Jahr 2014. Dieses traditionsreiche Familien-Restaurant hat extrem die Preise nach oben getrieben, den Service verschlechtert und die Qualität und Quantität der Speisen haben ebenfalls nachgelassen. Eigentlich schade, denn in **Sa Rapita** war es die einzige Adresse mit gehobener Küche.

Mit der Bankenkrise in Europa sind auch auf Mallorca viele Dinge innerhalb kürzester Zeit "aus dem Ruder" gelaufen.

Dazu aber später mehr!

Ein neues Jahr hat begonnen

Fast hätte ich vom Frühling gesprochen, aber kalendarisch war es noch nicht so weit, obwohl Ende Januar, Anfang Februar die Mandelbäume in voller Blütenpracht stehen. Etwa 5 Millionen Mandelbäume blühen prächtig, die süßen Mandeln weiß und die bitteren Mandeln rosa. Besonders schön ist es um **Llucmajor** und **Capdella** anzusehen. **Fira de flor d' ametler** ist ein Mandelblütenmarkt in **Son Servera**. Eigentlich kann man diesen wunderschönen Anblick auf der ganzen Insel bewundern, aber wie lange noch? Häufig werden die Mandeln gar nicht mehr abgeerntet, da es sich nicht mehr lohnt. Die amerikanischen Mandeln haben den Weltmarkt überspült, obwohl mallorquinische Mandeln vor Jahren noch der Exportschlager waren. **Schade!** In der mallorquinischen Küche spielt die **Almendra** aber noch eine große Rolle. Sei es für den leckeren Mandelkuchen, die Süßspeisen und nicht zuletzt den Mandellikör. Einige Landwirte haben sich gänzlich von ihren Mandelbäumen getrennt und wieder Olivenbäume gepflanzt.

Deutsche Reisebüros werben zur Überbrückung der touristischen Winterflaute mit Kurzurlauben zu dieser Mandelblüte. Was aber viele Touristen dabei nicht bedenken, ist, dass man sich ja nicht den ganzen Tag von früh bis abends die Mandelblüten anschauen kann. Weitere Urlaubshöhepunkte sind zu dieser Jahreszeit rar. Viele Hotels haben geschlossen und nutzen die Zeit für Renovierungen und Modernisierungen. Auch haben die meisten Restaurants ebenfalls geschlossen. Passt denn auch mal das Wetter nicht, so kommt ganz schnell Langeweile auf. Auch wir haben das alles schon erlebt. Wer sich in dieser Zeit einen PKW gemietet hat, und auf eigene Faust die Insel erkunden möchte, der sollte besonders vorausschauend fahren. Es ist auch die Zeit der **papagayos**. Gemeint sind nicht die wunderschönen Vögel, sondern so werden von den Mallorquinern die in den kunterbunten Stramplern auf die Insel einfallenden Profi-

und Freizeitradler genannt. Laut Inselrat sollen es allein im Jahr 2012 etwa 100.000 „Pedalritter" gewesen sein. Diese Radfahrer sind meistens im Pulk unterwegs. Auf Mallorca ist es erlaubt, zu zweit nebeneinander auf der Landstraße zu fahren. Oftmals wird es aber großzügig ausgelegt, indem der eine ganz rechts fährt und der andere auf der Straßenmitte. Will man mit dem PKW überholen, wäre man schlecht beraten, zwischen den beiden Radfahrern durchzufahren. Man bleibt also notgedrungen solange hinter ihnen, bis die Straßenbreite ein gefahrloses Überholen zulässt. Kurz auf die Hupe drücken löst zwangsläufig den Stinkefinger und üble Beschimpfungen bei ihnen aus. Unangenehm wird es, wenn sie sich zusammenrotten, also in einem großen Pulk unterwegs sind. Nun fühlen sie sich in der Gemeinschaft sehr stark. Ohne Rücksicht fahren sie zu dritt oder zu viert nebeneinander. Ganz schlimm wird es an einem Kreisverkehr, davon gibt es ja sehr viele auf Mallorca. Ohne zu schauen „düst" der erste in den Kreisverkehr hinein. Als Autofahrer sollte man nun wissen, dass bei den **papagayos,** wie bei ihren Artgenossen in der Tierwelt, der Herdentrieb wirkt. Alle anderen schießen automatisch hinterher, so dass Sie als PKW-Fahrer, da Sie sich bereits im Kreisverkehr befinden, schlechte Karten haben. Sie haben nur eine Chance und die ist: voll auf die Eisen gehen!

Auch auf den Wiesen sind farbenprächtige Blumen und an den Straßenrändern wilde Margeriten erblüht. Es liegt ein blumiger Duft in der Luft. Die schönste Insel der Welt zeigt sich von ihrer besten Seite.

Im Januar begannen wir unsere familiären Inselaufgaben zu lösen. Unsere Tochter hatte uns ja beauftragt, das **Castell de Bellver** zu besuchen.

1. Familienaufgabe: Castell de Bellver

Mit dem Navigationssystem war es kein Problem, das **Castell de Bellver** zu finden. Wir fuhren mit unserem PKW bis hoch zum **Castell**, welches sich unweit von **Palma de Mallorca** befindet. Oben angekommen, hatten wir einen sagenhaften Blick über **Palma**, der Bucht und das Meer. Wir konnten erstmals sehen, wie gewaltig groß doch Palma ist. **Bellver** bedeutet ja auch „schöner Blick". Im Jahr 1300 wurde das einzige runde Schloss Spaniens von Jaume II errichtet. Es war eigentlich als Königssitz gedacht, genutzt wurde es jedoch als Militärgefängnis. Es steht inmitten von Pinienwäldern hoch über der Bucht von **Palma**. In den runden Innenhof, dem **Patio de Armas,** gelangt man über eine Zugbrücke. Von dort geht es über eine kleine Wendeltreppe auf die Dachterrasse. Hier hat man einen schönen Rundblick. Im Schloss ist auch das Stadtmuseum mit der Stadtgeschichte von Palma und Klassischer Bildhauerei zu besichtigen.

Alles in allem, es war eine sehr gute Aufgabe, durch die uns bleibende Eindrücke vermittelt wurden.

Im Januar stand uns aber noch eine ganz andere Aufgabe bevor. Wir mussten nun auch mal wieder nachfragen, wie es mit unserem beantragten Telefonanschluss aussieht. Wir riefen bei der Agentur an, erhielten aber eine negative Antwort. Es sei immer noch kein Anschluss frei, man kann von Seiten **Movistar**, ehemals **Telefónica,** auch nicht sagen, wann es so weit sei. Wir fühlten uns total ver…scht und hatten nun genug von diesem „Spielchen". Wir zogen unseren Antrag zurück. Die gezahlte Vermittlergebühr erhielten wir einige Tage später auf unser Konto zurück gebucht. Das war das einzige, was an dieser Aktion funktioniert hatte. Da wir ja beide zwischenzeitlich ein Handy und für den Internetzugang einen USB Stick besaßen, waren wir nicht gänzlich von der Außenwelt abgeschnitten. Irgendwann, so dachten wir, werden wir einen neuen Anlauf bezüglich eines Festanschlusses starten.

2. Familienaufgabe: Chocolat Factory

Am 22.02.2012 machten wir uns auf den Weg, um diese Aufgabe zu lösen. Auf der **Placa d' es Mercat 9** in **Palma** befindet sich dieser absolut trendy Schokoladen- Laden in einem sehr schönen Sandsteingewölbe. Inmitten der Altstadt von Palma können „Naschkatzen" voll auf ihre Kosten kommen. Dabei dürfen Sie aber nicht vergessen, ein prall gefülltes Portemonnaie mitzubringen, denn die Preise für die unterschiedlichsten Schokoladenartikel haben es in sich. Natürlich kauften wir für unsere Kinder eine Kleinigkeit, die wir bei unserem nächsten Zusammentreffen übergaben. Wir hatten es mal gesehen und dies reichte uns, es ist eben ein Laden für die „Schönen und Reichen" der Insel. Ich korrigiere mich, die „Reichen" sind nicht immer die „Schönen" und Schönheit kommt von innen.

Neben unseren Inselausflügen hatten wir im Frühjahr unsere Außenanlage weiter gestaltet. So hatten wir uns einen sehr schönen, großen Steingarten mit den unterschiedlichsten Kakteen angelegt, unseren **Jardin Cactus**. Die Felssteine sammelten wir auf der Insel. Unzählige Kofferraumladungen transportierten wir heran und schleppten diese in unsere Anlage. Es war sehr mühselig, wir wollten es aber schön haben und uns wohl fühlen. Die Kakteen kauften wir zum größten Teil. Die Angebote waren ja riesig und die Preise auch. Einige Kakteen sammelten wir auch inselweit. Besonders in der kargen Küstenlandschaft konnte man die unterschiedlichsten Exemplare entdecken.

Ich kann mich noch sehr gut an eine Aktion erinnern. Ich hatte mich mit einer kleinen Säge, einem Messer, dicken Arbeitshandschuhen und meinem Rucksack bewaffnet. So fuhr ich mit dem Fahrrad auf Kakteen- „Jagd". Unmittelbar am Meer, unweit der Uferpromenade von **Sa Rapita** wurde ich fündig. Ich hatte einen sehr großen Kaktus entdeckt. Ich schnitt also einen kräftigen Seitentrieb ab, steckte diesen in eine Plastiktüte und diese wiederum in meinen Rucksack. Nach einigen Metern auf meiner Rückfahrt merkte ich sehr deutlich, dass sich der Kaktus noch im Rucksack befand. Die ersten Stacheln hatten sich durch den Rucksack in meinen Rücken gebohrt. Ich hatte das Gefühl, dass sich mit jedem Tritt in die Pedalen weitere Stachel dazu gesellten. Nun war ich leider kein Fakir und somit auch nicht schmerzunempfindlich. Zuhause angekommen, musste ich erst mal meinem Rücken einer Kur unterziehen.

Aber nicht nur Ausflüge und Gartengestaltung standen in dieser Zeit im Mittelpunkt. Wir mussten uns nun langsam mal um unsere Krankenkassen- Mitgliedschaft kümmern. Nun gehören wir beide durch unsere positive Denk- und Lebensweise zu den Menschen, die eine spanische Arztpraxis kaum von innen kannten. Eine Ausnahme bildete eine Zahnarztpraxis. Das ist auch gut so und soll auch noch viele Jahre so bleiben. Wir wissen genau, dass Krankheiten immer erst im Kopf entstehen, bevor sie im physischen Körper ausbrechen. Aber trotz alledem mussten wir uns bei der gesetzlichen Krankenkasse **(Seguridad social)** anmelden und eine Versichertenkarte **(Tarjeta sanitaria)** beantragen. Obwohl unser Versicherungsschutz bei unserer gesetzlichen Krankenkasse in Deutschland aufrecht erhalten blieb, war der Besitz einer **Tarjeta sanitaria** vorgeschrieben.

Äußerst positiv war, dass es auf Mallorca nur eine einzige gesetzliche Krankenkasse gibt. Das Gute daran ist, es funktioniert besser als in Deutschland. Der Wettbewerb zwischen den gesetzlichen Krankenkassen in Deutschland, die unterschiedlichen Leistungsangebote und Beitragsgestaltungen dienen nicht den

Versicherten, sondern haben nur ein Ziel, das da lautet: **Gewinnerwirtschaftung mit aller Macht!**

Wie nun die Anmeldung hinbekommen, das war die Frage, die vor uns stand.

Zunächst brachten wir die Anschrift des Ministeriums der **Seguridad Social** der Balearen in Erfahrung. Die Anschrift lautet: **Pere Dezcallar Inet 3** in **Palma de Mallorca**. Wir fuhren also nach Palma und irrten durch die Straßen und Gassen der Stadt. Mehrmals fragten wir uns durch und nach ungefähr zwei Stunden standen wir erleichtert und lahm auf den Füßen vor dem gesuchten Gebäude. **Geschafft!** So dachten wir, aber leider falsch gedacht! Wir gingen hinein und standen plötzlich vor einer Röntgenschleuse mit einem Transportband, wie wir es vom Airport her kennen. Bis zu diesem Zeitpunkt wussten wir noch nicht, dass alle öffentlichen Gebäude derartig abgesichert werden. Wir legten unsere Jacken und die Handtasche meiner Frau auf das Transportband und gingen danach durch die Schleuse. Auf der anderen Seite angekommen, befanden wir uns nun in einem großen Warteraum. Wir wurden sofort von einem Sicherheitsbeauftragten empfangen, der natürlich nur spanisch sprach und unsere Sprache nicht verstand. Mit der Zeit verstanden wir, dass man immer erst telefonisch einen Termin vereinbaren muss, um hier vorgelassen zu werden. Er gab uns eine Visitenkarte und so schnell wir hier hereingekommen waren, so schnell waren wir auch wieder auf der Straße. Dumm gelaufen, was nun? Wir machten noch einen Bummel durch Palma, aßen in aller Ruhe zu Mittag, bevor wir uns wieder auf den Heimweg machten.

Am nächsten Tag versuchten wir mehrmals anzurufen, um einen Termin zu bekommen. In Deutschland landet man wenigstens minutenlang in einer Warteschleife, hier auf Mallorca bekam man noch nicht einmal ein Freizeichen.

Uns kam die geniale Idee, doch einen Brief zu schreiben. Diesen Brief übersetzten wir am PC in die spanische Sprache, legten Kopien unserer Personalausweise, der **Residencia**, unserer Krankenkarten und der Anmeldung bei der Gemeinde Campos bei. Diesen Brief brachten wir zur Post **(Correos)** nach **Campos** und schickten ihn nach **Palma**. Auf Mallorca ist es Vorschrift, dass alle Briefe an Behörden oder von Behörden per Einschreiben verschickt werden müssen. So kostete uns dieser Brief **4,23 €**. Nun hieß es erst mal abwarten, was nun passierte. Etwa 14 Tage später erhielten wir Post von der **Seguridad Social**. Wir waren stolz, dass uns hier mal etwas aus eigener Kraft gelungen war. Was stand nun in dem Brief? Natürlich alles in spanischer Sprache! Wir setzten uns an unseren Computer und übersetzten alles in die deutsche Sprache. Das Ergebnis war, die **Seguridad Social** benötigte von uns noch die Formulare E 106 (Arbeitnehmer) und E 112 (Rentner). Diese mussten wir vorher noch von unserer Krankenkasse in Deutschland anfordern. Die **Seguridad Social** trug in diese Formulare einen Vermerk ein, schickte uns diese Formulare zurück und wir mussten sie wieder nach Deutschland zur Krankenkasse schicken.

In der Europäischen Union sind zwar solche „wichtigen Dinge", wie die Größe und Form einer Banane in einer Vorschrift umfassend geregelt, aber vereinfachte und einheitliche Regularien zum geschilderten Sachverhalt gibt es scheinbar nicht!

Auf weiteren Schreiben hatten wir unsere spanischen Versicherungsnummern erhalten. Mit diesen Schreiben mussten wir nach **Campos** zum **Centre de Salut XALOC** (Sozial Zentrum) fahren. Dieses Zentrum ist vergleichbar mit einer Poliklinik in der ehemaligen DDR. Dem **Centre de Salut XALOC** waren die Orte **Campos, Sa Rapita, Ses Salines** und **Colonia Sant Jordi** zugeordnet. Nur Einwohner dieser Orte durften sich hier in ärztliche Behandlung begeben.

An der Anmeldung zeigten wir unsere Schreiben vor und wir staunten! Der nette Herr sprach auch deutsch. Wir hatten wieder einmal Glück! Meine Frau erhielt eine Zahlungsaufforderung, mit der wir zunächst zur Bank gehen mussten, um dort **10,00 €** Gebühr einzuzahlen. Mit der Bescheinigung der Einzahlung ging es zurück zum **Centre de Salut XALOC**. Zwei Tage später sollte Regina erneut vorsprechen, um **die Tarjeta Sanitaria** zu empfangen. Dies taten wir auch. Wir staunten nicht schlecht, als vor unseren Augen aus einem Spezialdrucker diese **Tarjeta Sanitaria** ausgedruckt wurde, inklusiv Magnetstreifen. Ich hatte derartige Technik noch nicht gesehen. Ich muss dazu sagen, diese Karte war nicht aus Papier oder Pappe, nein sie war aus dem gleichen Material wie unsere deutschen Versichertenkarten. **Toll, diese Technik!** Ich musste automatisch daran denken, wie lange es in Deutschland dauert, bis man nach Beantragung einer neuen Versichertenkarte diese geschickt bekommt. Ich kann mich noch gut erinnern, dass es sehr, sehr lange her war, als unsere Krankenkasse die Passbilder für eine neue Versichertenkarte abforderte und wir diese Versichertenkarten dann erhielten. Waren es 5 Jahre oder noch länger?

Auf Mallorca ist einiges besser geregelt als in Deutschland. So schreiben die Ärzte nach einer Behandlung kein Rezept, sondern der Patient geht zur nächsten Apotheke **(farmácia)** und überreicht dem Apotheker seine **Tarjeta Sanitaria**. Der Apotheker kann am Computer sofort sehen, welche Medikamente der Arzt verschrieben hat. Er kann aber auch sehen, welche Medikamente eventuell der Patient gegenwärtig einnimmt. Auch die Zuzahlungen zu Medikamenten sowie die Preise der meisten Medikamente sind auf Mallorca günstiger als in Deutschland.

Zu meiner Beantragung der **Tarjeta Sanitaria** bekam ich den Hinweis, dass ich, solange ich noch Arbeitnehmer bin, keine **Tarjeta Sanitaria** erhalte. Ich hätte mich aber jeder Zeit unter Vorlage des mir zugestellten Schreibens behandeln lassen können. Verstanden hatte ich den Sinn dieser Festlegung nicht, aber man muss auf Mallorca nicht alles verstehen.

Kaum hatten wir das Prozedere erfolgreich gemeistert, schon zeigte sich ein anderes Problem. Regina bekam eines Tages Zahnschmerzen. Sie versuchte die Schmerzen mit „Schwedenkräutern nach Maria Treben" in den Griff zu bekommen, was ihr auch eine Zeitlang gelang. Ein Zahnarztbesuch schien unausweichlich. Wir suchten in den Zeitschriftenanzeigen nach einem Zahnarzt, nach Möglichkeit in unserer Nähe. In **Llucmajor** fanden wir eine deutsche Zahnarztpraxis. Mit der Zahnärztin vereinbarten wir telefonisch einen Termin. Uns war bekannt, dass Zahnbehandlungen und Zahnersatz keine Kassenleistungen waren. Also mussten wir zunächst alles selbst bezahlen. Da die Mitgliedschaft in unserer gesetzlichen Krankenkasse in Deutschland ja weiterhin bestand, hatten wir die Hoffnung, dass wenigstens ein Teil der Kosten übernommen werden. Dem war auch so. Es wurden die Kosten übernommen, die auch in Deutschland bei gleicher Behandlung erstattet würden. Wir zahlten einen Gesamtbetrag in Höhe von **253,00 €**. Erstattet wurden davon **122,65 €**.

Welche nennenswerten Ereignisse beschäftigten uns außerdem noch im ersten Viertel des Jahres 2012?

Anfang März stand plötzlich die Verwalterin unserer Immobilie mit einem spanischen Handwerker vor unserer Tür. Unsere Vermieterin hatte eine Firma beauftragt, um den Wasserschaden an der Dachterrasse zu reparieren. Der Handwerksmeister wollte sich zunächst an diesem Tag einen Überblick vom Schaden verschaffen.

Er stellte fest, dass zwischen den Bodenfliesen der Dachterrasse, insbesondere unmittelbar am Rand der Terrassenbegrenzung, Wasser eingedrungen war. Auch war der Querschnitt des Wasserablaufes zu klein. Bei starken Regengüssen, diese können auf der Insel sehr heftig sein, staute sich das Wasser auf der Dachterrasse, bevor es abfließen konnte. Im Laufe der Zeit hatte sich auch Unkraut in den Fugen der Fliesen festgewurzelt. Von unten konnte man dies jedoch nicht erkennen, da die Dachterrasse von einer Mauer umschlossen war. Der Handwerksmeister hatte entschieden, dass der gesamte Bodenbereich der Dachterrasse erneuert werden musste. Also, die Bodenfliesen, der Unterbeton und die Sperrschicht mussten vollständig abgetragen und neu aufgebaut werden. Zusätzlich sollte ein größerer Abfluss eingebaut werden. Die Arbeiten wurden einige Tage später begonnen und nach einer Woche beendet. Ein einziger Handwerker hatte allein diese Arbeiten durchgeführt. Es war eine gewaltige „Plackerei". Arbeitsschutz scheint man wohl auf der Insel nicht zu kennen, sonst hätte man sicherlich diese Arbeiten zu zweit durchgeführt! Er arbeitete sehr fleißig und nach meiner Einschätzung auch gewissenhaft. Der Bauschutt wurde in Plastiksäcken abtransportiert. Den Schaden an der Zimmerdecke hatte ich vorher selbst repariert. War dies nun eine „Kleinstreparatur" oder nicht? Ich wusste es nicht, von unserer Vermieterin erhielten wir lediglich ein Dankeschön! Es war auch nicht die einzige, sondern die erste Reparatur, die ich selbst am Haus im gesamten Zeitraum unseres Insellebens durchführte.

Einige Wochen später kam der gleiche Handwerksmeister erneut zu uns. Nun ging es um die Reparatur der Fliesenwand im Gäste-Bad. Es mussten etwa zwei Quadratmeter Fliesen erneuert werden. Neue, ähnlich aussehende Wandfliesen wurden von der Firma mitgebracht. Der Handwerker, welcher mit der Arbeit beauftragt wurde, war kein Spanier, sondern stammt aus Marokko und verstand auch kein Deutsch.

Folgende kleine Anekdote spielte sich bei der Reparatur ab:

Der Handwerker hatte die entsprechenden Fliesen und den ausgehärteten Fliesenkleber von der Wand entfernt und wollte nun den neuen Fliesenkleber ansetzen. Wir versuchten mit allen möglichen Artikulierungen ihm klarzumachen, dass er doch bitte die Badezimmertür offen lässt. Den Staub, der beim Einschütten des Fliesenklebers in das mit Wasser gefüllte Behältnis entsteht, werden wir später entfernen. Wir hatten extra aus diesem Grunde unseren Flur ausgeräumt. Er ließ sich aber nicht dazu bewegen und hielt die Badezimmertür geschlossen. Als ich kurze Zeit später in das Bad schaute, traute ich meinen Augen nicht. Das gesamte Bad war eine einzige Staubwolke. Es ist nicht gelogen, ich hatte im ersten Moment den Handwerker nicht sehen können. Obwohl er keine Atemschutzmaske trug, musste er auch nicht husten. Es ist mir bis heute ein Rätsel, wieso er so „staubresistent" war. Von Gesundheitsschutz also keine Spur! Nachdem der Fliesenkleber angesetzt war, boten wir dem Handwerker erst mal eine Pause an. Hierbei erfuhren wir, dass er ein gebürtiger Marokkaner ist, denn wir hatten in unserer Unwissenheit ihm zum Frühstück auch Wurst gereicht. Er machte uns taktvoll darauf aufmerksam, dass er kein Schweinefleisch isst.

Nach dem Frühstück ging es nun ans Kleben der neuen Fliesen, natürlich nach „spanischer Art", ohne Fugen zwischen den einzelnen Fliesen. Die ausgebesserte Stelle musste ja optisch zu dem Gesamtbild des Badezimmers passen. Als er hinter dem Heizkörper die Fliesen anbringen wollte, machte ich ihn darauf aufmerksam, dass es besser sei, den Heizkörper vorher zu entfernen. Nun hatte ich aber mit diesem Ratschlag etwas ausgelöst! Auf keinen Fall, so versuchte er mir deutlich zu machen, kann man den Heizkörper entfernen. „Es würde Wasser aus dem Zulaufrohr fließen", waren seine Ängste. Ich zeigte ihm, dass man bedenkenlos den Zulauf absperren und danach den Heizkörper gefahrlos abschrauben kann. Er glaubte mir nicht, so dass ich letztendlich Eigeninitiative ergriff und, entgegen seinen Ängsten, den Heizkörper abschraubte. Vorher hatte ich noch eine Schüssel unter den Wasseranschluss gestellt. Als Wasser in die Schüssel lief, geriet er fast in Panik. Erst als das auslaufende Restwasser des Heizkörpers immer weniger wurde, wurde sein Gesichtsausdruck auch wieder freundlicher. Er freute sich wie ein Kind! Ich hatte den Eindruck, dass er neu angelernt war und keinerlei berufliche Erfahrungen hatte. Er hatte fleißig gearbeitet und an einem Tag war alles erledigt.

Im März stand uns ja nun auch unsere nächste Familienaufgabe bevor.

3. Familienaufgabe: Castillo Hotel Son Vida

Wie unsere Tochter Juana gerade auf diese Aufgabe gekommen ist, bleibt uns ein Rätsel. Das **Castillo Hotel Son Vida** ist ein Luxushotel und ganz und gar nicht unsere „Preisklasse". Ein mittelalterliches Schloss aus dem 13. Jahrhundert wurde komplett saniert und zu einem 5 Sterne Luxushotel umgebaut. Neu eröffnet wurde es im Jahre 2006. Von der Außenterrasse hat man einen sensationellen Blick über die Bucht von Palma. Unsere Tochter empfahl uns, doch in aller Ruhe auf der Außenterrasse eine Tasse Kaffee zu trinken und den Blick über die Bucht von **Palma** schweifen zu lassen. Dies taten wir aber letztendlich doch nicht, so schön auch der Blick und die subtropische Gartenanlage waren, bei dieser Preisklasse hätte der Kaffee uns sicherlich nicht geschmeckt.

4. Familienaufgabe: Ses Salines

Bis zum Ende des 19. Jahrhunderts gehörte das schmucklose Dorf, acht Kilometer westlich von **Santanyi** noch zur Gemeinde **Santanyi**.

Heute profitiert **Ses Salines** von Meersalzgewinnung, von dem feinsandigen Strand und von der Feriensiedlung **Colonia Sant Jordi**. Eine besondere Sehenswürdigkeit ist jedoch **Botanicactus.** Es ist Europas größtes Mittelmeerbiotop. Auf einer Fläche von 150.000 m^2 werden ungefähr 400 Kakteenarten aus aller Welt beherbergt. Es ist einzigartig! Wer **Botanicactus** nicht besucht hat, der hat auch die Schönheit von Kakteen nicht kennen gelernt! Bei uns hinterließ dieser Besuch einen bleibenden Eindruck.

Ein ganz besonderes Erlebnis, welches eine Gänsehaut verursacht, ist zweifelsohne die Osterprozession in Palma!

Am Palmsonntag hatten wir uns rechtzeitig nach Palma begeben, um dieses Ereignis miterleben zu können. Wir konnten uns unmittelbar am Eingang zur Kathedrale positionieren und auf die Osterprozession warten. Nach langem Warten hörten wir von der Ferne her den Trommeltakt, der immer näher zu uns zu kommen schien. Dann tauchten sie auf, die ersten „Büßer", in weiße Kutten gehüllt und mit oben spitz auslaufenden Hauben, die nur mit einem kleinen schmalen Sehschlitz versehen waren. Die Trommeln gaben den Takt vor. Im Gleichschritt, schleppend und langsam, schritten sie in mehreren Gruppen heran. Es war totenstill, eine unbeschreibliche Anspannung lag in der Luft.

Wir wurden für eine begrenzte Zeit ins Mittelalter versetzt!

Zwischen den Bruderschaften immer wieder **Paso,** die Heiligendarstellungen, umrahmt von riesigem Blumenschmuck und Laternen. Es ging stundenlang so, Bruderschaft für Bruderschaft schritt am Ende ihres langen Weges in die Kathedrale hinein. Diese Tradition hat ihre Wurzeln im 16. Jahrhundert. Die spitzen Hauben schützten früher vor Scham und Demut, wogegen sie heute für die

Anonymität sorgen und gleichzeitig Erkennungszeichen der Bruderschaften **Cofradias** sind.

Die älteste Bruderschaft auf Mallorca **(Cruz de Calatrava)** besteht seit 1902. Es kommen auch immer mal neue Bruderschaften hinzu. Die jüngste Bruderschaft wurde im Jahr 2008 gegründet. Es ist die Bruderschaft **Cofradio Nuestro Padre Jesús de la Humildad y Nuestra Senyora de la Paz.**

Aus Nachbarn werden Freunde

Im **Dalt de Sa Rapita** waren die meisten Häuser nur während der Urlaubssaison bewohnt. Sie wurden teilweise an Urlauber vermietet oder vom Eigentümer selbst in dieser Zeit genutzt. Es gab aber auch einige wenige Immobilien, welche ständig, also ganzjährig bewohnt waren. So auch das Haus links neben uns. Hier wohnte ein junger Spanier. Von Beruf war er Musiker und hatte seine Auftritte spät am Abend und bis in die Nacht hinein. Den ganzen Vormittag war es immer ruhig im Haus, aber danach ging buchstäblich „die Post ab"! Er probte bei offenen Fenstern mit seiner Elektrogitarre und seiner Verstärkeranlage stundenlang, ohne Rücksicht auf die Nachbarn. Es war grauenvoll, denn er probte immer nur einzelne Akkorde und spielte niemals eine zusammenhängende Melodie. Er war freundlich, grüßte immer, wenn wir uns begegneten, und Musik war sein Ein und Alles. Von Ordnung und Sauberkeit hielt er nicht viel.

So hatte er einen großen Laubbaum stehen, dessen Äste über seinen Zaun so tief herunter ragten, dass der Fußweg vor seinem Grundstück nicht benutzt werden konnte. Als Fußgänger musste man in diesem Bereich immer auf die Fahrbahn ausweichen. Ich kann mich auch noch gut erinnern, als **Movistar** vor seinem Eingang das neue Telefonbuch ablegte. Dieses Telefonbuch lag weit über ein halbes Jahr an dieser Stelle, obwohl er täglich darüber treten musste, um aus oder in sein Anwesen zu gelangen. Es zu entsorgen, wenn er es nicht benötigte, das kam ihm nicht in den Sinn. Als seine Mutter mal für einige Wochen zu Besuch war, da verschwand das Telefonbuch und es ging ein kleiner Ruck durch das Haus, was Ordnung betraf. Da sie ja auch wieder abreiste, verließ ihn auch die Ordnung, und der alte Zustand stellte sich sehr schnell wieder ein. Was bei ihm auch sehr widerlich war, war folgende Sache: Die Immobilien besitzen ja keine Dachrinnen, sondern lediglich an der

Dachterrasse eine Ablaufrinne, die etwa zehn Zentimeter herausragt. Damit das ablaufende Regenwasser nicht so laut plätschernd auf die Hausumfriedung trifft, hatte er an diese Stelle eine ausgediente Matratze gelegt. Nun brauch ich doch sicherlich nicht zu erläutern, wie diese Matratze aussah, ganz zu schweigen von Ungeziefer, welches sich dorthin gezogen fühlte.

Auf der anderen Straßenseite, genau uns gegenüber, war das ganze Gegenteil. Hier befand sich ein gepflegtes Anwesen, wo ein Rentnerehepaar fast ganzjährig wohnte. Nur in den ungemütlichen Wintermonaten wohnten sie in ihrem Hauptwohnsitz in Palma. Beide und auch ihre Familienangehörigen waren sehr nett. Schade nur, dass wir uns nur wenige Worte unterhalten konnten.

Rechts neben unserem Haus befand sich ein Grundstück, welches von der Eigentümerfamilie nur wenige Wochen in der Urlaubszeit genutzt wurde. Die Anlage war gepflegt und der Eigentümer kam regelmäßig, um alles in Ordnung zu halten. Grüßen konnte diese Familie nicht, aber dafür umso lauter reden. Während ihrer Urlaubszeit luden sie auch Verwandtschaft und Bekanntschaft zum Feiern ein. Nun hatten wir bei weitem nichts gegen Feierlichkeiten, auch wir feierten gern. In Deutschland sagt man, dass alle gemeinsam singen können, aber einer kann allein nur reden. Bei dieser Familie war es genau umgekehrt, alle redeten sehr laut zur gleichen Zeit, ich hätte ja wohl in dieser Situation nichts verstanden.

Hinter unserem Haus stand ein Objekt, was sowohl vom Eigentümer als auch von Urlaubern genutzt wurde. Ein Hausmeister hielt es regelmäßig in einem gepflegten Zustand.

Eines Tages, wir bekamen gerade eine neue Lieferung an vollen Propangasflaschen, da sprach mich bei der Entgegennahme dieser Flaschen ein ältere Herr an. Ich nenne ihn der Einfachheit halber R., aber dazu später mehr! Der Tausch der Gasflaschen, wie ich ihn bereits schilderte, funktionierte nur einige Wochen so. Von **Repsol** erging die Festlegung, dass man immer bis donnerstags den Flaschenbedarf telefonisch anmelden musste, um am Freitag darauf die Gasflaschen erhalten zu können. Bezahlt musste der Flaschentausch immer in bar beim Fahrer der Anlieferung. Unser Problem dabei waren wieder mal die fehlenden Sprachkenntnisse. Also ließen wir uns was einfallen. Wir schrieben einen spanischen Bestelltext in unser Bestellbuch und brauchten diesen Text am Telefon nur vorlesen.

Der Text lautete:

„Por favor…… propano a once kilograma intercambiar"

Bitte…… Flaschen Propangas zu 11 Kg austauschen.

numero abonat: cero, uno, siete, siete, ocho, nuevo, siete, cinco, cinco.

Vertragsnummer: 017789755

An Hand der Vertragsnummer hatte **Repsol** somit auch unsere Anschrift. Die telefonische Bestellung funktionierte so einigermaßen, es durften die Damen am anderen Ende der Telefonleitung nur keine Gegenfrage stellen, denn damit wäre bei mir wieder alles vorbei, der „rote Faden" gerissen. Die Damen von **Repsol** waren aber immer sehr nett und halfen mir, denn sie spürten, dass ich Schwierigkeiten mit der spanischen Sprache hatte, ich mich aber bemühte, einen Dialog zustande kommen zu lassen. So bekamen wir letztendlich unsere Propangasflaschen immer rechtzeitig geliefert. Der Fahrer war sehr nett und trug die Flaschen sogar bis in unseren Gasflaschenraum.

R., der mich bei der Anlieferung ansprach, war ein deutscher Rentner, der schon einige Jahre allein, ganz in unmittelbarer Nachbarschaft von uns lebte. Wir unterhielten uns eine ganze Weile über allerlei Dinge. So erfuhren wir auch, dass von der spanischen Post **(Correos)** im **Dalt de Sa Rapita** keine Postzustellung erfolgt. Man muss regelmäßig in **Campos** bei **Correos** nachfragen, ob Post für unsere Anschrift hinterlegt sei. Dies wussten wir bis zu diesem Zeitpunkt noch nicht. Wir luden R. für einen der nächsten Tage zum Kaffee ein, damit man sich näher kennen lernen und wir von ihm weitere wichtige Informationen und Ratschläge erhalten konnten.

Am Samstag darauf kam R. erstmals zu uns zum Kaffee. Wir lernten uns gegenseitig kennen. R. stammt aus der Nähe des Bodensees und lebt schon einige Jahre auf der Insel Mallorca. Er war also ein Schwabe.

Apropos Schwabe: da fällt mir doch ein Witz ein. Gelesen hatte ich diesen im Heft Nr. 33 vom April 2014 des **„New Mallorca".** Ich zitiere:

„Zwei Mücken treffen sich am Flughafen.

Erste Mücke: „Ich fliege nach Mallorca, und du?"

Zweite Mücke: „Ich fliege nach Ibiza."

Mallorca- Mücke: „Ich freue mich schon auf das schöne Wetter, die prallen Busen und das frische Fleisch. Lecker!"

Ibiza- Mücke: „Ich freue mich auf das Essen! Vielleicht treffen wir uns ja in zwei Wochen wieder hier am Flughafen."

Und tatsächlich treffen sich beide wieder.

Mallorca- Mücke: „Hallo Ibiza- Mücke! Du siehst ja richtig gut aus! Du hast gespannte Flügel und eine tolle Hautfarbe."

Ibiza- Mücke: „Danke, aber sag mal, du siehst ja gar nicht gut aus! Woran liegt das?"

Mallorca- Mücke: „Vor dem Abflug bin ich in den Geldbeutel eines Schwaben geraten und der hat ihn 14 Tage nicht aufgemacht!"

R. unterbreitete uns den Vorschlag, wöchentlich unsere Zeitungen auszutauschen. Da wir wöchentlich das „Mallorca Magazin" lasen und er die „Mallorca Zeitung", kam somit jeder in den Genuss, beide Zeitungen zu lesen, obwohl nur eine gekauft wurde. Diese Idee war gut und wir stimmten zu. Immer am Samstag kam R. zum Zeitungstausch. R. bat uns auch, wenn wir zur **Correos** fuhren, doch seine hinterlegte Post mitzubringen. Dies ging problemlos, denn **Correos**, das war eine Geschichte für sich!

Immer wenn wir **Correos** aufsuchten, stieg zwangsläufig mein Puls an. Die Abfertigung am Schalter war träge. Stand man in der Schlange an, und vor einem standen beispielsweise drei oder vier Personen, die ein Paket aufgeben wollten, so konnte man schon mal eine Stunde einplanen, bevor man selbst abgefertigt wurde. Von den Portopreisen für Pakete ganz zu schweigen, sie lagen jenseits von „Gut und Böse". So hatten wir zum Beispiel Weihnachten zwei Pakete an unsere Eltern verschickt. Für jedes Paket durften wir **25,60 €** zahlen. Mehr als der Inhalt wert war. Jedes Paket wog 2,6 Kilogramm Im Vergleich zu Deutschland (Preise Stand 01.01.2015) zahlt man bei der Deutschen Post für ein Paket bis 5 Kilogramm innerhalb der EU **16,99 €**. Bei den Briefsendungen sah es nicht viel besser aus.

Wir erfuhren auch, dass vor Jahren **Correos** in **Campos** einen Postzusteller hatte, der sich die Zustellung der Post sehr einfach machte. Er warf die Briefe nicht in die Briefkästen der Empfänger, sondern schlicht und einfach ins Meer. Wind und Wellen hatten ihm aber buchstäblich einen Strich durch die Rechnung gemacht, denn einige Kilometer weiter wurden die Briefe an Land gespült und aufgefunden. So kam man ihm recht schnell auf die Spur und er konnte seine Wohnung für eine bestimmte Zeit in eine Zelle eintauschen. Zwischenzeitlich, so erzählte man sich, trägt er wieder Post aus.

R. fuhr einen Mercedes- Cabriolet, oder anders gesagt, bei ihm stand unter dem Carport ein Mercedes- Cabriolet, denn er fuhr ihn sehr selten. Selbst zum Einkaufen nach **Campos** fuhr er mit einem Elektrofahrrad. Das Auto schonen und Geld sparen, das war sein Motto, schließlich war er ja ein Schwabe. So kam es auch vor, wenn wir eine Fahrt nach **Coll d'en Rabassa** zu **Carrefour** oder zum „schwedischen Einrichtungshaus" planten, er uns bat, ihn mitzunehmen, da er auch einige Dinge benötigte. Wir konnten nicht „nein" sagen, so geschah es dann auch und dies mehrmals.

An einen Einkauf im schwedischen Einrichtungshaus erinnere ich mich noch sehr gut. Dort angekommen, ging jeder seinen eigenen Einkaufsweg, wir vereinbarten jedoch eine Zeit, zu der wir uns wieder an unserem Auto treffen wollten. Wir hatten allerlei Dinge gekauft und waren rechtzeitig am Auto. Wer nicht da war, war R. Wir warteten etwa zwanzig Minuten und dann kam er. Wir trauten unseren Augen nicht. R. schob einen schwer beladenen Einkaufswagen vor sich her. Ich fragte ihn, ob er bemerkt hatte, dass wir mit einem PKW hier waren und nicht mit einem LKW und wie er sich den Transport vorstellte. R. zuckte nur mit den Schultern. Nach einer geschlagenen halben Stunde und nach mehreren Beladungsversuchen hatten wir alles im Kofferraum und vor den

Rücksitzen verstaut. Aber wo ließen wir R.? Es blieb nur eine Möglichkeit, er musste sich quer auf die Rückbank legen. So fuhren wir nach Hause, „Gott sei Dank" ohne eine Verkehrskontrolle.

Dies war nicht die einzige, abenteuerliche Einkaufsfahrt mit R..

Ein weiteres Mal fuhren wir nach **Coll d'en Rabassa** zu **Carrefour.** Hier gingen wir gemeinsam durch das Einkaufscenter und plötzlich bemerkte R. ein preisgünstiges „Tischle" und „Stühlche". Ich ahnte Schreckliches und dies traf auch ein. R. ließ sich nicht vom Kauf abhalten. Auch die Empfehlung, sich die Ware anliefern zu lassen, war für einen Schwaben ein total schlechter Tipp. So schob er wieder mal einen schwer beladenen Einkaufswagen zu unserem Auto. Dort versuchten wir durch Kippen und Drehen Tisch und Stühle ins Auto zu bekommen. Es gelang uns nicht. Wir wollten R. schon überreden, den Kauf rückgängig zu machen, da hatte plötzlich Regina eine geniale Idee. Sie gab R. den Ratschlag, doch noch einen Satz Innensechskantschlüssel zu kaufen, damit wir Tisch und Stühle zerlegen können. Wie gesagt, so getan, nach einer weiteren halben Stunde war alles in Einzelteile zerlegt und im Auto verstaut. Auf der Rückfahrt hatte R. diesmal auch vorschriftsmäßig einen Sitzplatz.

R. bewohnte ein Haus, genau wie wir, zur Miete. Die spanische Vermieterin hatte genau das getan, wovor ich anfänglich in diesem Buch gewarnt hatte. Sie hatte R. einen 11- Monatsmietvertrag buchstäblich „angedreht". R. war sich der negativen Besonderheit nicht bewusst, bis sie ihn eines Tages hart traf. Er bekam überraschend die Kündigung des Mietvertrages. Die Vermieterin versprach sich von der Ferienvermietung höhere Einnahmen als von einer Langzeitvermietung. Vorausgesetzt, unter guter Belegung in der Urlaubssaison, mag das wohl zutreffen aber in der Zeit der Nichtbelegung wird dieser Mehrgewinn wieder verlustig. Hier trifft wieder das Sprichwort **„Gier frisst Hirn"** treffend zu. R. war nun gezwungen, sich innerhalb von vier Wochen eine neue Bleibe zu suchen, um nicht auf der Straße zu landen. Der Druck, der auf ihm lastete, war riesig. Hinzu kam, dass er ein Haus zur Miete suchte, das mit Möbeln und Einrichtung angeboten wurde. Auch der Mietpreis sollte angemessen sein. Nach wochenlanger, intensiver Suche fand er in **Sa Rapita**, unweit vom **Dalt de Sa Rapita,** ein Haus. Das Haus war neu gebaut und für ihn eigentlich viel zu groß. Über zwei Etagen waren die Räume verteilt. Die Lage war gut, von der riesigen Dachterrasse konnte er aufs Meer schauen. Auch der Weg zum Strand war nun nur noch halb so weit wie bisher. Das Haus hatte einige Mängel. So war zum Beispiel die Fernsehleitung von der Sattelitenschüssel bis zur unteren Etage unterbrochen. Ob im Kabelschacht überhaupt eine Leitung verlegt wurde, wusste man nicht. Auf mich machte das Haus den Eindruck, dass hier niemals eine Bauabnahme erfolgte. Am Treppengeländer fehlte der Handlauf, einige Fenster ließen sich nicht ordnungsgemäß verschließen. Da R. aber unter massivem Zeitdruck stand, stimmte er dem Mietvertrag zu.

Beim Umzug war ich ihm behilflich. Alle seine persönlichen Gegenstände transportierte ich ihm mit unserem PKW. Es war ja nur einige Straßen weiter. Da der neue Vermieter den Aufbau seines Carports auf dem neuen Grundstück untersagte, überließ mir R. diesen Carport für **50,00 €** und ein Abendessen.

Nach dem R. umgezogen war, schwächte auch der Kontakt untereinander zunehmend ab. Wir tauschten zwar noch eine geraume Zeit unsere Zeitungen aus, aber wir wurden den Eindruck nicht los, dass R. uns einfach nur benutzte, um seinen „Sparsamkeitsfimmel" durchzusetzen. An einem Tag, als wir ihm die Zeitung wiedermal vorbei brachten, machte er uns zum Vorwurf, dass wir nicht bei ihm anhalten und fragen, ob er etwas aus Campos benötigt, wenn wir sowieso Einkaufen fuhren. Von da an war es vorbei mit unserem Kontakt.

Eine Freundschaft ganz anderer Art entstand rein zufällig, aber Zufälle gibt es ja nicht. Es sollte wohl so sein, worüber wir heute noch dankbar sind. Wir lernten Birgit und Henning S. kennen.

Aber der Reihe nach!

Eines Morgens, wir wollten unser Auto starten, um Wege zu erledigen, aber das Auto sprang nicht an. Die Batterie war total entladen. Was nun tun? Wir hatten zwar ein Starterkabel im Auto, aber zur Starthilfe benötigten wir ein Auto, welches uns behilflich sein würde. Vor dem benachbarten Haus stand ein Lieferwagen in etwa 100 Metern Entfernung. Regina ging dort hin, um Hilfe zu erbitten. Wir hatten großes Glück, denn dort wohnte ein deutsches Ehepaar. Der erste Kontakt war sehr angenehm, denn Henning sagte sofort seine Hilfe zu. Nach einigen Minuten stand er mit seinem Fahrzeug vor unserer Einfahrt und wir konnten problemlos unser Auto starten. Wir bedankten uns und luden beide ebenfalls zum Kaffee ein. Schon bei diesem ersten Zusammentreffen spürten wir, dass die „Chemie" zwischen uns stimmt. Es war ein netter, unterhaltsamer Nachmittag. Sie boten uns ihre Hilfe an, sollten wir alleine mal nicht weiter kommen. Da beide auch spanisch sprechen, war dies für uns ein gewisser Rückenhalt. Über zehn Jahre lebten beide schon auf der Insel und kannten sich somit bestens aus.

So kam es zum Beispiel öfter mal vor, dass die Wasser- oder Stromzufuhr im **Dalt de Sa Rapita** unterbrochen war. Wir brauchten beide nur anrufen, schon wussten wir Bescheid, denn sie hatten immer sehr schnell die Unterbrechung an die zutreffende Stelle weitergemeldet. Sehr hilfreich waren uns auch die handwerklichen

Fähigkeiten und Erfahrungen von Henning. In allen Fragen rund ums Haus stand er uns immer mit Rat und Tat zur Seite.

Wir besuchten uns regelmäßig gegenseitig. Aus ihrem Haus und dem Grundstück hatten sie mühevoll eine Oase des Wohlfühlens geschaffen. Die Zusammenkünfte waren immer sehr freundschaftlich. Besonders gern erinnern wir uns an die Sommerpartys, zu denen sie einluden. Es kam dann schon mal vor, dass ein Brunch um 11:00 Uhr begann und wir in der Nacht um 02:00 Uhr nach Hause gingen. Es fand alles im Freien statt, denn die lauen Sommernächte waren einzigartig auf Mallorca. So manchen guten „Tropfen" hatten wir gemeinsam getrunken. Birgit und Henning hatten einen großen Bekannten- und Freundeskreis, so dass die Partys immer lustig und stimmungsvoll verliefen. Auch wir lernten so andere Menschen kennen.

In Erinnerung blieb auch, dass wir gemeinsam mit Birgit und Henning mal zu einem kleinen Besucherkreis zählten, der den Auftritt von **TiCorn** erleben konnte. **TiCorn**, alias Cornelia Schütt, ist in Haiti aufgewachsen und ist dort eine sehr bekannte und erfolgreiche Sängerin. In diesem Konzert präsentierte sie, begleitet von Heidl Brahm, traditionelle Lieder ihrer Insel, sowie eigene Songs in Kreole und in Englisch. Es waren bewegende Texte und mitreißende Rhythmen. Besonders eindrucksvoll war das Lied **Haïti Chèrie**, das dem Gedenken an die vielen Opfer des schweren Erdbebens gewidmet ist. Nach dem Konzert kamen wir noch mit **TiCorn** ins Gespräch und wir kauften von ihr und von Heidl Brahm eine CD. Ein Jahr später hatten wir nochmals die Möglichkeit, in einem anderen Hotel das Konzert zu erleben.

Die Feste feiern wie sie fallen

Wenn auf Mallorca gefeiert wird, dann aber richtig, traditionell und temperamentvoll. Neben den gesetzlich festgelegten Feiertagen können die Gemeinden zusätzlich zwei Feiertage durchführen. Es gab wohl keine Gemeinde, die dies nicht für sich wahrgenommen hatte.

Über die Mallorca Zeitung, dem Mallorca Magazin, El Aviso, der Inselzeitung und nicht zuletzt dem Inselradio, konnte man sich rechtzeitig informieren, wann und wo auf der Insel gefeiert wird. Trotz alledem kam es schon mal vor, dass wir unterwegs waren und plötzlich feststellen mussten, dass in einer Gemeinde alle Verkaufseinrichtungen geschlossen hatten, denn es war dort Feiertag. Dies passierte uns mehrmals, war aber nicht schlimm, so konnten wir diesen Feiertag auch miterleben.

So geschehen eines Tages in der Gemeinde **Porreres**. Wir hatten unser Auto am Ortseingang geparkt und sind ins Zentrum der Gemeinde gelaufen. Hier im Ort fand gerade ein Radrennen für Kinder auf einem kleinen Rundkurs statt. Start und Ziel war in Höhe des **Ajuntament**. Es war auch eine Bühne aufgebaut, auf der spanische Musikgruppen auftraten. Als die Musikveranstaltungen beendet wurden, war es bereits abends. Plötzlich erloschen alle Straßenbeleuchtungen und das Licht im **Ajuntament**. Was war denn nun los? Wir dachten an einen Stromausfall, was auf der Insel nicht außergewöhnlich war. Kein Besucher verließ den Platz. Ich sah, wie einige Jugendliche sich Jacken mit Kapuzen überzogen und sich gegenseitig mit Wasserflaschen übergossen. Wir hatten keinerlei Vorstellungen, was dies bedeutete. Neugierig waren wir schon, also blieben wir weiter stehen, in Erwartung, was noch passieren würde. Zwischenzeitlich war es totenstill geworden. Plötzlich erschallte ein lauter Knall, die Fenster des **Ajuntament** wurden von innen her aufgestoßen und am Fenster erschienen Teufel mit brennenden Fackeln in den Händen. Sie gaben krakeelende Laute von sich und warfen allerlei Dokumente aus den Fenstern. Aus dem Inneren hörte man Trommelklänge im mitreißenden Takt. Es war ein schauerliches Spektakel, die Teufel hatten das Rathaus eingenommen. Eine männliche Person wurde von den Teufeln an ein Fenster gestoßen. Man hatte ihm die Sachen vom Leibe gerissen und drohte, ihn aus dem Fenster zu stürzen, was natürlich nicht geschah! Es war wohl der Bürgermeister. Immer lauter hörte man die Trommeltakte und plötzlich wurde die Eingangspforte aufgestoßen, Hexen und Teufel kamen tanzend aus dem Haus. Der Bürgermeister wurde herausgeführt und auf einen Plattenwagen gebunden. Nun kamen auch die Trommler heraus. Auch sie waren Teufel. Man konnte ins Innere des **Ajuntament** schauen. Es war total in Rauch gehüllt. Auf dem Vorplatz ging das Spektakel weiter. Feuerwerkskörper wurden gezündet und die Teufel und Hexen sprangen zwischen den Zuschauern umher. Nach einigen Minuten formierten sie sich zu einem Marsch durch den Ort. Die meisten Besucher, so auch wir, zogen mit den Teufeln und Hexen durch die engen Gassen. Wir hatten eine gute Position, denn wir liefen direkt hinter den Teufeln und unmittelbar vor der „teuflischen Trommlergruppe" und dem Vorratswagen mit Feuerwerkskörpern. Wenn einem Teufel die Feuerwerkskörper ausgingen, so ließ er sich zurückfallen und wurde vom „Nachschubtross" neu versorgt. Es ging in einem Höllenspektakel durch die engen Gassen. Diese Gassen waren für den Marsch vorbereitet. Türen und Fenster hatte man mit Bretterverschlägen geschützt. Quer über die Gassen waren Seile gespannt, an denen man ebenfalls Feuerwerkskörper befestigt hatte. Mit ihren Fackeln zündeten die Teufel diese Feuerwerkskörper. Alles war in eine riesige Rauchwolke gehüllt. **Wir waren in der Hölle!** Nach ungefähr einer halben Stunde erreichten wir einen größeren Platz, auf dem ein hölzerner Turm aufgebaut war. Einige Teufel kletterten diesen Turm hinauf und führten von oben ihr Spektakel weiter durch. Unterhalb des Turmes war zwischenzeitlich ein Feuertanz entfacht worden. Man war ständig auf der Flucht, denn die Teufel und Hexen mischten sich unter die Besuchermassen. Nun konnten wir auch sehen, warum sich die Jugendlichen Kapuzen überstülpten und sich mit Wasser begossen hatten. Sie tanzten gemeinsam mit den Teufeln und Hexen im Feuerregen. Alles wurde vom Rhythmus der Trommeln begleitet. So ein beeindruckendes Spektakel hatten wir noch nie erlebt. Man kann das Erlebte nicht ausreichend in Worte fassen. Wer auf Mallorca die Gelegenheit hat, so etwas mit zu erleben, derjenige sollte diese Chance unbedingt nutzen. Ratsam ist jedoch, sich alte Sachen anzuziehen, denn an meinem Pullover hatten die Feuerwerkskörper deutlich Spuren hinterlassen. Den Abschluss bildete ein Höhenfeuerwerk.

Vom Spektakel beeindruckt und vom Rhythmus der Trommeln „infiziert", wurden wir von diesem Tag an süchtig nach einem Correfoc, nach einem Feuerlauf!

Zu Hause angekommen, war das Erlebte noch lange nicht verarbeitet. Ich dachte auch daran, dass so etwas in Deutschland undenkbar wäre. Offenes Feuer (Fackeln) in einem Rathaus, wieviel Vorschriften hätten hier erarbeitet werden müssen und vor allem wieviel Einsatzkräfte wären da von Nöten gewesen. Wir hatten einen einzigen Polizisten vor Ort bemerkt und am Platz des Spektakels stand abseits ein Feuerwehrauto.

Später erlebten wir noch einige Feuerläufe!

Dieser Tag war nur ein Fest von vielen. Will man in das ursprüngliche Mallorca eintauchen, so sollte man die wesentlichsten Feste miterlebt haben. Diese finden wie folgt statt:

Januar

In vielen Dörfern und in **Palma** ist am 05.01. und am 06.01. das Dreikönigsfest. Die Heiligen Drei Könige erscheinen in einem Umzug und werfen Süßigkeiten den Kindern zu. An diesen beiden Tagen erhalten die Kinder auch ihre Weihnachtsgeschenke.

Inselweit finden die **Sant-Antonio-Feiern** statt, bei denen wahrlich der Teufel los ist. Mit Trommelwirbel und Funkenregen tanzen die Teufel **(Dimonis)** durch die Straßen und dies immer am Vorabend des 17. Januar. Am Tag darauf finden die Tiersegnungen vielerorts statt. So zum Beispiel in **Palma**, **Costitx**, **Manacor**, **San Joan**, **Sa Pobla**, **Petra**.

Am 19. Januar ist das Vorabendfest zum **San Sebastián** und am Tag darauf ist der Feiertag zu Ehren des Schutzpatrons der Hauptstadt **Palma de Mallorca**.

März

Der 1. März ist der Tag, an dem der **Dia de les Illes Balears**, der Balearen Tag, gefeiert wird. Am 01.März 1983 wurde der Autonomie- Status der Insel offiziell verabschiedet. Zahlreiche Veranstaltungen finden inselweit statt. Die meisten Besucher zählt seit Jahren der Traditionsmarkt auf der **Passeig Sagrera** beim **Lonja**-Viertel in **Palma**.

Im März wird in **Marratxi** die **Fira del Fang**, so heißt die größte Töpfermesse, veranstaltet. Wer an Kunsthandwerk interessiert ist, der sollte auf jeden Fall die Glasbläsereien **Gordiola** bei **Algaida** und **Lafiore** an der Straße nach **Valldemossa** anschauen. Auch die

Stoffweber in **Santa Maria de Cami**, die die berühmten **Lienqua-**Stoffe herstellen, verkörpern ein altes Handwerk.

März/April

Die Osterprozessionen in der Karwoche sind in **Palma** und in vielen Dörfern der Insel immer beeindruckende Ereignisse.

Mai

Die Schlacht zwischen den Mauren und den Christen wird am Strand von **Port de Soller** und im Zentrum nachgespielt.

Juni

Die Nacht vom 23. zum 24. Juni ist die Nacht der Johannisfeste, Feuerläufe und Lagerfeuer an den Stränden. Es ist die magische Nacht inselweit. Die Menschen strömen an die Strände, um zu grillen, zu feiern und zu baden. Die Sommersonnenwende wird so begrüßt. In dieser Johannisnacht wird auch im historischen Zentrum von **Palma** auf dem **Paseo del Borne** der Teufel ausgetrieben. Der **Correfoc** ist ein Spiel mit der Angst. Ich schrieb ja bereits darüber. Diesen Feuerlauf in Palma, in der Johannisnacht, hatten wir auch miterlebt. „Dank der Europäischen Union" geht es auch bei den Feuerteufeln organisiert zu. Die Feuerteufel haben eine Lizenz und einen Ausweis. Laut EU Verordnung müssen angehende **Dimonis** einen Kurs machen, bei dem sie den Umgang mit Knallkörpern erlernen. Zahlen sie auch noch eine Sondersteuer, so können sie mitzündeln.

Juli

Es finden am 16. Juli die Feste der Schutzpatronin der Fischer in einigen Orten statt. In **Valldemossa** wird am 28. Juli der Heiligen **Catalina Thomás** gedacht.

August

Am Tag des Stadtheiligen **Madre de Dios de los Ángeles** gedenkt man am 02. August in **Pollenca** dem Kampf gegen Maurische Piraten, die von Einheimischen am 30. Mai 1550 in die Flucht geschlagen wurden. Auch hier wird dieses historische Ereignis nachgespielt.

September

In **Santa Ponca** wird Anfang September die Eroberung der Insel durch **Jaume I** gefeiert

Am letzten Sonntag im September wird in **Binissalem** das Weinlesefest gefeiert.

Nit de l'Art, die Nacht der Kunst in **Palma,** mobilisiert Kunstfreunde und Nachtschwärmer zugleich. In der Innenstadt öffnen Museen und Galerien bis spät in die Nacht hinein und geben einen Eindruck auf die Kunstszene der Stadt.

Oktober

Zur **Freveltat de les Verges,** der Nacht der Jungfrauen am 20. Oktober, gibt es in vielen Orten der Insel **Vino dulce** (Dessertwein) und **Bunuelos** (Krapfen).

Dezember

Heiligabend sind in allen Kirchen Vorweihnachtsmessen.

Unsere Besuche

Schon lange bevor wir auswanderten, sprach sich in unserem Freundes- und Bekanntenkreis dieses Vorhaben herum. Alle fanden unseren Entschluss mutig und andererseits auch beneidenswert, obwohl es überhaupt keinen Grund für Neid gab. „Jeder ist seines eigenen Glückes Schmied", so lautet ein bekanntes Sprichwort. Wir hatten ja nichts Außergewöhnliches vor, wir wollten nur unseren Lebenstraum erfüllen. „Wenn ihr denn mal auf der Insel lebt, werden wir euch auf jeden Fall mal besuchen!" So äußerten sich die meisten Arbeitskollegen, Bekannte, Freunde und Angehörige unserer Familie. Zum größten Teil blieb es jedoch nur bei Lippenbekenntnissen. Warum dies so war, wir hatten keine Ahnung! An uns lag es jedenfalls nicht! Wir hatten immer gesagt, dass jeder Besuch uns willkommen ist.

Unsere Bekannten, Siegbert und Christa H., sowie Ursel und Michael P. hielten ihr Wort und besuchten uns jeweils für eine Woche. Auch besuchte uns die Ehefrau meines Freundes, Angela S., zunächst allein, da Gerald S. leider schwer erkrankt war und ihm eine derartige Reise nicht zugemutet werden konnte. Schade, auch ihn hätte ich hier auf der Sonneninsel gern begrüßt. Angela S. gefiel es so gut, so dass sie sich ein Jahr später nochmals in den Flieger setzte und gemeinsam mit ihrer Tochter Claudia Z. zu uns flog.

Alle Besuche waren sehr angenehm. Wir hatten uns ja viel zu erzählen und gemeinsam war viel Spaß bei inselweiten Unternehmungen angesagt. Die Abende waren bis spät in die Nacht gemütlich mit Essen und Trinken ganz auf mallorquinische Art ausgefüllt. Den Höhepunkt gestalteten wir ihnen mit einer selbst zubereiteten **Paella**. Wir hatten uns die Zubereitung neben einigen anderen mallorquinischen Gerichten angeeignet. Die **Paella** war eine gemischte Fleisch- und Fisch **Paella**.

Von unserer Familie hatten uns neben Juana, Uwe und Lena auch Bärbel A. (eine Tante meiner Frau) mit ihrem Sohn Michael A. besucht. Gern hätten wir auch gesehen, dass uns unsere älteste Tochter Anja und unser Sohn Lars einmal besuchten. Es sollte wohl nicht sein! Wir waren es von Deutschland gewöhnt, dass wir Anja längere Zeit nicht sahen, da sie sich sehr erfolgreich nach der Wende, also vor längerer Zeit, eine berufliche und private Existenz in Königstein im Taunus aufbaute. Da Anja nicht zu uns kam, entschlossen wir uns, einen Flug nach Frankfurt am Main zu buchen. Wie geplant so getan, flogen wir an einem Wochenende zu einem Kurzbesuch zu ihr. Es war ein kurzer Wochenendbesuch, dafür aber sehr schön, denn wir konnten nach langer Zeit unsere „Große" mal wieder in die Arme nehmen. Es gab sehr viel zu erzählen.

Für einen Besuch unseres Sohnes Lars gab es leider einige Schwierigkeiten. Wir hatten nicht die Möglichkeit, 6 Personen in unserem Haus unterzubringen. Auch gemeinsame Ausflüge auf der Insel wären mit einem Auto undenkbar. Es müssten zusätzlich zu den Flugkosten noch ein Ferienhaus und ein Mietwagen angemietet werden. Dies war zu teuer! So blieb uns leider nur die Möglichkeit für einen Wiedersehen während unserer Deutschlandbesuche.

Jährlich flogen wir zweimal nach Deutschland. Die ersten Male parkten wir unser Auto im Airport eigenen Parkhaus. Dies war für eine Woche eine teure Angelegenheit. Später nutzten wir eine andere Möglichkeit. In unmittelbarer Nähe des Airports befand sich ein privates Parkunternehmen. Ein Transfer zum Airport hin und zurück war im Preis inclusive. Bei Abholung bekam man das Auto frisch gewaschen zurück. Ein weiterer Service, den wir auch einmal nutzten, war die **ITV-** Überprüfung. Für einen Zusatzpreis wurde während unserer Abwesenheit unser Auto zum **ITV** gefahren, der sich in unmittelbarer Nachbarschaft befand. Bei der Abholung war alles erledigt. Unser Auto war überprüft und wir erhielten die

Dokumente. Der neue Aufkleber war an der Frontscheibe angebracht. Alles in allem, es war ein super Service, wir waren zufrieden mit diesem Unternehmen!

Bei unseren Deutschlandbesuchen wohnten wir bei unserer Tochter Juana. Wir nutzten diese Besuche auch immer dazu, unsere Väter und die Familie unseres Sohnes zu besuchen. Bedauerlicher Weise war im Januar 2012 die Mutter meiner Frau verstorben. Es war für Regina eine sehr schwere Zeit, verbunden mit vielen familiären Enttäuschungen, die sie emotional sehr belasteten.

Juana, Uwe und Lena besuchten uns insgesamt fünfmal auf der Insel. Es war jedes Mal sehr, sehr schön, aber die Trennung beim Abflug war von Mal zu Mal schmerzhafter.

An einem Tag konnte ich nicht mit zum Airport fahren, um gemeinsam mit Regina unsere Lieben zu empfangen. An diesem Tag hatte sich ein Monteur von **Movistar** angekündigt um Telefon und Internet frei zu schalten. Wir hatten nämlich zwischenzeitlich im Internet erneut einen Antrag gestellt. Der Monteur kam auch am Vormittag. Zunächst überprüfte er im Hauptanschlusskasten vor unserem Grundstück die Telefonleitung. Es war alles in Ordnung. Danach suchten wir gemeinsam im Haus den Hauseingangskasten. Nach einigen Minuten hatten wir diesen Anschlusskasten gefunden. Die Überprüfung ergab, dass kein Signal ankam. Dies bedeutete, dass irgendwo auf unserem Grundstück ein Schaden am unterirdisch verlegten Telefonkabel bestand. Da, wie auch in Deutschland üblich, für die Reparatur eines derartigen Schadens der Eigentümer verantwortlich ist, bestand nun für den Monteur kein Handlungsbedarf mehr. Wenn das Kabel wieder in Ordnung ist, sollte ich einen neuen Termin vereinbaren. Bevor er aber seine Arbeit beendete, schaute er noch mal in einen Schacht auf dem Fußweg vor unserem Grundstück. Hier konnte man die vom Hauptanschlusskasten kommende Telefonleitung sehen, wo sie ins Grundstück eingeführt ist. Der Monteur zog leicht an dieser Leitung, plötzlich hatte er ein Stück Kabel von ungefähr drei Metern in den Händen. Die Telefonleitung war total verrostet und verrottet. Nun wusste ich aber, wo ich in etwa graben muss, um diese gerissene Leitung zu finden. Dazu möchte ich auch bemerken, dass es keinerlei Verlegepläne gibt, weder für Strom, Wasser, Abwasser, noch für Telefon. Leitungen und Rohre werden so verlegt, dass sie auf dem kürzesten Weg zum Haus führen. Auch wenn sie sich überkreuzen, das spielt alles keine Rolle.

Nachdem unsere Kinder uns wieder verlassen hatten, machte ich mich an die Arbeit. Vorsichtig versuchte ich, zur verlegten Telefonleitung vorzudringen. Einen Spaten konnte ich nicht verwenden, denn das Erdreich war sehr steinig. Sämtlichen Bauschutt hatte man auf dem Grundstück verteilt und darüber Muttererde aufgebracht. Auf einer Baustelle konnte ich diese Vorgehensweise mal beobachten. Ich kam mir wie ein Archäologe vor. Vorsichtig, mit einer kleinen Handhacke und mit einer kleinen Schaufel drang ich mühsam ins Erdreich vor. Nach etlichen Stunden, etwa in einer Tiefe von einem halben Meter, stieß ich auf die erste Leitung. Es war das Hauptstromkabel. Darunter befand sich die Abwasserleitung. Nach weiteren Stunden hatte ich die defekte Telefonleitung gefunden. Sie befand sich in einem Verlegerohr aus Kunststoff, welches ebenfalls stark beschädigt war. Wurzeln der Bepflanzungen waren um die Telefonleitung geschlungen und in das Verlegerohr eingedrungen. Ich zog vorsichtig an dieser Leitung, sie ließ sich nicht bewegen. Auch von der Anschlussdose im Haus konnte man die Leitung nicht bewegen. Somit stand für mich fest, dass auf der Strecke zum Haus ein weiterer Schaden bestehen muss. Aber wo? Ich kann ja nicht den ganzen Garten „durchpflügen"! Das

Thema Festanschluss hatte sich für uns somit ein für alle Mal erledigt! Ich schüttete die gegrabene Stelle wieder zu, natürlich ohne den gefundenen Unrat wie Bierdosen, Plastikflaschen, Kabelenden und Verpackungsplaste. All das wurde einfach mit unter die Muttererde geworfen.

Soweit zum Thema Umweltbewusstsein auf Mallorca!

Auf den Straßen von Mallorca

In diesem Kapitel möchte ich über Besonderheiten und Erlebnisse im mallorquinischen Straßenverkehr berichten. Als erstes spreche ich ein großes Lob dem Zustand der Autobahnen und Landstraßen auf Mallorca aus. Wir haben im Gegensatz zu Deutschland hervorragende Autobahnen und Straßen kennengelernt. Der Straßenbelag war eben und vor allem ohne Schlaglöcher und Dellen. Im Vergleich zu Deutschland bestand darüber hinaus jedoch folgender Widerspruch:

Geht man einmal davon aus, dass die eingenommenen Kfz-Steuern für die Erhaltung und Erweiterung des Straßennetzes eingesetzt werden, so mussten wir auf Mallorca für unseren PKW (Diesel) jährlich **115,11 €** an Kfz- Steuern zahlen. Dies für ein hervorragendes Straßennetz, welches ständig modernisiert und erweitert wurde. In Deutschland zahlen wir für den gleichen PKW **293 €** Kfz- Steuern und dies für den schlechten Zustand von Autobahnen und Bundesstraßen. So sei zum Beispiel die A14 von der Abfahrt Schönebeck bis zum Kreuz Magdeburg genannt. Dieser Streckenabschnitt erinnert mich ein wenig an die Autobahnen in der DDR. Da konnte man beim Autofahren in keinen „Sekundenschlaf" fallen, da in regelmäßigen Abständen Unebenheiten des Fahrbahnbelages im Auto zu spüren waren. Diesen Zustand haben wir nun im EU-Land Deutschland fast wieder erreicht. Ich komme mir auf diesem Teilstück immer so vor, als fahre man über einen Rübenacker quer zu den Furchen. Man muss aufpassen, dass einem hier nicht die Zahnprothese aus dem Mund fällt.

Vor unserer Auswanderung nach Mallorca sind wir auf der Insel während eines Urlaubs schon mal mit einem Mietwagen gefahren. Tiefgreifend hatten wir uns zu der Zeit mit den Besonderheiten und Vorschriften des Straßenverkehrs nicht beschäftigt. Wir sahen zu, dass wir die vorgeschriebenen Geschwindigkeiten und Verkehrsschilder beachteten, nicht mehr und nicht weniger!

Als Resident nimmt man täglich am Straßenverkehr teil und nicht wie ein Urlauber nur für eine befristete Zeit. Wir mussten also umfassender informiert sein. So war man gut beraten, zum Beispiel genau zu wissen, was ständig im Fahrzeug mitzuführen ist. Wenn auch das eine oder andere einem nicht plausibel erschien, egal, Vorschrift war nun mal Vorschrift!

Also, folgende Sachen und Gegenstände mussten wir unbedingt mitführen:

1. Führerschein **(cornet de conducir)** im Original

Laut EU Recht ist ein deutscher Führerschein in Spanien gültig, erst recht der EU- Führerschein. So war es bist 2014! Bis spätestens zum 19. Januar 2015 mussten alle Residenten ihren unbefristeten Führerschein in einen spanischen Führerschein umschreiben lassen, denn spätestens ab dann musste jeder auf der Insel Lebende einen befristeten Führerschein bei Kontrollen vorzeigen können. Grundlage bildete eine EU- Richtlinie, die am 19. Januar 2013 in Kraft trat. Wer einen neuen deutschen Führerschein besaß, also einen Führerschein, der nach dem 19. Januar 2013 ausgestellt wurde, konnte diesen uneingeschränkt auf Mallorca weiter nutzen. Wer auf spanischen Straßen gegen diese Vorschrift verstößt, so dass ihm Punkte entzogen werden müssen, kann von den Behörden dazu gezwungen werden, seinen Führerschein sofort gegen einen spanischen Führerschein umzutauschen. Das auf Mallorca gültige Punktesystem gilt damit auch für deutsche Residenten.

Mit dem Umtausch des Führerscheins besteht auch die Pflicht, sich in gewissen Abständen einem Gesundheitsscheck zu unterziehen, um die Fahrtauglichkeit nachzuweisen. Bis zu einem Alter von 65 Jahren ist dieser Test alle 10 Jahre erforderlich. Danach alle 5 Jahre. Der schriftliche Nachweis kostet 50 EURO. Zusätzlich wird bei der Verkehrsbehörde in **Manuel Azaña 50** in **Palma** eine Gebühr in Höhe von 8 EURO erhoben. Dieser schriftliche Gesundheitstest ist ständig im Fahrzeug mitzuführen.

All diese Zwangsmaßnahmen sind meiner Meinung nach Zeugnis falscher Verheißungen der EU bezüglich der EU -weiten Freizügigkeit sowie EU- Urteile, die einfach nicht mit der spanischen Realität vereinbar sind. Es gibt also keine „freie" Fahrt für „freie" Bürger der EU, solange es keine europaweit einheitlichen Verkehrsbehörden gibt!

2.Verkehrszulassung **(permiso de circulación)**

3. TÜV- Bescheinigung **(tarjeta ITV)**

4. Bankauszug, aus dem hervorgeht, dass die Kfz- Versicherung für das laufende Jahr bezahlt ist

5. Nachweis der gezahlten Kfz- Steuer **(impost vehicletracció mecànica)** für das laufende Jahr.

Wichtig: Kopien aller dieser Dokumente haben keine Gültigkeit. Man kannte diese Kopien jedoch beim Verkehrsamt verifizieren und amtlich abstempeln lassen.

Kann man diese Dokumente nicht nachweisen, droht ein Bußgeld von 10 EURO!

6. Zwei Warnwesten, die sich unbedingt im Innenraum (nicht im Kofferraum) befinden müssen. Zusätzlich:

> zwei Warndreiecke
> ein Satz Ersatzglühbirnen
> Nachweis über Gesundheitstest **(Certificado médico)**

Unverständlich, aber wahr; das Mitführen eines Sanitätskastens und einer Rettungsdecke sind nicht vorgeschrieben!

Den spanischen Bußgeldkatalog muss man nicht unbedingt auswendig kennen, jedoch sollte man wissen, dass der Bußgeldkatalog der spanischen Verkehrsbehörde DGT einer der teuersten Bußgeldkataloge Europas ist. Da kann es schon mal passieren, dass bei einer Geschwindigkeitsüberschreitung auf der Autobahn 600 EURO Bußgeld fällig werden, denn bei einer Geschwindigkeitsübertretung von nur einem Kilometer pro Stunde sind 100 EURO fällig. Ja Sie haben richtig gelesen, bei nur „einem Kilometer pro Stunde" an Überschreitung! Auf der Autobahn besteht eine Höchstgeschwindigkeit von 120 Kilometer pro Stunde. Ist man 126 Kilometer pro Stunde gefahren, so ist man mit 600 EURO dabei! Ab 300 EURO Bußgeld verliert man die ersten beiden von insgesamt zwölf Punkten.

Ich weiß nicht, was in den Fahrzeugen der Spanier für Tachometer eingebaut sind, in unserem PKW fällt es uns jedoch schwer, einen Kilometer pro Stunde exakt ablesen zu können.

Geblitzt wurde aus fest installierten Kameras sowie aus Einsatzautos, die mit Radar ausgestattet sind.

Übrigens!

Geblitzt wird das Fahrzeug nicht, wie in Deutschland, von vorn, sondern von hinten. Man erhält somit auch kein Beweisfoto, auf dem der Fahrer sichtbar ist. Das Foto zeigt nur das Fahrzeug und sein Kennzeichen. Man wendet sich immer an den Halter, unwichtig, wer das Fahrzeug gefahren hat.

Die gute Sache jedoch war, wer in Spanien ohne Einspruch gegen ein „Knöllchen" innerhalb eines Monats zahlt, bekommt ein Rabatt von fünfzig Prozent. Ob bei rechtzeitiger Zahlung auch der Rabatt bei den Punkten zur Anwendung kommt, konnte ich nicht in Erfahrung bringen.

Schnell kann man diese Bußgelder im Internet, an Bankautomaten und in den **Ajuntaments** zahlen.

Strafen

Fahren ohne Versicherung: zwischen 600 und 3000 EURO, Einleitung eines Strafverfahrens, Stilllegung des Kfz

Nachweis über Gesundheitstest nicht im Auto: 60 EURO

Fahren ohne Gesundheitstest: 450 EURO

Zulassung vergessen: 30 EURO

Wurden beim ITV Mängel festgestellt, wird eine Bescheinigung „fahrbereit bis zur Werkstatt" ausgestellt. Hierbei muss eine vorgegebene Frist eingehalten werden! Überschreitung dieser Frist: 450 EURO,

Beleg über die Zahlung der Kfz- Steuer vergessen: 60 EURO

Führerschein vergessen: 60 EURO

Fahren ohne Führerschein: 1500 EURO

Fahren mit 1,2 Promille oder mehr Alkohol: Entzug des Führerscheines, drei bis sechs Monate Haft oder Ableistung von Sozialdienst, Höchststrafe

Fahren ohne Sicherheitsgurt: 150 EURO plus drei Punkte.

Wie sieht es mit den „Knöllchen" an der Windschutzscheibe aus?

Falschparken ist auf Mallorca nicht gleich Falschparken! Ist das Ticket beim Parken in einer gebührenpflichtigen Parkzone (blau auf der Fahrbahn gekennzeichnet, ORO- Zone) abgelaufen oder es wurde erst gar nicht eingelöst, so wird man von der jeweiligen Stadtverwaltung zur „Kasse" gebeten. Die Entscheidung über die Höhe des Bußgeldes obliegt der jeweiligen Stadtverwaltung. Auf der Insel gibt es diesbezüglich erhebliche Unterschiede, je nach Ort und Strandlage.

Bei uns in **Sa Rapita**, am sehr beliebten **Es Trenc** Strand, befanden sich solche gebührenpflichtigen Parkplätze. Während der Saison war dieser Strandabschnitt immer sehr gut besucht und alle Parkplätze genutzt. Da die Gemeinde **Campos**, (dieser Gemeinde gehörten die Parkflächen), wie fast alle Gemeinden auf der Insel, Einnahmen dringend benötigten, war in diesem Bereich täglich von früh bis abends ein Beschäftigter der Gemeinde eingesetzt. Er hatte nichts anderes zu tun, als zu schauen, ob „Knöllchen" verteilt werden konnten. Wir hatten das Glück, dass wir jährlich unsere Kfz-Steuern im **Ajuntament** von **Campos** zahlten und damit von der

Gemeindeverwaltung einen Parkausweis erhielten, mit dem wir in **Campos** für jeweils eine Stunde gebührenfrei parken konnten. Am **Es Trenc** Strand konnten wir mit diesem Parkausweis sogar täglich unbefristet parken. Wir brauchten am Parkautomaten nur den Knopf für **Residente** drücken und das ausgegebene Ticket sichtbar hinter die Frontscheibe ins Auto legen.

Die Verstöße gegen öffentliche Parkvorschriften wurden von den Polizeibeamten geahndet. Man unterscheidet zwischen leichten **(leves)** Verstößen, so zum Beispiel das Parken auf Zebrastreifen oder im Halteverbot. Hier war man mit einem Bußgeld in Höhe von 100 EURO dabei. Bei schweren Verstößen **(graves)**, wie zum Beispiel das Parken vor Ein- und Ausfahrten, in zweiter Reihe oder auf gelb markierten Streifen zahlte man je nachdem ab 200 EURO aufwärts.

Zum Thema Parken war uns ein ganz besonderes Missgeschick unterlaufen!

Es war an einem Feiertag in **Campos**. Wir hatten uns vorgenommen, am späten Nachmittag mal hin zu fahren, um zu schauen, was so los war. Auf der **Ronda de Ĺestacio**, in Höhe des **Centro médico,** gab es mehrere Parkflächen, in denen man gebührenfrei parken konnte. An diesem Tage, es war so gegen 18.00 Uhr, waren alle Parkflächen leer, jedoch hatte man zusätzlich Parkverbotsschilder mit Zusatzhinweisen aufgestellt. Natürlich, die Hinweise in spanischer Sprache! Das einzige, was wir richtig deuten konnten, war die Uhrzeit 18.00 Uhr. Wir schlussfolgerten, dass hier bis 18.00 Uhr Parkverbot bestand und die Schilder noch nicht entfernt wurden. Der Ort befand sich ja den ganzen Tag im Feiertagstrubel. Kurz entschlossen parkten wir also unser Auto auf einer dieser Parkflächen und begaben uns ins Zentrum. Auf der **C/Creu**, der **Carrer Placa** und der **Carrer Convent** befanden sich viele Verkaufsstände. Wir schlenderten gemütlich durch diesen Bereich und schauten uns alles interessiert an. Auf dem Rückweg gingen wir noch zum **Placa de sa Creu**. Hier stand eine Bühne, auf der Kindertanzgruppen den Zuschauern ihr Können darboten. Wir schauten etwa eine Stunde zu und danach ging es zurück zum Auto. Je näher wir kamen, umso lauter vernahmen wir einen uns sehr bekannten Trommel-Rhythmus. Auf der **Randa de Ĺestacio** musste etwas los sein, so unsere Vermutungen. Genau da, wo wir unser Auto geparkt hatten. Meine Schritte wurden schneller und schneller, der Puls schlug bis zum Hals. Ich hatte ein unruhiges Gefühl. Am Ziel angekommen, säumten Menschenmassen den Straßenrand. Mit viel Mühe bahnte ich mir einen Weg zur Parktasche, in der ja unser Auto stand. Jawohl, wo unser Auto stand, denn es war nicht mehr dort! Alle Parktaschen waren leer und unser Auto war verschwunden! Unser Auto verschwunden, und das in einem fremden Land und wir ohne Sprachkenntnisse, eine „tolle Bescherung"! Uns lief es eiskalt über den Rücken! Was nun? Quer über die gesamte Straßenbreite näherten sich von links Teufel im Fackelschein und Feuerregen. Es war genau das Szenario, dieses Höllenspektakel, welches wir lieben gelernt hatten! An diesem Abend hatten wir dafür kein Interesse. Wir mussten schnellstens in Erfahrung bringen, wo unser Auto abgeblieben war. Aber wie? Zum Glück stand auf der Straßenkreuzung ein Polizist, der den Straßenabschnitt absperrte. Ich ging zu ihm und versuchte mit der bekannten „Gebärdensprache" in Erfahrung zu bringen, wo unser Auto abgeblieben sein konnte. Nach einigen Minuten gelang mir dies auch. Das Auto wurde zur Polizeistation abgeschleppt. Da wir wussten, wo sich diese Polizeistation befand, gab es für uns nur eine Entscheidung. **Adios, Dimonis**, auf per Pedes zur Polizeistation! Wir hatten etwa zwei Kilometer vor uns. Dort angekommen, sahen wir unser Auto auf dem Hof der Polizeistation stehen. „Gott sei Dank!" Wir brauchten ihn also nur noch auslösen. Wir meldeten uns bei dem diensthabenden Polizisten, der sehr freundlich zu uns war. Er sprach auch etwas Deutsch. Er gab uns zu verstehen, dass man bis zuletzt gewartet hatte, ob wir nicht doch noch am Fahrzeug erscheinen würden. Da dies ja nicht geschah, entschloss man sich, das Fahrzeug zum Schutz gegen den Feuerregen abzuschleppen. Auf Mallorca besitzen die Polizeistationen eigene Abschleppfahrzeuge. Nachdem der Polizist unsere Personalien aufgenommen und einen Datenabgleich vorgenommen hatte, mussten wir eine Strafe in Höhe von **150,00 €** entrichten. Eigentlich **100,00 €**, es kam noch ein Feiertags-Zuschlag von **50,00 €** hinzu. Wir zahlten unsere Strafe, bedankten uns bei dem Polizisten und übernahmen unser Auto. Schließlich war es ja unserer „Dummheit" zuzuschreiben. Wir hatten das Parkverbotsschild falsch gedeutet.

Es bestand kein Parkverbot bis 18.00 Uhr sondern ab 18.00 Uhr!

Auf der Heimfahrt hielten wir in der **Carrer Manacor**. Auf einem freien Grundstück neben dem Sportplatz unmittelbar vor uns wurde zum Abschluss des Stadtfestes ein schönes Höhenfeuerwerk gezündet. Wir hatten unser Missgeschick abgehakt, es war ja ohnehin nicht mehr zu ändern und warum sollten wir uns noch länger darüber ärgern? So genossen wir noch dieses schöne Höhenfeuerwerk und fuhren danach nach Hause. Angekommen, schmeckten uns noch einige Gläschen **Herbes** besonders gut.

Zum Thema Parkverbot gibt es im mallorquinischen Straßenverkehr aber noch weitere Besonderheiten.

In **Campos** zum Beispiel sind in der **Carrer Pare Alzina** beiderseitig Parkverbotsschilder aufgestellt. Auf einem Parkverbotsschild steht zusätzlich „1-15" und auf dem anderen Parkverbotsschild „16- 31". Was hat dies nur zu bedeuten, fragten wir uns? Wir machten uns schlau, es gab dafür eine logische Erklärung: da die Fußwege beiderseitig der Fahrbahn nicht breiter als etwa sechzig Zentimeter und die Fahrbahn auch sehr eng sind, stehen die geparkten Fahrzeuge zwangsläufig sehr dicht an der Häuserfront. Damit dieses Übel gerecht verteilt ist, wechseln immer am 1. und am 16. Tag des Monats die Seiten, wo geparkt werden darf. Zu dieser Vorschrift hatte ich aber auch in den Zeitschriften lustige Anekdoten gelesen. So parkt zum Beispiel am 15. des Monats um 24.00 Uhr kaum jemand sein Auto zur anderen Straßenseite um. Es erfolgt meistens frühmorgens. Nun kommt beispielsweise ein Schichtarbeiter am 16. des Monats um 01.00 Uhr nach Hause. Er muss also auf der Seite parken, die für diese Monatshälfte freigegeben ist. Tut er es, so blockiert er zwangsläufig die Fahrbahn, da alle anderen Fahrzeuge noch auf der Seite parken, welche für die erste Hälfte des Monats frei ist. Kein Fahrzeug kann somit in der Nacht durch diese Straße fahren. Wie es tatsächlich geregelt wurde, hätte ich gern mal gesehen, ich hatte aber keine Lust, mich um Mitternacht hinzustellen, um es mir anzuschauen.

Eine weitere Besonderheit war das Parken entgegen der Fahrtrichtung. War es legal oder auch nicht, wir wussten es nicht. So parkten wir, wie alle anderen auch, bei Bedarf in dieser Art und Weise. Das Verhalten wurde nicht geahndet und auch Polizeifahrzeuge sahen wir so parken.

Welche Erfahrungen machten wir mit den spanischen Verkehrsteilnehmern?

Im Straßenverkehr mussten wir zu jeder Zeit, in jeder Minute auf alles gefasst sein. Für den Spanier ist sein Auto ein Gebrauchsgegenstand, nicht mehr und auch nicht weniger! Man sieht es oftmals schon am äußeren Zustand des Fahrzeuges. Schrammen, Beulen und fehlende Teile sind keine Seltenheit. Ursache dafür ist der seltsame Fahrstil, mit dem sich manch ein Fahrer im Straßenverkehr bewegt. Da wird unberechenbar die Spur gewechselt ohne zu blinken, denn geblinkt wird selten! Wurde doch mal geblinkt, so wird anschließend vergessen, den Blinker wieder abzuschalten. Zu nahes Auffahren scheint Standard zu sein, denn dies konnten wir persönlich im negativen Sinne erleben.

Wir fuhren an einem regnerischen Tag in **Campos**, um Einkäufe zu erledigen. Es regnete sehr stark, so stark, dass die Scheibenwischer es kaum schafften, die Sicht frei zu halten. Dementsprechend hatten wir unsere Fahrgeschwindigkeit den Verhältnissen angepasst. Am Kreisverkehr **Ronda/ Sa Pista** mussten wir verkehrsbedingt anhalten, da sich von links ein im Kreisverkehr befindliches Fahrzeug näherte und wir nicht einfahren konnten. Kaum angehalten, da gab es einen dumpfen Schlag an unser Auto. Mir war sofort klar, da ist jemand aufgefahren! Durch einen Blick in den Rückspiegel bekamen wir die Bestätigung. Nun musste ich auch noch bei diesem „sch… Wetter" aussteigen. Auch unser „Hintermann", nein es war eine „Hinterfrau", machte keine Anstalten, ihr Fahrzeug zu verlassen. So musste ich wohl oder übel aus dem Auto hinaus, um zu schauen, was für ein Schaden an unserem Fahrzeug entstanden war. Kaum hatte ich das Auto verlassen, so stand ich auch schon knöcheltief im Wasser. Ich schaute mir die Rückfront an, konnte jedoch keinerlei Schäden, weder an der Stoßstange noch sonst wo, erkennen. Die Fahrerin saß immer noch in ihrem Auto, hatte die Hände gefaltet und signalisierte mir so, „bitte, bitte tu mir nichts". Ich gab ihr zu verstehen, dass an unserem Fahrzeug kein Schaden entstanden war und sie ihre Fahrt fortsetzen konnte. Ich sah, dass ihr regelrecht ein Stein vom Herzen gefallen war. Auf Mallorca ist es üblich, dass auch kleinere Schäden bei einem Unfall zwischen den Fahrern geregelt werden, ohne die Polizei einzuschalten. Dies erklärt auch, warum viele Autos mit Schrammen und Beulen unterwegs sind, denn diese Unfallschäden werden nicht repariert. Versicherungstechnisch ohnehin nicht, denn ohne registrierten Unfall gibt es auch kein Geld von der Versicherung.

Auf einem Parkplatz vor einem Supermarkt sahen wir, wie beim Einsteigen in sein Auto ein älterer Herr seine Fahrertür gegen unser Auto schlug. Wir sprachen ihn diesbezüglich an. Er stieg nochmal aus seinem Auto aus, lachte uns an und zeigte uns seine vielen Kratzer am Auto. Er wollte uns damit sagen, dass wir uns nicht so haben sollen, sein Fahrzeug sieht doch viel schlimmer aus. Darauf hatten wir keine Antwort, was soll man dazu auch sagen? Es war Ausdruck der spanischen Mentalität!

Stoppschilder bedeuten für einen spanischen Kraftfahrer nicht immer, dass er anhalten soll und springt eine Ampel auf Rot, bedeutet dies auch nicht, dass gebremst und angehalten werden muss.

Im Großen und Ganzen sind wir während unseres Insellebens gut durch den mallorquinischen Straßenverkehr gekommen.

Die Tiere auf unserem Grundstück

In diesem Kapital berichte ich darüber, welche Tiere sich neben unseren beiden Katzen auf unserem Grundstück wohl fühlten.

Ameisen

Wir mussten sehr früh zur Kenntnis nehmen, dass Ameisen „Herrscher" über Haus und Garten waren. Es gab keine Stelle, an der wir uns vor ihnen sicher fühlen konnten! Überall traf man sie an. Es waren sehr kleine Ameisen, umso größer war aber ihre Anzahl, mit der sie auf Beutezug zogen. Man kann auf Mallorca die Häuser gar nicht sicher vor Ameisen bauen. Eine besondere Strategie ist das Eindringen ins Haus über die Leerrohre der Elektro- und Telefonleitung, die im Erdreich und im Haus verlegt sind. Hatten sie sich für diesen Angriffsweg entschlossen, so krochen sie sogar aus den Steckdosen ins Haus. Diese Angriffsart hatten sie taktisch gut entschieden, denn wir hatten das Gefühl, dass sie genau wussten, dass wir kein Ameisenspray in die Steckdosen sprühen werden. Uns fiel eines Abends beim Abendbrot versehentlich ein Stück Folie, welches zwischen die Schinkenscheiben gelegt war, unter den Tisch, ohne dass wir es bemerkt hatten. Am anderen Morgen trauten wir unseren Augen kaum. Eine riesige Ameisenstraße zog sich quer durch die Küche bis hin zum Essplatz. Wir konnten nur zum Ameisenspray greifen und die „Biester" brutal töten, obwohl sie eigentlich in der Natur eine wichtige Aufgabe zu erfüllen hatten. Auf mein Bitten, unser Haus zu verlassen, hatten sie leider nicht reagiert!

Auch in den Futternäpfen für unsere Katzen durften auf keinen Fall Rester verbleiben. Hatten wir es mal versäumt, die Futternäpfe unverzüglich zu reinigen, so waren diese kurze Zeit später schwarz vor Ameisen. Die Ameisen transportierten alles in ihre Nester, selbst eine erschlagene Fliege durfte man nicht liegen lassen. Interessant war aber auch, dem Treiben der kaum zwei Millimeter großen Tiere mal zuzuschauen. In langen Straßen, eine hinter der anderen, kommen sie ins Haus, transportieren in einer Gegenspur, geschickt einander ausweichend, ihre Beute ab.

Die Anwesenheit dieser Ameisen hatte aber auch einen positiven Effekt. Sie hielten uns an, immer höchste Sauberkeit einzuhalten.

Piensa en las hormigas, (Denk an die Ameisen), so lautet wohl der Satz jeder mallorquinischen Mutter, den sie zu ihren essenden Kindern spricht!

Aber auch im Freien waren die Ameisen immer in unserer Nähe. Ich glaube, sie hatten überall ihre „Späher" platziert. Deckten wir zum Beispiel den Frühstückstisch auf unserem Außenessplatz und hatten wir uns noch nicht gesetzt, da waren die ersten Ameisen schon da.

Nach einem heftigen Gewitterguss hatten wir mal eine Ameisenstraße von der Breite unserer Fensterfront. Sie versuchten über die Außenwand bis unter das Dach zu gelangen, um der Feuchtigkeit zu entrinnen. Wasser mögen die Ameisen nicht und schwimmen können sie nicht.

Jedes Tier, sei es noch so klein, das der sommerlichen Hitze erlegen war, hatte keine Zeit zu verwesen, denn die Ameisen verrichteten vorher ihr Werk. Sei es ein toter Schmetterling, eine tote Heuschrecke oder ein verendeter Gecko, wobei ich bei letzterem schon bei einem weiteren „Mitbewohner" bin.

Geckos

Wir hatten graue und grüne Geckos auf dem Grundstück. Diese Tiere fanden wir sehr possierlich. Mal sahen wir sie am Tage auf der Einfriedungsmauer umherhuschen, ein anderes Mal kletterten sie unter dem Terrassendach oder an der Hauswand herum. Das Gesetz der Schwerkraft ignorierten sie einfach. Es kam auch schon mal vor, dass sie sich ins Haus verirrt hatten, was uns nicht störte, jedoch unsere beiden Katzen fanden es nicht besonders toll. Aus diesem Grunde mussten wir versuchen, den Eindringling behutsam wieder ins Freie zu geleiten. Täten wir es nicht, so hätten in der Nacht unsere beiden Katzen ihre wahre Freude gehabt, nur wir nicht unsere Nachtruhe. Unsere Sissi hatte mal einen Gecko gefangen, der dabei seinen Schwanz abgeworfen hatte. Wir wussten, dass dies eine Schutzfunktion war, was ihm auch gut gelang. Wir konnten feststellen, dass die Geckos sehr treue „Mitbewohner" waren. Den Gecko mit dem Stummelschwanz sahen wir oftmals wieder in unserer Nähe. Der Schwanz wächst zwar mit der Zeit wieder nach, jedoch wird er nie wieder so schön wie vorher.

Eine Eule

Wir saßen eines Abends gemütlich auf unserer Terrasse, als plötzlich ein dunkler Schatten absolut geräuschlos, flach und quer über unser Grundstück glitt. Wir wussten, es gibt nur einen Vogel, der so geräuschlos, ohne einen Flügelschlag, auf Jagd fliegt. Es konnte nur eine Eule sein. Dem Schatten nach zu beurteilen, musste es ein stattliches Tier sein. Von unseren Freunden Birgit und Hennig erfuhren wir, dass diese Eule schon einige Jahre im **Dalt de Sa Rapita** sesshaft ist. Wir hatten das Glück, dass wir sie auch zu Gesicht bekamen, denn sie setzte sich manchmal in der Dämmerung auf einen unserer Bäume und verweilte dort kurz. Es war wirklich ein prächtiger Vogel. Auch wenn sie nachts jagte, ließ sie uns teilhaben. Wir hörten dann plötzlich in der Stille der Nacht einen kurzen und lauten, quiekenden Schrei. Sie hatte wieder Beute gegriffen. Es war sicherlich eine Ratte oder ein Kaninchen, die dran glauben mussten. Kaninchen gab es bei uns viele. Nicht nur zur Freude der Eule, nein auch zur Befriedigung des „Jagdtriebes" einiger, wild um sich „ballernder", Jäger! Aber die Jägerei zählt ja in Spanien zum Kulturerbe!

Wiedehopf

Der Wiedehopf gehört mit zu den beeindrucktendsten Vögeln auf Mallorca. Seine schwarz und weiß gestreiften Flügel, sein sandfarbener Körper und vor allem sein Kopfschmuck, welcher zweifelsohne an einen Indianerhäuptling erinnert, war uns immer ein ganz besonderer Blickfang. Mit seinem langen Schnabel suchte er auf unserem Rasen emsig nach Würmern. Er ließ sich kaum stören und wir schauten ihm gern zu. Waren jedoch in diesem Moment gerade unsere beiden Katzen draußen, hatte er bei seiner Futtersuche nicht lange Freude. Die Katzen bemerkten ihn schnell und schlichen sich an ihn ran. „Gott sei Dank!", sie blieben dabei immer erfolglos, der Wiedehopf war schneller als sie. Im März, in den Morgenstunden, erklang immer das Lied des Wiedehopfes.

Eines Tages im Sommer, ich fegte gerade vor unserem Anwesen die Straße, als ich einen jungen Wiedehopf an der Mauer sitzen sah. Er war sehr erschöpft und rang förmlich nach Luft. Seinen kleinen Schnabel hatte er weit geöffnet. Kraftlos ließ er sich in meine Hände nehmen. Ich vermutete, dass er erste Flugversuche unternommen hatte und diese ihm missglückten. Die große Hitze an diesem Tage machte ihm zusätzlich zu schaffen, denn Verletzungen konnte ich nicht erkennen. Was sollte ich mit ihm nur tun? In den Schatten zu setzen wäre sein Todesurteil. Katzen oder Greifvögel hätten ihn schnell entdeckt. Ich beschloss, durch das Auflegen meiner Hände universelle Lichtenergie in seinen kleinen Körper zu leiten. „Reiki" wirkt nicht nur bei Menschen, sondern genauso auch bei Tieren. Sicherlich kommt er so schnell wieder zu Kräften, dachte ich! Also begab ich mich an einen schattigen und ruhigen Platz und setzte den Kleinen vorsichtig auf einen Tisch. Ich hielt meine Hände über seinen Körper, ohne ihn dabei zu berühren. Er ließ alles mit sich geschehen und ich spürte recht schnell, wie die universelle Lichtenergie in seinen erschöpften Körper strömte. Nach einigen Minuten beendete ich die Zeremonie. Noch immer rang er nach Luft. Ich gab ihm ganz vorsichtig einige Tropfen Wasser, da ich dachte, dass er sehr durstig sei. Das war nicht nur ein gravierender Fehler von mir, nein, es grenzte schon an Dummheit. Ich hätte wissen müssen, dass der kleine Vogel diese Wassertropfen in seine Lunge bekommen kann. Genau das passierte auch. Kaum hatte ich ihm ein oder zwei Wassertropfen vorsichtig eingeflößt, da fiel er plötzlich auf die Seite und war auf der Stelle tot. Er war kollabiert. Was hatte ich da nur getan? Ich hatte diesen kleinen „Burschen" getötet. Es tat mir sehr leid! Damit keine Tiere ihn finden konnten, hatten wir ihn unter einem Baum vergraben.

Schmetterlinge

Im Frühjahr und bis in den späten Sommer hinein konnten wir wunderschöne, farbenprächtige Schmetterlinge bei uns auf dem Grundstück sehen. Dies lag sicherlich daran, dass wir viele bunte, blühende Blumen und Gewächse hatten. Schlich man sich ganz sacht an sitzende Schmetterlinge heran, konnte man sogar prächtige

Nahaufnahmen fotografieren. Wir hatten „Natur pur" direkt vor unserem Haus! Wann sahen wir in Deutschland letztmalig einen Schmetterling, dort wo wir wohnten? Ich kann mich nicht erinnern! Wir besaßen viele Jahre einen Kleingarten in einer Gartenanlage. Ich schrieb ja schon darüber! In den ersten Jahren sah man sehr viele Schmetterlinge, es wurden aber von Jahr zu Jahr immer weniger, bis sie ganz verschwunden waren. Ich hoffe nur, dass dies nicht eines Tages auch mit den Bienen geschieht. Sterben die Bienen aus, so hat auch der Mensch keine Überlebenschance!

Auf Mallorca leben noch Fauna und Flora in Harmonie zueinander!

Europäische Gottesanbeterin

Die Europäische Gottesanbeterin (**Mantis religiosa**) ist ein Tier, das an Darstellungen außerirdischer Wesen erinnert. Sie gehört zur Gattung der Fangschrecken. Auffallend sind ihre langen, vorderen Fangbeine, die mit Dornen zum Festhalten der Beute besetzt sind. Die hinteren Beine sind die Schreitbeine. Der lange Halsschild trägt einen großen, dreieckigen Kopf mit Fassettenaugen und zwei Fühlern. Der Kopf ist sehr beweglich. Ich hatte gelesen, dass die Weibchen bis zu 75 mm lang werden können. Gelegentlich fressen sie nach der Paarung ihre Männchen auf. Des Öfteren schleppte unsere Sissi eine Gottesanbeterin mit lautem Knurren an. Ich musste mich schon überwinden, um ihr das Tier aus dem Mund zu befreien. Auch wenn die Gottesanbeterin so „außerirdisch" aussieht, so hat sie doch auch ihre Daseinsberechtigung. Ich glaube gehört zu haben, dass sie sogar unter Naturschutz stehen.

Gras Hüpfer

Zu den häufig gesichteten Grashüpfern kann ich nur wenig berichten. Sie waren dunkelgrün und viel größer als die, die wir aus Deutschland her kannten. Nahm man sie mal in die Hand und bewegte vorsichtig ihre Hinterbeine, so konnte man durch ihren entgegengesetzten Widerstand förmlich ihre Sprungkraft vermuten. Ich glaube, sie sprangen bis zu einem Meter weit. Sie konnten aber auch fliegen.

Fliegen

Wir hatten relativ wenige Fliegen. Sicherlich lag es an der Nähe zum Meer. Zur Inselmitte hin gibt es jedoch Gebiete, wo Fliegen, insbesondere im Herbst, zur Plage werden. Es gibt so einige mallorquinische Schutzversuche gegen diese „Plagegeister". Bei Fahrten über die Insel sahen wir oftmals metallene Kettenvorhänge vor den Türen. Es gab aber auch eine Schutzvariante, indem man Zitronen halbierte und diese Hälften mit Gewürznelken bestückte. In die Zimmer gelegt, sollten damit Fliegen fern gehalten werden. Von den Mauren haben die Mallorquiner übernommen, dass Fliegen keine blaue Farbe mögen. Aus diesem Grunde sind heute noch in ländlichen Gegenden Fenster, Türen und Häuserwände blau gestrichen. Ich glaube nicht, dass dies hilft. Wir hatten nämlich bei uns im Garten eine schattige Sitzecke unter einem Baum. Sie bestand aus einem Tisch und zwei Stühlen. Wir hatten sie „blaue Ecke" genannt, denn alles war blau gestrichen. Wir hatten ab und an auch mal Fliegen auf dem Tisch sitzen sehen. Diese Fliegen mussten demnach farbenblind gewesen sein. Eine andere Variante war, wassergefüllte Plastikbeutel in die Bäume zu hängen oder Plastikflaschen, gefüllt mit Wasser, vor die Türen und Fenster zu stellen. **Es contra las moscas**- gegen die Fliegen! In der Zeitung las ich mal eine Erklärung zu dieser Fliegenabwehr. Sind die Fliegen im Anflug auf diese Wasserbeutel oder Wasserflaschen, sehen sie sich vielfach vergrößert und durch ihre Fassettenaugen sehen sie diese Riesenfliegen auch noch vielfach. Sie erschrecken sich sehr und kehren um! Ob das stimmt? Manchmal versetzt der Glaube auch Berge!

Eine besondere Fliegenart war bei uns jedoch heimisch. Ich meine die Rotweinfliege. Da ich gern am Abend ein Gläschen, oder zwei oder mehr trank, weiß ich, worüber ich schreibe. Diese Fliegen sind im Gegensatz zu den anderen Fliegen nachtaktiv, sehr klein und gehören zur Gattung der Fruchtfliegen. Kaum hatte ich mir ein Gläschen Inselrotwein vom Fass eingeschränkt, so hatte ich auch schon mit dem ersten Schluck einige Rotweinfliegen „ameisensicher" entsorgt.

Amseln

Das ganze Jahr waren wir von Amseln umgeben. Ich hatte sie verflucht! Sie riefen zwar im Frühjahr lautstark am frühen Morgen, was uns nicht störte, ganz im Gegenteil. Sie hatten aber noch eine andere Angewohnheit. Um all unsere Bäume hatten wir mit großen Steinen Kreise gestaltet, die wir mit Pinien-Rindenmulch ausgefüllt hatten. Somit blieb die Feuchtigkeit nach dem Wässern länger am Baum erhalten. Es hatte aber einen Nachteil. Unter dem Pinien-Rindenmulch hielten sich Würmer, kleine Käfer, Spinnen und sonstige Kleinlebewesen auf. Genau das wussten die Amseln. Insbesondere in den frühen Morgenstunden machten sich die Amseln über die „Leckerbissen" her. Dabei gingen sie nicht zaghaft vor. Mit ihren Schnäbeln durchwühlten sie nicht nur den Pinien-

Rindenmulch, nein sie warfen im hohen Bogen Rindenstück für Rindenstück auf den Rasen. Solange, bis alles draußen lag. Kreuz und Quer lagen danach die Stücke auf dem Rasen verstreut. Ich hatte damit zu tun, alles wieder unter die Bäume zu bringen. Wir hatten einige Bäume, und auch in den Blumenrabatten herrschte das gleiche Chaos, denn auch hier hatten wir Pinien-Rindenmulch aufgebracht.

Fledermäuse

Wo die Fledermäuse ihre Nester hatten, konnten wir nicht in Erfahrung bringen. Immer abends, wenn es dämmerte, waren sie da. Mit ihren schnellen, unruhigen Flügen schwirrten sie kreuz und quer herum. Dieses Spiel dauerte nicht länger als eine halbe Stunde. Danach waren sie, so schnell sie auch gekommen waren, wieder verschwunden. Aus der Nähe haben wir nie eine Fledermaus zu Gesicht bekommen.

Mäuse

Natürlich gab es bei uns auch Mäuse. Herumlaufen sahen wir jedoch keine. In unserem Gas-Raum lagen des Öfteren Mäusekunkel am Boden. Ich hatte auch eine Mausefalle, gespickt mit angeräuchertem Speck, aufgestellt. Gefangen wurde aber nie eine Maus. Dafür tat es aber unsere Sissi. Einmal hatten wir nicht bemerkt, dass sie wieder einen „Jagderfolg" hatte. Eines Tages nahmen wir in der Nähe unseres Schreibtisches einen widerlichen, verwesenden Geruch war. Hinter dem Schreibtisch lag eine tote, blutige Maus. Entweder hatte Sissi die Maus dort abgelegt oder die Maus war verletzt dorthin geflüchtet und verendet. Wie auch immer es war, für uns war die Entsorgung und erst mal gründliches Reinigen angesagt.

Zikaden

Zikaden gehörten ebenfalls zu unseren tierischen Nachbarn. Ich hatte gelesen, dass wohl weltweit ungefähr siebzehntausend Zikaden-Arten entdeckt wurden. Da kann ich beim besten Willen nicht sagen, was für eine Zikaden- Art bei uns heimisch war. In einem Baum, direkt an unserer „blauen Ecke", saßen sie und machten ein „Höllen-Spektakel". Nur abends kehrte schlagartig Ruhe ein. Ihr Zirpen glich dem von Grillen und Heuschrecken, nur bedeutend lauter und intensiver. Sie gehörten zu Mallorca wie das Rauschen des Meeres! Es sind nur die Männchen, die dieses Konzert veranstalten. Das wusste bereits der griechische Dichter Xenarchos, denn er schrieb folgendes:

„Glücklich leben die Zikaden, denn sie haben stumme Weiber!"

Die Zikaden sind pflanzensaugende Insekten und wahre Meister der Tarnung. Nähert man sich ihnen vorsichtig, was ich mehrmals versuchte, hören sie schlagartig auf zu zirpen. Dennoch ist es mir eines Tages gelungen, eine Zikade zu Gesicht zu bekommen. Ich konnte sie auch fotografieren. Sie sah grau/braun aus und hatte drachenförmige, an dünnes Seidenpapier erinnernde Flügel.

Palmenbohrer

Über den Palmenbohrer kann ich ein besonderes Erlebnis schildern!

Eigentlich ist es ja der Palmenrüssler **(Rhynchopharus ferrugineus)**. Er stammt aus Asien und hat sich im gesamten Mittelmeerraum schlagartig verbreitet. Bis 2013, so konnte man in der mallorquinischen Presse lesen, sind annähernd dreitausend Palmen geschädigt worden. Man hatte dieser Plage nichts entgegen zu setzen. Ständig waren die Zeitungen voll mit Hinweisen und Verhaltensregeln bei der Feststellung vom Befall der Palmen. Es wurde sogar von den Behörden ein Notfalltelefon eingerichtet. Auch wir hatten auf unserem Grundstück eine Palme stehen, die noch klein war aber einen besonders schönen Blickfang im Eingangsbereich darstellte. Bei der Feststellung des Befalls durch den Palmenbohrer war man verpflichtet, dies unverzüglich zu melden. Bei Missachtung dieser Bestimmungen drohten drastische Strafen. Ich schaute mir also regelmäßig unsere Palme an, obwohl ich eigentlich anfänglich gar nicht wusste, wie man einen Befall überhaupt feststellt. Eines Tages sah ich am Stamm, direkt oberhalb des Erdreiches, eine matschige Stelle. Es hatte nicht geregnet und von der Bewässerung konnte es auch nicht sein. So fragte ich Henning (er kannte sich ja bestens aus). Er sagte mir, dass man unter anderem nur mal ein Ohr an den Stamm halten braucht. Ist die Palme befallen, so würde man deutlich das „Knabbern" der Larven im Inneren der Palme hören können. Die Larven höhlen das Mark aus. Ich ahnte Schlimmes, die matschige Stelle an unserer Palme ist sicherlich ein Indiz dafür. Als ich erstmals ein Ohr an den Stamm hielt, erschrak ich. Das „Knabbern" war sehr deutlich zu hören. Auch sah ich nun erstmals Löcher im Stamm, in die der Palmenbohrer die Eier ablegt oder durch die die sich entwickelten Palmenbohrer die Palme verlassen. Ich kenne mich da nicht so genau aus, wie der Entwicklungsprozess genauestens abläuft. In diesem Moment war mir dies auch egal, viel wichtiger war die Gewissheit, dass unsere Palme stark befallen war. Was nun tun? Sollte unsere Palme ebenfalls vernichtet werden? Mussten wir eine Meldung veranlassen? Wenn nicht, welche Strafe hätten wir zu erwarten gehabt? All diese Fragen beschäftigten uns!

Auf Fahrten über die Insel, konnten wir des Öfteren sehen, wie befallene Palmen gefällt wurden. In **Can Pastilla**, unmittelbar in der Nähe des Palma Aquariums, wurden entlang der Straße große Palmen gefällt. Auch zwischen „Campos" und **Sa Rapita** befand sich unmittelbar an der Hauptstraße eine Palmenzucht. Hier wurden alle jungen Pflanzen aus dem Boden gerissen und verbrannt. Tagelang später konnte man noch beim Vorbeifahren die rauchenden Verbrennungshaufen sehen. Henning empfahl uns eine chemische Behandlung unserer Palme. Er hatte erfolgreich eine derartige Bekämpfung der Schädlinge und die damit verbundene Rettung einer Palme schon praktiziert. Er besorgte uns auch das erforderliche chemische Mittel. In einem bestimmten Mischungsverhältnis mit Wasser gossen wir diesen „Giftcocktail" in die vom Palmenbohrer verursachten Löcher. Nach einigen Stunden zeigten sich erste Erfolge. Aus der Palme fielen Larven heraus. Sie sahen sehr ekelerregend aus. Fette, gelbliche Larven, etwa halb so groß wie mein Daumen, lagen am Boden vor der Palme. Ich holte einen Eimer voll Wasser und warf die Larven hinein. Danach wiederholte ich die Behandlung der Palme mit dem „Giftcocktail". Nach weiteren Stunden, die gleiche Situation wie vorab. Wieder waren Larven aus der Palme gefallen. Im Umkreis der Palme konnte man das Gift förmlich riechen. Ich legte ein Ohr erneut an den Stamm um zu hören, ob noch Larven darin sind und weiterhin knabbern. Dem war so! Ich rief meine Frau, damit sie sich dies auch mal anhören konnte. Auch Regina legte ein Ohr an den Stamm. In diesem Moment geschah etwas Ekelerregendes. In dem Moment, als sie ein Ohr an den Stamm hielt, fiel genau neben ihrem Ohr eine Larve aus der Palme. Kreischend und zum Tode erschrocken sprang sie zur Seite.

Am nächsten Tag fand ich neben der Palme sogar einen toten Palmenbohrer. Erstmals hatte ich diesen Käfer zu Gesicht bekommen. Es war ein rotbrauner Riesenkäfer mit einem langen Rüssel am Kopf, den eigentlichen Bohrer. Ich legte diesen

Palmenbohrer in unseren Geräteschuppen, damit ich unserer Vermieterin einen Beweis für den Befall zeigen konnte. Nach weiteren regelmäßigen, prophylaktischen Behandlungen der Palme zeigte sich, dass wir den Kampf gewonnen hatten. Inwieweit die Palme die Behandlungen mit dem Gift auch überstanden hatte, musste abgewartet werden. Im Jahr darauf wuchsen ihr neue Palmenwedel, sie hatte es überstanden! Unsere Vermieterin war darüber sehr erfreut und bedankte sich dafür bei uns. Was sie jedoch nicht tat, war, sie fragte uns nicht, welchen finanziellen Aufwand wir dafür betreiben mussten, ganz zu schweigen vom Angebot einer finanziellen Erstattung der Kosten. Darüber waren wir enttäuscht, denn das Gift war nicht billig!

Ergänzend möchte ich noch berichten, dass auf dem Nachbargrundstück, hinter unserem Haus, zwei sehr große Palmen standen. Der Gärtner des Objektes behandelte diese regelmäßig mit einer mechanischen Spritze. Dabei verhielt er sich sehr taktlos. Er beachtete nicht die Windrichtung, ob eventuell der Sprühnebel auf unser Grundstück zieht. Unsere Fenster waren geöffnet und unsere Katzen befanden sich draußen. Es war ihm einfach egal, er hätte sich doch nur mal bemerkbar machen brauchen, bevor er mit dem Sprühen begann. Erst als man riechen konnte, dass er wiedermal sprühte, schlossen wir schnell unsere Fenster und holten die Katzen herein. Mir fiel dazu folgendes Sprichwort ein:

„Benehmen ist Glücksache, aber manche Menschen haben kein Glück."

Ich möchte aber unbedingt dazu sagen, dass die Mallorquiner nicht so sind, er war eben eine negative Ausnahmeerscheinung.

Dass er kein Glück hatte, konnte man auch an einer seiner Palmen erkennen. Sie bestand eigentlich nur noch aus vertrockneten

Palmenwedeln, die kraftlos an einem Stamm hingen. Der Befall musste wohl sehr stark sein, denn in einer ruhigen Nacht konnten wir sogar das „Knabbern" der Larven der Palmenbohrer von unserem Grundstück aus hören.

Weitere Familienaufgaben

5. Familienaufgabe: Valldemossa

Unsere Tochter Juana hatte uns mit der Familienaufgabe **Valldemossa** wieder mal eine sehr gute Aufgabe gestellt.

Der Ort **Valldemossa** liegt in einem der schönsten Täler Mallorcas und ist zugleich der höchstgelegenste Ort auf der Sonneninsel. Ein Ort, der durch Touristen in der Hauptsaison total überlaufen ist. Dies liegt sicherlich auch an der Nähe zu **Palma**. Bis nach **Palma** sind es nur siebzehn Kilometer. Es kommen dadurch nicht nur Inselurlauber nach **Valldemossa**, sondern auch Tagesausflügler von den im Hafen von **Palma** festgemachten Kreuzfahrtschiffen.

Wir fuhren über den Autobahnring von **Palma** und bogen am Abzweig 5B direkt in Richtung **Valldemossa** ab. Vorbei an **Palmas** Universität ging es geradezu ins **Tramuntana** Gebirge. Nach einigen Kilometern schlängelte sich die Straße kurvenreich nach **Valldemossa** hoch. Wir fuhren ungefähr vierzehn Kilometer ab dem Abzweig 5B, bis wir den Ort erreicht hatten. Ein gebührenpflichtiger Parkplatz war am Ortseingang schnell gefunden. Gemütlich bummelten wir durch **Valldemossa**, auf einer Höhe von 437 Metern über dem Meeresspiegel. Wir waren im höchstgelegensten Ort von Mallorca. Die gepflegten Häuser mit den Terrassengärten, die engen, malerischen Gassen und die Pracht der mediterranen Pflanzen an jedem Haus hatten uns beeindruckt. Man sagte, dass **Valldemossa** das am meisten fotografierte Dorf der Insel ist. Sehenswürdigkeiten gab es viele. So das ehemalige Kartäuserkloster, in dem Polens berühmtester Komponist, Frédéric Chopin mit seiner sechs Jahre älteren Geliebten George Sand und deren zwei Kinder im Winter 1838/1839 lebte. Das unverheiratete Paar war aber bei den

Mallorquinern nicht gern gesehen, so dass sie nach 98 Tagen kurz entschlossen Mallorca verließen und in die Heimat von George Sand, nach Frankreich zogen. 1847 trennten sich beide und zwei Jahre später verstarb Frédéric Chopin im Alter von nur 39 Jahren. George Sand war eine berühmte, französische Schriftstellerin. Eines ihrer Werke ist der Reisebericht „Ein Winter auf Mallorca". Beide bescherten bis in die Gegenwart jährlich hunderttausende Besucher.

In Richtung Norden, abgelegen vom Trubel, steht zwischen Bäumen ein verwittertes Denkmal. Es wurde zu Ehren der einzigen mallorquinischen Heiligen, der 1531 in **Valldemossa** geborenen Santa Catalina Thomas errichtet. Catalina Thomas erhielt die päpstliche Heiligsprechung 1930. Die meiste Zeit verlebte sie aber im Kloster **Santa Magdalena** in **Palma**.

Den Besuchern von **Valldemossa** fällt auf, dass an allen Eingangstüren der Häuser Kachelbilder mit Szenen aus dem Leben der Heiligen angebracht sind. So wird ihr nicht nur gedacht, sondern man verspricht sich so auch Schutz für Leben, Haus und Hof. Dementsprechend konnte man in allen Souvenirläden derartigen Kachelschmuck kaufen. Auch wir hatten uns ein Kachelbild gekauft und an einem Pfeiler unserer Terrasse angebracht. Heute schmückt es zur Erinnerung unseren Balkon in Deutschland.

In einer engen Gasse, einige Treppenstufen hinunter, stießen wir auf eine ganz kleine „Kneipe" Das Mobiliar, ob Tisch, Bank oder Tresen, waren aus Brettern grob zusammen gezimmert. Der Raum hatte mittelalterliches Flair. Wir fanden es ganz toll und aßen dort **Tapas** und tranken Wein. Im ganzen Dorf lag ein Zauber in der Luft, der uns fesselte. Wir wussten sofort, hier waren wir nicht das letzte Mal. Nicht nur mit unseren Kindern, sondern auch mit einigen unserer Gäste waren wir später nochmals hier.

6. Familienausflug: Halbinsel Formentor

Zum Spektakulärsten, was Mallorca zu bieten hat, gehört zweifelsohne die Halbinsel **Formentor**. Hohe Klippen fallen steil ins Meer ab und zwischen ihnen verlaufen die schmalen Straßen. Von **Port de Pollenca** steigt eine kurvenreiche Straße hinauf bis zum **Mirador** in **Es Colomer** an. Hier oben steht man auf einer lang ausgebauten Aussichtsterrasse, von der man einen unbeschreiblich schönen Blick über das Meer hat. Wohin man auch schaut, die Weite des Meeres, das türkisfarbene Wasser und die schroffen Felsen fesselten unsere Blicke. Hier könnte man stundenlang seine Gedanken über die Weite des Meeres ziehen lassen. Wir befanden uns an der äußersten Spitze der Sonneninsel Mallorca.

Auch die Flora auf der Halbinsel **Formentor** ist einzigartig. So gibt es hier Eichen- und Pinienwälder, jahrhundertalte Ulmen und sehr schöne wilde Blumen. Eine davon ist das Alpenveilchen. An den Ufern der Bäche findet man sogar neun verschiedene Orchideenarten sowie eine Vielzahl unterschiedlicher Farne.

Nach dem wir die Aussichtsterrasse verlassen hatten, fuhren wir die kurvenreiche Straße hinunter zum Ende der Insel. Dort befindet sich ein sichelförmiger Sandstrand, der besonders beliebt bei Familien mit Kleinkindern ist. Ein wenig schauten wir uns um, bevor wir die Straße in entgegengesetzter Richtung nach Hause befuhren.

7. Familienaufgabe: Banyalbufar/Estellenes

Auf der Fahrt nach **Banyalbufar** durchfuhren wir das kleine Dorf **Estellencs**, welches sehr urtümlich wirkte. Es liegt zu Füßen des **Puig de Galatzó** im **Tramuntana** Gebirge. Unmittelbar nach **Estellencs** erreichten wir bereits die fruchtbare Ebene von **Banyalbufar**, die **Horta de Banyalbufar**. Die Straße ist gut, kurvenreich ansteigend aber breiter als die Straße auf der Halbinsel **Formentor**.

Bereits von den Arabern wurden die sogenannten **buniola al bahar**, die kleinen Weingärten, terrassenförmig an den Hängen angelegt. Hiervon leitet sich auch der Ortsname ab.

Auf halber Höhe hielten wir auf einer kleinen Parkfläche am Rande der Straße, um den traumhaften Ausblick ins Tal zu genießen. In **Banyalbufar** angekommen, suchten wir uns zunächst einen Parkplatz, den wir abseits der Straße am Ortsausgang fanden. Der Ort selbst hinterließ einen wenig malerischen Eindruck. Die Häuser stehen eng zusammengereiht aneinander. Sehenswert sind aber die vielen, terrassenförmigen Felder mit klug ausgebauten Bewässerungskanälen. Kunstvoll gemauert, leiten diese Kanäle das in dem porösen Kalkstein der Berge gespeicherte Wasser über die Felder. Zwischendurch sind Zisternen eingebaut, um die Trockenzeit zu überbrücken. Wein wird hier kaum noch angebaut. Hauptaugenmerk liegt auf dem Anbau von Gemüse, welches auf den Wochenmärkten zum Kauf angeboten wird.

Juana hatte uns auch in der Aufgabe einen Besuch des Restaurants **Son Tomas** empfohlen. Dieses Restaurant liegt direkt an der Hauptstraße. Von hier hatten wir einen weiten Blick über die terrassenförmigen Felder bis hinunter zum Meer.

8., 10., 11. und 12. Familienaufgabe:

    Fiesta, Virgin del Carmen

    Museu de Mallorca

    Ölmühlen Santo Domingo

Selbstkritisch mussten wir unserer Tochter eingestehen, dass wir diese Familienaufgaben nicht durchführten. Teilweise hatten wir einfach nicht daran gedacht, wir waren aber auch damit beschäftigt, für unsere Gäste vorab erlebnisreiche Ausflugsziele zu finden, die wir dann gemeinsam aufsuchen wollten.

Gern denken wir an **Soller** zurück. Es ist die Stadt im Orangental. Das Hochgebirge umschließt **Soller** von drei Seiten, so dass wir den Eindruck hatten, die Stadt sei ein riesiges Freilufttheater. In diesem Talkessel gedeihen die Orangen von **Soller** in Hülle und Fülle. Man kann den Ort auf drei Wegen erreichen:

1. Man fährt über die gut ausgebaute Landstraße, die durch einen kostenpflichtigen Tunnel führt
2. Man fährt über die alte Passstraße
3. Man fährt mit dem **„Roten Blitz"**.

Unmittelbar vor dem Tunneleingang befindet sich ein Kreisverkehr. Fährt man links aus dem Kreisverkehr, also nicht in Richtung Tunnel, so gelangt man auf die alte Straße über den Pass. Diese Straße ist sehr kurvenreich und extrem schmal. Wir hatten mal versucht, diese Straße zu nutzen, sind aber nach ungefähr einem Kilometer umgekehrt. Hier weiter zu fahren, war uns doch zu abenteuerlich. Ich musste sofort an einen Ausspruch eines Reiseleiters denken, den er sprach, als wir mit dem Bus mal im **Tramuntana** Gebirge den sogenannten Krawattenknoten hinauf fuhren. Er sagte:

„Es gibt auf Mallorca zwei Arten von Busfahrern; gute und tote!"

Wir fuhren dann doch lieber durch den Tunnel. Eine einfache Fahrt kostete mal **3,85 €** Maut. Regelmäßig wird aber versucht, diese Gebühr zu erhöhen. Nun haben aber die Spanier eine ganz andere Mentalität als wir Deutschen. Sie lassen sich nicht alles gefallen. Ich kann mich noch gut erinnern, als die Gebühren mal wieder erhöht werden sollten. Sehr viele Kraftfahrer blockierten mit ihren Fahrzeugen die Tunneleinfahrt, weil sie sich weigerten, die erhöhten Gebühren zu zahlen. Die herbeigerufene Polizei sah sich außerstande zu schlichten, es blieb ihnen nur die Verteilung von Strafzetteln an jeden Fahrer übrig. Auch davon ließen sie sich nicht einschüchtern. Nach einer gewissen Zeit sah man sich gezwungen, alle zu den bisherigen Gebühren durch den Tunnel fahren zu lassen.

Auch die Fahrt mit dem **Roten Blitz** ist sehr empfehlenswert. Der **Rote Blitz** ist eine historische Eisenbahn. Die Strecke wurde 1912 in Betrieb genommen und führt durch 13 Tunnel und über zahlreiche Brücken, bis sie hoch über **Soller** aus dem Berg kommt und sich schnaufend und ratternd ins Tal bewegt. Vorher macht sie jedoch an einer Besichtigungsstelle Halt, damit die Reisenden kurz aussteigen können, um das beeindruckende Panorama von **Soller** zu besichtigen. Endstation ist der sehenswerte Jugendstil-Bahnhof inmitten der Stadt. Hier stiegen wir um in den **Orangenexpress**. Dies ist eine alte, offene Holzstraßenbahn, die 1913 in Betrieb ging. 1998 ergänzte man den **Orangenexpress** durch weitere Wagen aus Lissabon. Wir fuhren mit dieser Bahn weiter quer durch die Stadt und direkt über den Wochenmarkt. Die Stände des Wochenmarktes standen so dicht an den Gleisen, dass wir bequem von unseren Sitzplätzen aus beim Vorbeifahren Sachen unbemerkt von den Kleiderständern hätten entnehmen können. Wir sind aber ehrliche Leute und so war es nur ein Gedanke! Bis zum **Port d' Soller** fuhren wir etwa vier Kilometer.

Als Juana, Uwe und Lena wieder zu Besuch waren, hatten wir diesen Ausflug nach **Port d' Soller** im Programm. Damit wir bei der

Rückfahrt nicht von den Abfahrtszeiten des Orangenexpresses und des Roten Blitzes abhängig waren, fuhr ich allein mit dem PKW nach **Port d' Soller,** während Regina mit den Kindern die Bahnen nutzten. Besonders Lena fand die Fahrt durch 13 Tunnel toll. Tage später wollte sie immer wieder „Tunnel fahren".

Was wir ebenfalls für unsere Besucher planten, war die Besichtigung eines der Klöster von **Randa,** gelegen auf dem **Puig de Randa.**

Wir fuhren in **Llucmajor** in Richtung **Algaida** und bogen nach ungefähr drei Kilometern rechts ab in Richtung **Randa**. Die Straße führt durch den Ort, der am Fuße des 542 m hohen „Tafelberg" liegt. Auf diesem Berg befinden sich drei Klöster auf unterschiedlicher Höhe. Es sind die Klöster:

Santuari de Nostra Senyora de Gracio,

Ermito de Sant Hunorat und

Sotuari de Nostra Senyora de Cura.

Aus diesem Grunde wird der **Puig de Randa** auch der "Heilige Berg Mallorcas" genannt.

Am Ortsende wird die Straße schmaler und windet sich kurvenreich und sehr steil bergauf. Wir mussten höllisch aufpassen, damit wir sicher durch alle Kurven kamen. Es bestand auch immer die Gefahr, dass uns Radsportler entgegen sausten, denn diese steile Bergstraße wurde gern als Trainingsstrecke genutzt. Drei Kilometer bergauf und die Anspannung hatte ein Ende. Nachdem wir an einer großen Radaranlage vorbei gefahren waren, hatten wir das Ziel erreicht. Hier befindet sich ein großer Parkplatz vor einem Torbogen, der ersten Einsiedelei auf Mallorca. Mallorcas bedeutendster Sohn, der Gelehrte und Mystiker **Roman Llull** gründete im Jahre 1275 diese Einsiedelei. Er wollte hier für sein ausschweifendes Leben büßen und verbrachte so zehn Jahre seines Lebens in dieser Abgeschiedenheit. Man kann auch nach Voranmeldung in diesem Kloster übernachten und in der kleinen Gaststätte gut essen. Von der Anlage aus kann man in alle Richtungen weit über die Insel schauen. Schauten wir in südliche Richtung, so konnten wir über die Bucht von **Palma** bis zur Insel **Cabrera** blicken. Auf den Flugplatz „Son Juan" einfliegende Flugzeuge sahen wir viel tiefer fliegen, als wir selbst standen. In östliche Richtung geschaut, blickten wir über die **Calas** der Ostküste. Den Blick nach Norden gerichtet, konnten wir bis **Alcudia** schauen. Schließlich sahen wir auch nordwestlich das gesamte **Tramuntana** Gebirge.

Das Kloster beherbergt auch eine kleine Kapelle und wie kann es auch anders sein, einen kleinen Souvenirladen, der von all unseren Gästen durchstöbert wurde.

Die Abfahrt war nicht weniger abenteuerlich als die Auffahrt. Wir hatten es aber jedes Mal gut gemeistert und unsere Gäste sicher befördert.

9.Familienaufgabe: Jumaica Bananero

In der Nähe von „Porto Colom" befindet sich eine Finca mit einem wunderschönen Garten, hohen Bäumen, exotischen Pflanzen, einem kleinen, großgewachsenen Bambuswald und einem Mini- Zoo. Eine Bananenplantage rundet das Bild ab.

Das Restaurant **Can Pep Noguera** ist gemütlich in diese Anlage eingebettet. Man sitzt im Freien und lässt sich vom Duft der Vegetation und allerlei Geräuschen inspirieren. Dieses Restaurant hat eine große Auswahl an hervorragenden Gerichten. Es ist ein echter Geheimtipp für Residenten und Mallorca-Urlauber!

Die Adresse lautet:

Carretera Porto Cristo- Porto Colom S/N

07689 Manacor

Geöffnet hat die Anlage im Sommer täglich von 10.00 Uhr bis 20.00 Uhr, im Winter täglich von 10.00 Uhr bis 16.30 Uhr

Die Preise sind familienfreundlich!

Mallorcas Glanz verblasst

In diesem Kapitel zeige ich die Schattenseite der „Sonneninsel" Mallorca. Lange habe ich überlegt, ob ich diese Fakten überhaupt ansprechen soll, letztendlich kam ich zur Überzeugung, dass der Leser auch wissen soll, dass nicht alles Gold ist, was glänzt!

Der Urlauber fliegt auf die Insel, um sich zu erholen, Sonne zu tanken, nach Lust und Laune im Mittelmeer zu baden, sich im Hotel verwöhnen zu lassen und eventuell auch aufzubrechen, um die Schönheit der Insel kennen zu lernen. Das ist auch gut so, schließlich hat er dafür gearbeitet und gespart.

Wie leben die Einheimischen und die Residenten? Welche Sorgen und Nöte haben sie? Wie sind ihre Zukunftsprognosen? Wohin entwickelt sich die Insel? All diese Fragen und deren Antworten kennen die wenigsten Urlauber. Auch derjenige, der sich eventuell mit dem Gedanken trägt, früher oder später mal auf die Insel auswandern zu wollen, sollte vor diesen Fragen die Augen nicht verschließen.

Der Sumpf der Zwiespältigkeit in Regierungskreisen ist hier auf Mallorca nicht weniger tief als in Deutschland. Politiker sind nun mal weltweit Künstler, denn die Politik ist die Kunst der Massenmanipulation!

Alle Fakten und deren Aktualität, welche ich hier anspreche, beruhen auf Presseinformationen bis April 2014. Danach habe ich die Entwicklung bestimmter Ereignisse nicht weiter verfolgt. Aber aus Erfahrung kann man sicherlich vermuten, dass es auf keinen Fall besser geworden ist.

Die Banken haben mit waghalsigen Spekulationen die Finanzkrise verursacht. Die einzige Reaktion der Europäischen Union darauf war, die Banken auf jeden Fall zu retten. Wie konnte man dies am besten tun? Man brauchte einfach nur die Bevölkerung der Europäischen Länder zur Kasse bitten. Unter dem Deckmantel von „Reformen" legte man Zwänge an, die nach außen hin als Sparprogramme verkauft wurden und in Wirklichkeit eine Verschärfung der Ausbeutung der Bevölkerung darstellen. Die Kredite, die an die besonders schwer betroffenen Länder gezahlt wurden, kamen nicht dort an, wo die Gelder auch benötigt wurden, sondern landeten wieder mal ausschließlich nur bei den Banken. Im Schatten der Bankenkrise bereicherten sich Politiker durch Betrug, Korruption, unsaubere Geschäfte und Vertrauensbruch!

Im **„Mallorca- Magazin"** las ich 2013, dass es 2012 242.934 Schafe auf der Insel gab. Ob hier die korrupten Politiker, wie zum Beispiel der ehemalige Präsident der Balearen- Regierung **Jaume Matas,** oder der ehemalige Tourismusminister **Frances Boils**, oder der Ex-Finanzchef der **PP** Partei **Luis Bárcenas**, oder das lesbische Ehepaar **Antonia Ordinas** und **Isabell Rosselló**, oder der frühere Handelsminister **Josep Cardona**, oder, oder, oder mitgezählt wurden, weiß ich nicht!

Im Mai 2013 begann die Anklage von 17 Politikern, wobei diejenigen, die bereits ihren privaten Wohnsitz gegen eine Zelle eingetauscht hatten, hier nicht mitgezählt sind. Nach Hochrechnung und Willen der Staatsanwaltschaft geht es im Prozess um insgesamt 115 Jahre Gefängnis sowie um 19 Millionen EURO Geldstrafe. Welche Schuld haben die „Herren und Damen" Politiker eigentlich auf sich geladen?

Jaume Matas

Er wurde beschuldigt, sich während seiner Amtszeit (2003- 2007) auf Kosten der Steuerzahler persönlich bereichert zu haben. Ihm wurden Amtsmissbrauch, Bestechlichkeit, Geldwäsche, Unterschlagung und Verstoß gegen das Wahlgesetz vorgeworfen. Während der Wahlen hatten bereits verstorbene Mallorquiner aus dem Grab heraus ihre Stimme per Briefwahl abgegeben.

Frances Boils

Wegen Korruption hatte er eine dreijährige Haft bereits abgesessen, bis er sich erneut vor Gericht verantworten musste. Nun ging es um eine Veruntreuung öffentlicher Gelder in Höhe von 1,4 Millionen EURO. Im Zusammenhang mit der damaligen Vereinigung für umweltschonendes Wasser **Bitácora**.

Luis Bárcenas

Der wegen krimineller Parteienfinanzierung in Haft genommene Ex-Finanzchef der **PP-** Partei belastete nun auch den amtierenden Ministerpräsidenten Spaniens, **Mariono Rajoy,** mit handschriftlichen Aufzeichnungen wegen Schmiergeldzahlungen.

Antonia Ordinas und **Isabell Rosselló**

Bei beiden erlangte eine **Colacao**-Büchse Weltberühmtheit. In dieser Büchse, die vergraben im Salatbeet ihres Gartens gefunden wurde, waren 360.000 EURO Schmiergeld enthalten. Sie war somit die wertvollste Büchse der Kakao- Marke **Colacao**.

Der amtierende Regierungschef der Balearen, **Ramón Bauzá** hat sich zwar nicht strafbar gemacht, aber seine skrupellose Art zu regieren ist ebenso unmoralisch. Nachdem 2011 die Gehälter im Parlament um 11 Prozent erhöht wurden, hatte die Regierung 2014 erneut kräftig in die Kasse der Steuergelder gegriffen. Diesmal wurden die Gehälter im Parlament um 25 Prozent erhöht. Sie lesen richtig, ich habe mich nicht verschrieben! Die bodenlose Frechheit besteht darin, dass im Zuge der „Reformen" anlässlich der Bankenkrise Entlassungen im Kabinett von 27 Mitgliedern vorgenommen werden mussten. Die verbliebenen 43 Mitglieder tragen ja nun eine „höhere" Verantwortung, so die dazugehörige Begründung. Sind die Herren und Damen im Europaparlament auf einem Auge blind? Warum werden immer wieder Töne laut, dass die „Reformen", die das einfache Volk betreffen, immer wieder als nicht weit genug gehend kritisiert werden, wogegen eine derartige „Selbstbedienungsmentalität" einfach stillschweigend übersehen wird?

Das alles geschah vor dem Hintergrund, dass die Mallorquiner zunehmend Kürzungen auf dem sozialen Sektor und im Gesundheits- und Bildungswesen hinnehmen müssen. Die Arbeitslosigkeit ist drastisch gestiegen, insbesondere unter den Jugendlichen. Viele Menschen wissen nicht mehr, wie sie ihre Familien ernähren sollen, ihre Miete zahlen und wie sie insgesamt über den Monat kommen können. Zu dieser Problematik später mehr!

Gesagt sei auch, dass **Ramón Bauza** (Volkspartei **PP**) mit absoluter Mehrheit regiert. Einmal im Jahr findet eine Debatte zur Lage der Balearen im Landesparlament statt. Am 26.11. 2013 hatte er in einer zweistündigen Rede vollmundig verkündet, dass die Balearen besser dastehen, als im November 2012 und noch besser als im Juni 2011. Als ich dies las, fiel mir sofort ein Spruch aus DDR-Zeiten ein, der da lautete: „Gestern standen wir vor einem Abgrund, heute sind wir einen Schritt weiter!" Verständlich, bei den gefüllten Brieftaschen der Landesparlamentarier! Das Volk hat mehrheitlich die **PP** gewählt und sollte ihre Politik, zu allem „Nein" zu sagen, doch überdenken, so seine Äußerung. Er werde sich auch nicht dem Druck der Straße beugen, verkündete er. Was bedeutet dies? Mallorca zurück zur Diktatur? Wehret den Anfängen! Während der Debatte brachten es einige Redner der Opposition auf den Punkt.

So zum Beispiel:

- die PP- Regierung hat die soziale Not verschärft

- zur zentralen Frage wird die Unwahrheit gesagt

- es wird autoritär regiert

- Wahlbetrug zur Last gelegt

- Kontakt zu den Bürgern verloren

- **Bauza** lebt in einer eigenen Welt

- er regiert nach Art eines Diktators.

Als Außenstehender, der von all dem nichts weiß, der sich nur an dem orientiert, was man sieht, hört oder selbst spürt, komme ich zu dem Schluss, dass in dem Gesagten einiges an Wahrheit enthalten ist. Auch dazu später Näheres!

Wer aber denkt, dass die korrupten Stränge in der Regierung Spaniens (Vorwürfe an Ministerpräsident **Mariono Rajoy**) enden, der irrt gewaltig. Selbst das spanische Königshaus ist von schweren Vorwürfen der Unterschlagung, Veruntreuung und

Steuerhinterziehung betroffen. Der Schwiegersohn der Königsfamilie **Iñaki Urdangarin**, früherer Handballstar, stand im Verdacht, als Präsident der gemeinnützigen Stiftung „**Nóos**" staatliche Gelder in Höhe von mehr als sechs Millionen EURO unterschlagen zu haben. Seine Ehefrau, die Tochter von **König Juan Carlos**, **Prinzessin Christina de Borbón**, stand im Verdacht, Steuern hinterzogen und Geldwäsche betrieben zu haben. So soll sie Ausgaben für Haus, Reisen und sonstige Annehmlichkeiten über die Consulting Firma „**Aizóon**" abgewickelt haben. Sie war zu 50 Prozent an dieser Firma beteiligt. Das Gericht ging davon aus, dass es sich wohl um eine Scheinfirma mit Scheinangestellten handelte. Mit diesem Skandal ist die Monarchie in Spanien stark rissig geworden. In regelmäßigen Abständen gibt die Zeitschrift „Ultima Hora" eine Umfrage in Auftrag, in der 20 Institutionen von 600 Personen bewertet werden. Dabei werden Punkte von 0 bis 10 vergeben. Nach der letzten mir bekannten Umfrage rangierte die Monarchie mit einer Bewertung von 3,8 im unteren Drittel. Dies deckte sich auch mit einer spanienweiten Untersuchung, wonach das Ansehen in 10 Jahren stetig sank. 1994 betrug die Bewertung 7,5, also ein Spitzenplatz. Das Volk verlangte immer stärker die Abdankung von **König Juan Carlos** und die Übernahme des „Zepters" durch **Kronprinz Felipe**, was ja zwischenzeitlich auch erfolgte. Ob das Ansehen der Monarchie damit auflackiert wird, sei abzuwarten, zumal im Land die Reichen immer reicher und die Armen immer ärmer werden. Am 11.02.2015 hörte ich im Radio die Nachricht, dass **König Felipe** sein Gehalt um 20 Prozent gekürzt hat, um „näher am Volk" zu sein! Mir standen fast die Tränen in den Augen! Kann er jetzt noch seine Familie ernähren? 20 Prozent, von welcher Summe eigentlich? Wer weiß es schon? Um näher am Volk zu sein, sollte er mal für eine gewisse Zeit gänzlich auf sein Gehalt verzichten und mal in eine Familie einziehen, in der beide Eltern arbeitslos sind und keinerlei Unterstützung mehr vom Staat erhalten.

Ich glaube lieber **König Felipe**, dann bist du wirklich nah an deinem Volk!

Wie haben denn eigentlich bei der mir bekannten Umfrage alle anderen Institutionen abgeschlossen? Hier das Ergebnis:

1,8 Parteien

2,3 Gewerkschaften

2,7 Banken

5,0 Gesundheitswesen, Rathäuser, regionales Fernsehen

6,0 Hotellerie

6,1 Medien

6,4 Streitkräfte

6,8 Balearen Universität

7,0 Lokalpolizei

7,4 Karikative Hilfsorganisationen

7,7 Nationalpolizei, Guardia Civil.

Nach einer Studie Anfang 2014 lebten 18 Prozent der Einwohner auf den Balearen an der Armutsgrenze. Grund dafür sei die beunruhigend hohe Zahl von Langzeit-Arbeitslosen, die keinerlei finanzielle Unterstützung mehr vom Staat erhalten. Es betrifft etwa 100.000 der auf der Insel lebenden Menschen. Sehr schnell kann man in diesen Abwärtsstrudel geraten, denn die Arbeitslosenhilfe ist mit der unsrigen in Deutschland kaum vergleichbar.

Die Dauer der Zahlung des Arbeitslosengeldes ist abhängig von der sozialpflichtigen Beschäftigungszeit in den letzten 6 Kalenderjahren vor Eintritt in die Arbeitslosigkeit.

Da es, wie gesagt, nach Ablauf der Leistungstage keinerlei finanzielle Unterstützung mehr vom Staat gibt, ist dann die Hilfe von der Familie angesagt. Wehe dem, der darauf nicht zurückgreifen kann! Ist die Zahlung der Miete für die Wohnung oder die Zahlung der Hypothek für das Wohneigentum nicht mehr möglich, so droht die Zwangsräumung. Da ist der spanische Staat sehr schnell! Der Weg in die Obdachlosigkeit ist dann nicht mehr weit! 2013 lebten 320 Personen permanent auf der Straße. Wir selbst hatten diesen rasanten Anstieg bemerkt. Bummelten wir 2011 durch Palma, so fiel uns eine Bettlerin auf, die immer an der gleichen Stelle saß. 2013 sahen wir schon mehrere Obdachlose, insbesondere im **Jardins de S' Hort del Rei**, in dem einige Obdachlose mit ihrem letzten Hab und Gut, verstaut in einer oder zwei Plastiktüten, auf Parkbänken liegen. Zu dieser Tragik fällt mir auch ein Zeitungsbericht ein. Der Doppelselbstmord des Rentnerehepaares aus **Calviá** bewegte ganz Spanien. Er stand für eine große Tragödie, geschuldet der Bankenkrise und der daraus auferlegten „Zwangsreformen" durch die Europäische Union. Das Rentnerehepaar konnte die Hypothekenzahlungen für ihre Wohnung nicht mehr leisten, es drohte die Zwangsräumung. Bereits Hunderttausende waren Ende 2013 in Spanien davon betroffen.

Große Bestürzung löste auch der Tod von zwei deutschen Obdachlosen aus. In einem Abwasserkanal unweit von **Soller** hauste einer der beiden Obdachlosen. Man fand ihn total entkräftet. Auch im Krankenhaus konnte er nicht mehr gerettet werden. Den zweiten Obdachlosen fand man tot auf einer Bank in **Palma**.

Ein besonderes Problem stellt auch die Zunahme von prekären Teilzeitbeschäftigungen mit befristeten Arbeitsverträgen dar. Anders als in Deutschland sind solche „Mini-Jobs" kein Zubrot neben anderen Beschäftigungen, sondern in vielen Fällen das letzte und einzige Mittel der Existenzsicherung!

Während in Deutschland erstmals ein Mindestlohn von 8,50 EURO pro Stunde eingeführt wurde, gibt es diesen Mindestlohn bereits schon mehrere Jahre auf Mallorca. Dieser Mindestlohn beträgt aber nicht 8,50 EURO pro Stunde, sondern 21,50 EURO pro Tag. Die Höhe dieses Mindestlohnes wird jährlich neu festgelegt, jedoch vorerst wegen der schwachen Konjunktur eingefroren. Hinzu kommt, dass die Preise für Strom und Gas sowie die Mieten stetig gestiegen sind. So haben sich zum Beispiel die Strompreise von 2003 bis 2013 um 80 Prozent verteuert. So mancher Haushalt kann sich Strom nicht mehr leisten! Bei Gas sah es ähnlich aus. Im Oktober 2011 zahlten wir für eine 11 Kilogramm Gasflasche noch 13,07 EURO. Im April 2014 lagen wir bereits bei 16,40 EURO pro Flasche. Dies entspricht einer Steigerung von 25,47 Prozent und das in nur 2,5 Jahren.

Zur Erinnerung, wir befinden uns im 21. Jahrhundert in einem Land der Europäischen Union!

Zur Erinnerung, die Gehälter im Balearen Parlament wurden innerhalb von 2 Jahren um insgesamt 36 Prozent erhöht!

Eine Weisheit in Sachen Finanzen besagt, **„Dein Geld ist nicht weg, es hat nur ein anderer"**!

Man glaube es kaum, aber es ist wahr! Die Zahl der Dollar-Millionäre ist in Spanien seit Ausbruch der Bankenkrise um 13 Prozent gestiegen. Nach Angaben der Schweizer Kreditbank, veröffentlicht in der „**Inselzeitung**", leben in Spanien 402000 Personen, deren Vermögen eine Million Dollar (rund 720.000 EURO) übersteigt. Es sind 47.000 Millionäre mehr als vor fünf Jahren. Interessant ist eigentlich auch die Frage: **„Woher weiß eigentlich die Schweizer Kreditbank dies so genau"?**

So ganz nebenbei gesagt, in Deutschland sollen es 180.000 Dollar-Millionäre sein. Auch Frankreich mit 250.000 Dollar-Millionären wird von der Schweizer Kreditbank benannt. Nun gehören die USA nicht zu Europa, oder besser gesagt, Europa noch nicht zur USA. Aber auch hier sind 2 Millionen Millionäre genannt. Wir erinnern uns, es ist noch gar nicht lange her, da ging die Schlagzeile durch alle Medien: „Die USA stehen kurz vor der Pleite". Es musste dringend ein Hilfsprogramm her und prompt stieg auch die Anzahl der Millionäre.

Wie die Bilder sich doch gleichen!

Mit diesen Widersprüchen war das „Ende der Fahnenstange" noch lange nicht erreicht. Noch im März 2014 brütete man ein neues Ei aus. Es ging um die geplante Erhöhung der Mehrwertsteuer und zwar der bisher reduzierte Satz von 4 bzw. 10 Prozent sollte auf den normalen **IVA**- Satz von 21 Prozent angehoben werden. So pauschal betrachtet besagt dies erstmal wenig, schaut man sich aber an, was davon betroffen sein soll, so wird die Tragik schon deutlicher. Betroffen wären Fleisch, Fisch, Olivenöl, Säfte, Joghurt, Wasser, Eis und weitere Grundnahrungsmittel. Verschont werden sollten vorerst Obst und Gemüse, Brot, Käse, Milch und Eier. Da bei den hohen Temperaturen, insbesondere im Sommer, viel Eis zum Kühlen benötigt wird und das Trinkwasser auf Mallorca eine sehr schlechte

Qualität besitzt, werden diese beiden Artikel besonders den Geldbeutel belasten. Man muss ja ständig im Supermarkt Trinkwasser kaufen. Das leidige Problem dabei ist aber, dass mittlere und hohe Einkommen durch Senkung der Abgaben auf Einkommen und Spareinlagen die Anhebung der Mehrwertsteuer in etwa ausgleichen können. Leidtragend sind wieder mal die Ärmsten, Geringverdiener, Arbeitslose und Rentner. Sie tragen die volle Last der Erhöhung!

Anfang 2014 konnten wir in der Mallorca- Zeitung lesen, dass im Januar 2012 noch 36.758 Deutsche auf den Baleareninseln registriert waren. Zum Stichtag 1. Januar 2013 war die Zahl auf 29.934 Personen geschrumpft. Die Regierung grübelte darüber nach, was wohl die Gründe dafür seien, obwohl sie selbst die Ursachen gesetzt hatte. Die dramatische wirtschaftliche Situation hat auch zu einer Verschärfung des Steuerrechts geführt.

Die Situation in Sachen Ansässigkeit hatte sich in den letzten drei Jahren fundamental verschärft!

Folgende Änderungen sind dafür die Gründe:

- Die spanische Regierung hat die allgemeine Steuerlast, zum Beispiel für die Einkommenssteuer, empfindlich angehoben. Natürlich mit der Begründung, es sei eine vorübergehende Erhöhung. Geht es der Wirtschaft wieder besser, wird die Erhöhung zurückgenommen. Darüber kann man nur lachen! Welcher Staat der Europäischen Union nimmt eine Steuererhöhung jemals zurück? Steuersenkungen sind doch nur vollmundige Versprechen in einem Wahlkampf. Sitzt man erst mal wieder in seinem Sessel in Regierung und Parlament, so sind diese Versprechen Schall und Rauch!

- Ab 01. Januar 2013 mussten alle in Spanien ansässigen Personen Auskunft über ihr gesamtes, im Ausland gelegenes Vermögen, erteilen. Dies bereits rückwirkend auch für das Jahr 2012. Konten im Ausland, Immobilien und Wertpapiere sowie Guthaben in Lebensversicherungen ab einem Wert von 50.000 EURO waren meldepflichtig. Dieses Kapital musste nicht extra versteuert werden, oder besser gesagt „noch nicht". Diese Meldung war unter Einhaltung von Fristen zwingend vorgeschrieben. Bei einer Nichtmeldung oder einer Falschmeldung war ein unverhältnismäßig hohes Bußgeld von mindestens 10.000 EURO angedroht. Wir und viele andere Ausländer wunderten uns, dass der spanische Fiskus mehr von uns wissen wollte als das eigene Land.
So wurden viele Ausländer regelrecht aus dem „Sonnenparadies" vertrieben und die Balearen-Regierung wundert sich!

- Wiedereinführung der Vermögenssteuer

- Ab 17. August 2015 soll das Erbrecht des Wohnsitzstaates des Erblassers per Gesetz zutreffen. Das spanische Erbrecht hat entscheidende Regeln, die sich äußerst negativ auswirken würden. So kennt zum Beispiel das spanische Erbrecht kein gemeinsames Ehegattentestament. So würde das in Deutschland bekannte "Berliner Testament" in Spanien ins Leere laufen. Auch der Ehegatte würde per Gesetz enterbt werden, wenn zum Beispiel der hinterbliebene Ehegatte als alleiniger Erbe im Testament festgelegt war. Grund dafür ist, dass das spanische Erbrecht immer ⅔ des Erbes zwingend für die Kinder reserviert. Also verbliebe nach dem Tod des Ehepartners dem Hinterbliebenen ⅓ des Erbes. Diese Zwangsenteignung sahen viele Residenten nicht ein und es ging, manchmal schweren Herzens, zurück in das Heimatland.

Der Tourismus ist bekanntlich das größte Wirtschaftsunternehmen auf der Insel Mallorca. Ausländische Urlauber gaben Statistiken zufolge im Jahr 2013 59 Milliarden EURO aus. Mallorca nahm mehr Geld ein, als je zuvor. In Abhängigkeit von der Anzahl der Urlauber gab somit jeder Urlauber im Schnitt 976 EURO aus, 3,7 Prozent mehr als im Jahr 2012.

So war es auch nicht verwunderlich, dass die Einzelhändler in **Palma** am 3. April 2014 mit einem „Dollarblick" in ihren Augen ihre Geschäfte öffneten. In der Bucht von Palma hatte der amerikanische Flugzeugträger **USS Harry S. Truman** geankert, mit einer Besatzung von knapp 6000 Soldaten, potentielle Kunden bei einem Landgang in **Palma**. Hinzu kamen noch 400 Soldaten des begleitenden Lenkwaffenkreuzers **USS San Jacinto**. Man schätzte die Einnahmen auf 120 EURO pro Soldat und Tag. Getrübt wurde die Erwartung dadurch, dass die Soldaten fast zwei Tage auf dem Schiff fest saßen, da wegen zu hoher See ein Landgang nicht möglich war. Die erwarteten Einnahmen wurden bei weitem nicht erreicht, jedoch war es für den Einzelhandel eine erfreuliche Abwechslung.

Damit der Tourismus die entscheidende Wirtschaftskraft bleibt (eine andere Alternative gibt es nun mal nicht), sollte man doch denken, dass die Balearen- Regierung dafür alles Erdenkliche tut.

Falsch gedacht!

Der Urlauber kommt nicht nur wegen Sonnenschein und angenehmen Temperaturen, sondern auch wegen der schönen Strände, des glasklaren Wassers des Mittelmeeres, der einzigartigen Natur mit seiner Flora und Fauna auf die Insel.

Daraus sollte man doch schlussfolgern, dass die verantwortlichen Politiker, wenn sie ihre Insel ebenso lieben, alles daran setzen, dass dieser Reichtum erhalten bleibt.

Genau das Gegenteil wird getan!

Im Jahr 2014 konnten wir miterleben, wie heftiger Widerstand gegen die Ölförderpläne rund um **Ibiza, Mallorca** und **Menorca** entfachte. Die Bürgerinitiative **Balears div no** (Die Balearen sagen nein) veranstaltete eine Performance am Strand von **Can Pere Antoni** in **Palma**. Es wurden 12.000 Unterschriften gesammelt. Schlusspunkt bildete eine Großdemonstration im **Parc de sa Feixina** am **Paseo Maritimo** in **Palma**.

Was war der Hintergrund?

Im Dezember 2010 hatte das spanische Industrieministerium **(Ministerio de Industria, Energia y Turismo MINETTUR)** Förderlizenzen für Gas oder Erdöl zwischen **Valencia** und **Ibiza** vergeben. Der schottische Energiekonzern **Cairn Energy** ist der Lizenznehmer. Hinzu kommt, dass zusätzlich andere Firmen unzählige Schürflizenzen rund um die Balearen beantragt haben. Entgegen aller Widersprüche steht das spanische Industrieministerium auf dem Standpunkt, dass das Land es sich nicht leisten könne, nicht zu wissen, über welche Bodenschätze es verfüge. Damit wollte man die geplanten seismologischen Untersuchungen des Meeresgrundes rechtfertigen. Bei diesen seismologischen Untersuchungen würden rund vier Monate lang spezielle Boote per Luftdruck Schallwellen ins Meer senden, die bis zu 249 Dezibel erreichen. Im gesamten westlichen Mittelmeer würden diese Schallwellen zu spüren sein. Man muss nicht besonders gebildet sein, um zu wissen, welche großen Schäden dadurch den hoch sensiblen Walen, Delphinen und Schildkröten zugefügt werden. Ein tauber Wal ist ein toter Wal! Bevor die eigentlichen Bohrungen begonnen hätten, wären die ersten Schäden an der Natur bereits entstanden.

Kein Experte würde jemals behaupten, dass ein Bohrturm zu 100 Prozent dicht sei. Eine funktionierende Ölplattform, so konnte ich lesen, verliert etwa 3 bis 5 Tonnen Öl pro Tag ins Meer. Entstanden durch Bohrkopf- und Gestängewechsel sowie Verladungen auf die Öltanker. Schäden durch eine Havarie, wenn zum Beispiel Ölklumpen an Mallorcas Badestrände treiben, wären ein Szenario, das einem Dolchstoß für Mallorcas Tourismus gleichkommen würde.

Dieses Risiko sollte die Balearen- Regierung auf keinen Fall eingehen!

Ich weiß nicht, wie der gegenwärtige Stand ist. Sollte noch keine Entscheidung gefallen sein, wünsche ich den Umweltaktivisten und allen Gegnern dieser Pläne viel Erfolg, Mut und Ausdauer. Es kann gelingen, dieses „Wahnsinnsprojekt" doch noch zu stoppen. Allein im zweiten Halbjahr 2013 konnten Umweltschützer Bohrungen in Norwegen, Kanada, Neuseeland, Russland und in den USA verhindern.

Mit dem geplanten neuen Raumordnungsgesetz möchte ich das Kapitel der Schattenseiten von Mallorca beenden. Ich könnte durchaus noch einige Beispiele mehr nennen, aber dies würde den Rahmen des Buches sprengen.

Was hat es mit dem neuen, geplanten Raumordnungsgesetz auf sich? Mit diesem Gesetz will man den Gemeinden mehr Kompetenz einräumen. Man sprach im Parlament auch von der „Volljährigkeit der Gemeinden". Gemeinden mit mehr als 10.000 Einwohnern sollen Fragen der Raumordnung selbständig klären. Was das bedeutet, hatte eigentlich die Vergangenheit bereits deutlich gemacht. Damals wurden viele gefälschte Baugenehmigungen von korrupten Stadtbaumeistern der Gemeinden erteilt. Dabei darf nicht vergessen werden, dass natürlich auch Schmiergelder geflossen sind. Viele bauwillige Deutsche wurden auf Grund mangelnder Kenntnisse der spanischen Bauvorschriften und unzureichender spanischer Sprachkenntnisse Opfer dieser Machenschaften. Nach Unterlagen des Bebauungsplanes von Mallorca geht es inselweit um 30.000 Häuser, die illegal gebaut wurden. Dabei sind die auf Ibiza und Menorca illegal gebauten Häuser noch nicht einmal mit berücksichtigt. Die „Baugenehmigungen" wurden an die Gemeinden gezahlt.

Nun kam man auf die Idee, noch einmal viel Geld von diesen Hausbesitzern abzuverlangen. Die Besitzer können innerhalb von drei Jahren ihre illegal gebauten Häuser legalisieren lassen. Sie brauchen nur die Baupläne von einem Architekten neu erstellen zu lassen und auf der Grundlage derer werden dann die „legalen" Baugenehmigungen erstellt. So entstehen dem Hausbesitzer erneut „deftige" Kosten. Dies sind aber nicht die einzigen Kosten. Da sie ja „illegal" gebaut hatten, werden nun auch noch Strafen fällig. Wer innerhalb eines Jahres nach Inkraftsetzung des Gesetzes die Legalisierung beantragt, zahlt 15 Prozent an Strafe und zwar gemessen an den Kosten, wenn dieses Haus neu errichtet werden müsste. Im zweitem Jahr der Beantragung werden 20 Prozent und im dritten Jahr 25 Prozent Strafe fällig. Gezahlt wird, wie kann es auch anders sein, wieder an die Gemeinden und nicht etwa an eine Kontrollbehörde. Man macht also wieder mal den „Bock zum

Gärtner". Zukünftige Immobilienerwerber und Bauherren können sich schon mal auf Schmiergeld- und Schwarzgeldzahlungen, wie gehabt, einstellen.

Wie man sieht, ist Bauen auf Mallorca ein heißes Thema, nicht nur bei privaten, sondern auch staatlichen Bauvorhaben. Ich erinnere nochmals an den Bau des „Kongresspalastes". Ein weiteres Problem stellt der begonnene Bau der Verlängerung der Zugstrecke von **Manacor** nach **Artá** dar. Da wurden bereits Trassen angelegt, Bäume gefällt, zahlreiche Grundstückseigentümer enteignet und bereits Lokomotiven gekauft. Das ist aber noch nicht alles, auch Bahnhöfe wurden bereits neu gebaut. Plötzlich gab es den großen Knall! Was war geschehen? War das Geld alle? Nein, viel schlimmer! Es wurde eine neue Regierung gewählt. Wie das nun mal in der Politik so üblich ist, muss die neue Regierung erst mal offenbaren, welche gravierenden Fehler doch die Vorgängerregierung gemacht hat. Zu teuer, unsinnig und, und, und! Kraft der neuen Macht wird also das Bauvorhaben gestoppt. Dabei sei es auch egal, dass bereits 70 Prozent des gesamten Bauvorhabens erfolgt war. Nun überlegte man hin und her, was mit der bereits geschlagenen Trasse erfolgen soll. Wieder kam eine „geniale" Idee aus Regierungskreisen. Es soll ein Radfahr- und Spazierweg daraus entstehen! Nein, ich bin nicht angetrunken, sie lesen richtig und ich mache auch keinen Scherz! Bisher wurden aus Steuergeldern vierzig Millionen EURO verwendet. Er wird wohl, wenn es denn so geschehen sollte, der teuerste Rad- und Spazierweg der Welt werden! Der Wahnsinn, der mallorquinischen Polithirnen entspringt, ist kaum noch zu überbieten!

Diese enormen Geldverschwendungen und Selbstbereicherungen schreien regelrecht nach Aufstand. Warum seid ihr nicht jeden Tag protestierend auf der Straße, liebe Mallorquiner! Es geht um eure Insel, um eure Natur, um eure Kultur und um Eure Zukunft!

Wehmut und Heimweh machen sich breit

Es war an einem Vormittag, irgendwann im Sommer. Wir wollten mit unseren Fahrrädern zum Leuchtturm bei **S'Estanyol** fahren. Am Leuchtturm waren wir schon des Öfteren, aber noch nie mit unseren Rädern. Den Panoramablick über das Meer zu genießen war wie immer beeindruckend. Schaute man nach rechts, so konnten wir **Cala Pi** sehen. Eigentlich ist es bis **Cala Pi** gar nicht so weit, wir hatten ja unsere Fahrräder dabei und so beschlossen wir, einfach weiter zu fahren. Also rauf auf die Räder und ab ging die Fahrt über „Stock und Stein". Mal fuhren wir durch kleine Pinienwäldchen, dann wieder über eine felsige, karge Landschaft. Es gab auch Strecken, da ging nichts mehr, wir mussten unsere Räder schieben. Es war abenteuerlich, oberhalb der Steilküste mit unseren Mountainbikes zu radeln. Am Ort angekommen, mussten wir bedauerlicher Weise feststellen, dass kein Weg hinein in die Ortschaft führte. Ganz **Cala Pi** ist zur Steilküste und zum Meer hin mit Maschendrahtzäunen und Mauern abgegrenzt. Wir kamen ja außerhalb dieser Einfriedungen an, also direkt von der Steilküste. Was nun tun? Müssen wir den Weg zurück fahren oder gibt es doch einen Schlupfwinkel, durch den wir in den Ort gelangen können? Nach intensiver Suche, stießen wir auf eine halbhohe Mauer. Hier könnte es klappen, wir werden diese Mauer einfach übersteigen, so unsere Idee. Ich kletterte als erster auf die Mauer und Regina reichte mir die Räder hoch. Die Fahrräder ließ ich auf der anderen Seite herunter und stellte sie an die Mauer. Nun konnte auch Regina auf die Mauer klettern und wir stiegen gemeinsam auf der anderen Seite hinunter. Geschafft, wir waren erst mal drinnen! Zum Glück war es auch kein geschlossenes Grundstück. Nach einigen Metern waren wir auf einer Straße innerhalb von **Cala Pi**. Öfter schon hatten wir diesen Ort besucht, wir waren aber noch nie an dieser Stelle der Ortschaft. So fuhren wir erst mal kreuz und quer, in Erwartung, dass wir auf einen Bereich stoßen, der uns bekannt war. Nach ungefähr einer halben Stunde war uns dies auch gelungen. Nun brauchten wir nur noch die Landstraße zurück nach **Sa Rapita** fahren. „Nur noch!"

Was für eine fatale Fehleinschätzung!

Zwischenzeitlich war es Mittagszeit, die Sonne brannte erbarmungslos und auf der Landstraße gab es keinen schattigen Bereich. Da wir ja ursprünglich nur zum Leuchtturm fahren wollten, hatten wir auch kein Trinkwasser und kein Geld mitgenommen. Ein Fehler, den wir bitter zu spüren bekamen. Ein Zurück gab es nicht mehr, wir mussten uns dieser Herausforderung stellen. Die Landstraße war sehr hügelig und zog sich erbarmungslos in die Länge. Der Durst wurde von Kilometer zu Kilometer immer größer und die Beine immer schwerer. Wir fuhren auch noch an dem schönen Restaurant vorbei, in dem wir schon mehrmals mit unseren Gästen gespeist hatten. Der Gedanke daran, hier jetzt einzukehren, die Beine auszustrecken und vor allem genussvoll ein kühles Getränk zu trinken, machte das Weiterfahren noch strapaziöser. Vor dem Erreichen jeder Bergkuppe oder jeder Kurve hofften wir, endlich die Straßenkreuzung nach **Llucmajor, Campos** und **S'Estanyol** vor uns zu sehen. Immer wieder wurden wir enttäuscht und es galt, Hoffnung in die nächste Bergkuppe oder Kurve zu legen. So motivierten wir uns. Wir hatten uns auch vorgenommen, keine Pausen einzulegen, denn nach der Pause weiter zu fahren wäre besonders schwer. Endlich, nach langer Zeit, sahen wir die ersehnte Straßenkreuzung. Nun galt es, die letzten Kräfte zu mobilisieren. Der Durst plagte uns zunehmend immer stärker. An der Kreuzung angekommen, entschlossen wir uns, geradeaus in Richtung **Campos** zu fahren. Wir wussten, dass nach etwa einem Kilometer rechts eine untergeordnete Straße nach **El Paraiso** führt. Dies war eine Abkürzung, die wir gut kannten.

El Paraiso ist eine **Urbanizacion**, die überwiegend von deutschen Residenten bewohnt ist. Reihenhäuser und Wohnungen werden hier zum Preis **ab** 235.000 EURO angeboten. Die **Urbanizacion** macht einen sehr gepflegten Eindruck, eben deutsch! Liebevoll angelegte Vorgärten, enge Gassen und ein großer Gemeinschaftspool mit Nutzungsbedingungen, die nach deutscher, rechtsverbindlicher Gründlichkeit erstellt sind, prägen das Bild dieser Anlage. Wir hätten uns dort niemals wohlgefühlt. Hier war man unter sich, unter Deutschen, abgeschottet von den Einheimischen.

Als wir endlich vor unserem Haus in **Sa Rapita** angekommen waren, hätte man uns fast vom Rad heben müssen. Es ging nichts mehr, wir waren am Ende unserer Kräfte. Hinsetzen, die Beine ausstrecken und viel trinken waren erst einmal angesagt. Langsam kamen unsere „Lebensgeister" zurück. Diese Erschöpfungsphase erinnerte uns an die Durchwanderung der Samaria- Schlucht auf Kreta vor einigen Jahren. Auch da waren wir total am Ende unserer Kräfte. Unsere gefahrene Tour schauten wir uns auf der Karte nochmals in Ruhe an. Wir stellten fest, dass wir über vierzig Kilometer gefahren waren und dies zum größten Teil auf der Landstraße mit schweren Mountainbikes, ohne Trinken und ohne Essen. Was wäre, wenn wir eine Reifenpanne bekommen hätten oder einer von uns beiden wäre gestürzt? Unvorstellbar!

Alles in allem, unsere Schutzengel hatten uns wieder gut behütet!

Wieder einmal war der Sommer vorbei. Die Touristen hatten die Insel wieder verlassen, es kehrte Ruhe ein. Das bunte Treiben an den Stränden kam zum Erliegen. Ausgelaugt von Dürre und Hitze warten alle auf die „**gotas frias**" (kalte Tropfen), die den Herbst einläuten. Allmählich begann die Zeit des Regens. Diese Zeit bildet einen besonderen Reiz auf der Insel, die deutlich akzentuierten Jahreszeiten. Neben dem Frühling ist der Herbst mit einer der schönsten Jahreszeiten auf Mallorca. Die Temperaturen sind noch angenehm und nach dem ersten Regen lassen die genügsamen mallorquinischen Pflanzen wieder ihr Grün sprießen. Die Luft ist rein und erfüllt vom Duft der unterschiedlichen Blumen und Gräser. Die Natur, das Essen, die Gebräuche sind im Herbst, Winter oder Frühling ganz anders als im Sommer, aber nicht weniger attraktiv. Erst zwölf Monate ergeben auf der Insel ein Ganzes! Es macht wieder Spaß, am Strand entlang zu laufen oder sich aufs Fahrrad zu setzen und hinaus in die Natur zu radeln. Ziellos fuhren wir mit unseren Rädern rund um **Sa Rapita.** Es gab immer etwas Interessantes zu sehen oder zu entdecken. Seien es die schön gestalteten Vorgärten, wo wir uns so manche Gestaltungsidee abschauten, oder die wild wachsenden Pflanzen, die gut in unser kleines Paradies passten.

Als wir noch den Sommer aus den Blickwinkeln zweier Touristen sahen, freuten wir uns über Sonnenschein und täglich angenehme Temperaturen. Wir sahen eine Insel ganz im Licht, bunt und prall, voller Leben.

Nun lebten wir ständig hier und lernten auch allmählich den Sommer so zu sehen, wie ihn auch die Mallorquiner sehen. Eine Landschaft voller dürren Grases und Staubes und heißer flimmernder Luft. Aber immer noch besser, als das wechselhafte, unberechenbare Sommerwetter in Deutschland.

Auch im **Dalt de Sa Rapita** war es ruhig geworden, eine Ruhe, die sich noch im Winter zu einer fast gespenstischen Ruhe entwickelt. Fuhr denn mal ein Auto an unserem Haus vorbei, so war es was „Besonderes". Ansonsten „Tote Hose"! Auch die lauten Spanier hatten die Insel ebenfalls wieder verlassen. Ein alter Schlager beschrieb sie mal, die „Melancholie im September". Auch wir spürten sie! Immer öfter schweiften unsere Gedanken zu unseren Lieben in die Ferne. Hatten wir mal wieder solch eine Phase, so fuhren wir mit unseren Fahrrädern ans Meer. Am kleinen Hafen in s **Estanyol** setzten wir uns auf Felssteine und schauten aufs Meer. Jeder ging seinen eigenen Gedanken nach. Ich wusste, Regina litt besonders unter der Trennung. Oft sagte sie, dass sie sich hier wie in einem „goldenen Käfig" fühle. Saß ich am Meer und ließ meinen Gedanken freien Lauf, so spürte ich zwei Seelen in mir. Der eine Wesenskern sehnte sich nach Sonnenschein und nach sternenklarem Himmel, nach dem Meer und dem Rauschen seiner Wellen, nach dem Duft, der über der Insel lag. Die Seele sagte mir; „Du hast dir deinen Lebenstraum erfüllt, du kannst stolz darauf sein!" Ich hatte mir bewiesen, dass man sich jeden Wunsch erfüllen kann, wenn man nur fest daran glaubt. Schaute ich aufs Meer, so spürte ich diesen Stolz. Der andere Wesenskern sagte mir; „Wenn du heute auf das Meer blickst, musst du auch auf dein Herz hören. Deine Familie, insbesondere Regina und Juana leiden sehr unter der Trennung. Du hast ihnen Unrecht getan, kehre um, bevor es zu spät ist!" Mit diesem Zwiespalt musste ich täglich leben. Ich versuchte, ihn zu verdrängen und mich abzulenken. Für die Entscheidung zurück zu kehren, war ich noch nicht bereit. Regina wollte schon lange diesen Schritt gehen. So kam es zwangsläufig dazu, dass Spannungen zwischen uns beiden entstanden.

Es wurde Dezember, die Weihnachtszeit rückte wieder einmal näher. Weihnachten auf der Insel, wir hatten es ja schon einmal erlebt. **Palma** hatte bereits ein festliches Kleid angelegt. Es glitzerte und funkelte in den Straßen und Gassen. In den Geschäften war der Verkauf von Weihnachtsartikeln angelaufen. Alles war wie in Deutschland, nur dass es hier geruhsamer vonstattenging.

Am Heiligabend saßen wir beide allein vor unserem Weihnachtsbaum und dachten an unsere Kinder. Was werden sie jetzt tun? Wie ist die Bescherung? Wo ist das Leuchten in den Kinderaugen? Spontan entschlossen wir uns zur Mitternachtsmesse nach **Palma** zu fahren. Wir mussten einfach raus aus unseren „vier Wänden".

Bis zum letzten Platz war die Kathedrale von **Palma** ausgelastet. Einige Leute mussten sich sogar mit Stehplätzen zufrieden geben. Obwohl wir kein Wort Spanisch verstanden, war diese Mitternachtsmesse doch sehr beeindruckend. Diese Kulisse und vor allem die Akustik in der wunderschönen Kathedrale kann man nicht in Worte kleiden. Man muss es einfach mal erlebt haben! Besonders der Gesang der **Sibilla** hat uns tief beeindruckt. Diese helle, hohe Stimme hinterließ bei uns eine „Gänsehaut" vor lauter Anteilnahme. Der Brauch stammt aus dem Mittelalter. Der **Cant de la Sibilla** ist eine düstere Weissagung über das Ende der Welt und wird traditionell von einem Kind oder einer Frau vorgetragen. Seit dem Jahr 2010 ist der Gesang der **Sibilla** auf **Mallorca** Weltkulturerbe und ist in der Liste immaterieller Kulturgüter aufgenommen. Die Andacht endete mit einem **Feliz Navidad**, einem Glückwunsch für ein fröhliches und gesundes Weihnachtsfest!

Wenn es Zeit ist

zu gehen, steh auf!

Die kleine Chance von heute

kann schon morgen die

Große von Gestern

sein, die nie wiederkommt!

Verfasser unbekannt

Die Entscheidung ist gefallen

Das Jahr 2013 war ein ereignisreiches und schönes Jahr. Viel hatten wir erlebt. Wir waren auf Festen, lernten weiter die Insel kennen, trafen uns mit Freunden und waren auch zu Besuch in Deutschland. Besonders freuten wir uns auf die Gäste, die uns besuchten und natürlich ganz besonders das Wiedersehen mit Juana, Lena und Uwe.

Es gab aber auch ein Ereignis, das ganz Mallorca bewegte. Am 26.07.2013, genau am Tag meines Geburtstages, standen die Berge in Flammen. Um 12.00 Uhr mittags kippte ein Anwohner bei **Andratx** die Asche eines Grillfeuers vom Vortag in seinen Garten. Nichts ahnend löste er damit eine Feuersbrunst aus, wie sie **Mallorca** selten erlebt hatte. 2335 Hektar Vegetation verbrannten. Zum Glück kamen keine Menschen zu Schaden. Eintausend Helfer waren vier Tage bis zur Erschöpfung im Einsatz. Mit 30 Löschfahrzeugen und Helikoptern bekämpfte man pausenlos das Feuer. Den entstandenen Schaden zu benennen ist kaum möglich, denn es verbrannten auch uralte Steineichen im **Tramuntana** Gebirge, das ja unter dem UNESCO Kulturerbe steht.

Aus dem **Mallorca- Magazin** konnten wir ja wöchentlich entnehmen, wo und wann auf der Insel etwas Besonderes los war. So fuhren wir hin, wenn uns etwas zusagte. Die Märkte auf der Insel interessierten uns kaum noch. Wir hatten im Laufe der Zeit feststellen können, dass es im Wesentlichen immer dasselbe war. Selbst die meisten Händler waren die Gleichen, sie fuhren von Markt zu Markt und boten ihre Waren an.

Nicht nur das Inselgeschehen, sondern auch Informationen aus Politik, Wirtschaft und Sonstigem interessierten mich. So konnte ich zum Beispiel seit geraumer Zeit feststellen, dass kaum eine Woche verging, in der nicht über kriminelle Handlungen in der Zeitung berichtet wurde. Mord, Einbruch, Diebstahl und sonstige Delikte sind auch auf der Insel Mallorca angekommen. Wenn ich zurückdenke, dass wir noch im Jahr 2011 unser Geld für den Gasflaschentausch frei unter die auf der Straße stehende Gasflasche legen konnten, so war kurze Zeit später so etwas nicht mehr möglich.

Ein Erlebnis ist uns besonders in Erinnerung geblieben. Ich las eines Tages in der Zeitung, dass auf der Insel „Trickbetrüger" unterwegs seien, die sich als Monteure ausgaben und Gasleitungen überprüfen wollten. So geschehen bei einer älteren, alleinstehenden Frau. Hier gaben sie an, die verlegte Gasleitung auf eventuelle Mängel untersuchen zu müssen. Sie fanden natürlich auch Mängel. Im Ergebnis dessen entfernten sie die Anschlussleitung und verlegten eine neue Leitung. Der Preis, den sie von der Frau für ihre „Trickbetrügerei" verlangten, belief sich auf etwa 100.00 EURO. Die Geschädigte zahlte sofort in bar. Am nächsten Tag rief sie beim Gasversorger **Repsol** an und erkundigte sich über die Rechtsmäßigkeit dieser Reparatur. Sie hatte wohl im Nachhinein ein unruhiges Gefühl bekommen. **Repsol** bestätigte ihr, dass keine Monteure beauftragt wurden, derartige Inspektionen durchzuführen. Sie erfuhr auch, dass eine derartige Reparatur, wenn sie denn notwendig gewesen wäre, niemals diesen Preis gekostet hätte. Unglaublich, auf welche „Tricks" derartige „Ganoven" so kommen!

Das Gute an der Sache war, dass ich diesen Zeitungsartikel gelesen hatte! Einige Tage später standen wahrscheinlich die gleichen „Typen" vor unserem Haus. Wir waren gerade mit Gartenarbeiten beschäftigt. Ein älterer und ein jüngerer Mann in blauen Arbeitsanzügen mit undefinierbaren Firmenaufnähern hielten uns einen Inspektionsauftrag vor. Natürlich in spanischer Sprache, jedoch konnten wir lesen, dass es kein Auftrag vom Gasanbieter **Repsol** war. Wir ließen beide auf unser Grundstück. Einer stürmte gleich zu unseren Grill und schaute sich diesen an. Jetzt erst, in diesem Moment, erinnerte ich mich an den Zeitungsartikel. Wir versuchten ihnen deutlich zu machen, dass es Sache unseres Vermieters sei, irgendwelche Aufträge einzuleiten. Als wir mit unserem Vermieter telefonieren wollten, gefiel ihnen dies überhaupt nicht. Da wir ja ein Serviceprotokoll der letzten Inspektion unserer Gasanlage besaßen, holte ich dieses und hielt es ihnen vor. Hieraus war auch ersichtlich, dass die nächste Inspektion erst im Jahr 2014 erforderlich ist. Sie warfen einen kurzen Blick darauf. So schnell wie die beiden unser Objekt betraten, so schnell waren sie auch wieder draußen. Ich schaute ihnen noch hinterher, bis sie in der nächsten Seitenstraße verschwanden. Dort hatten sie sicherlich ihr Fahrzeug geparkt. Da war mir klar, dass es sich um diese „Trickbetrüger" handelte, denn welcher Monteur parkt schon sein Auto nicht direkt vor dem Haus. Wir waren Gott sei Dank nicht auf diese Masche hereingefallen!

Auch der Airport war Tummelplatz einiger Ganoven. So fuhr man absichtlich mit einem Kofferwagen einer Person, auf die man es abgesehen hatte, von hinten in die Beine. Schaute diese sich um, so wurde in diesem Moment von deren Kofferwagen ein Gepäckstück, wie zum Beispiel Handtasche und Laptop geklaut. Ein Partner des Ganoven verschwand schnell damit.

Die Monate vergingen und schon wieder war fast ein Jahr vorbei. Dieses Mal beschlossen wir, am Heiligabend eine deutsche Mitternachtsmesse aufzusuchen. Wir hatten ja noch gut die spanische Mitternachtsmesse vom letzten Jahr in Erinnerung. Der Andrang vor der Kathedrale in **Palma** war riesig. Es wurden sogar zwei Mitternachtsmessen hintereinander abgehalten. Da wir ja nicht gläubig sind, konnten wir zu mindestens bekannte Weihnachtslieder mitsingen. Als jedoch der Chor das Weihnachtslied „Stille Nacht, heilige Nacht" sang, konnte ich meine Gefühle kaum im Zaume halten. Mir traten die Tränen in die Augen. Dieser Augenblick war entscheidend dafür, dass ich einen Tag später zu Regina sagte:

„Wir gehen zurück nach Deutschland!"

Die ganze Nacht hatte ich kaum geschlafen, ich grübelte über die Zukunft von uns beiden. Irgendwann schlief ich doch ein. Als ich am Morgen erwachte, passierte etwas Eigenartiges! Mir ging die ganze Zeit ein Lied nicht aus dem Kopf. Lange, sehr lange hatte ich dieses Lied nicht mehr in Erinnerung. Ich kannte es aus der Zeit der DDR, es gehörte zu meinen Lieblingsliedern. Dirk Michaelis sang mit der Gruppe „Karussell" das Lied „Als ich fortging". Warum erinnerte ich mich gerade in dieser Situation an das Lied? Für mich gab es sofort keine Zweifel, es war eine Eingebung, der Text sollte mir die Richtung zeigen! Ein Gefühl meines Herzens gab mir den Anstoß!

Hier der Text, der für mich so viele Hinweise beinhaltete:

„Als ich fortging

Als ich fortging war die Straße steil,

kehr wieder um.

Nimm an ihrem Kummer teil.

Mach sie heil.

Als ich fortging war der Asphalt heiß,

kehr wieder um.

Red ihr aus um jeden Preis,

was sie weiß.

Nichts ist unendlich, so sieh das doch ein.

Ich weiß du willst unendlich sein,

schwach und klein.

Feuer brennt nieder, wenn's keiner mehr nährt.

Kenn ja selber, was dir heut widerfährt.

Als ich fortging war'n die Arme leer.

Kehr wieder um.

Mach's ihr leichter einmal mehr,

nicht so schwer.

Als ich fortging kam ein Wind so schwer,

warf mich nicht um.

Unter ihrem Tränendach

war ich schwach.

Nichts ist unendlich, so sieh das doch ein.

Ich weiß du willst unendlich sein,

schwach und klein.

Nichts ist von Dauer, was keiner recht will.

Auch die Trauer wird da sein.

schwach und klein."

Dirk Michaelis, Gruppe Karussell

Ja ich sah es ein, dass nichts unendlich ist, ja ich sah es ein, dass Feuer niederbrennt, wenn es keiner mehr nährt. Das Feuer der Euphorie wurde zunehmend schwächer. Vor allem aber die Botschaft „kehr wieder um" war ein eindeutiges Signal.

Regina war sehr glücklich, dass auch ich mich nun durchgerungen hatte. Wir unterhielten uns über unseren Entschluss und schmiedeten die ersten Pläne der Vorgehensweise.

Als wir im Oktober 2013 zu Besuch in Deutschland waren, erhielten wir von Uwe und Juana eine freudige Überraschung. Sie überreichten uns eine sehr liebevoll und aufwendig gestaltete Einladung zu ihrer geplanten Hochzeit im Juli 2014. In einem Holzkasten mit Schiebedeckel befand sich eine durchsichtige Flasche und in dieser lag eine Papierrolle nach mittelalterlicher Art gefertigt. Diese Papierrolle war die eigentliche Einladung! Eine tolle Idee, denn diese Einladung passte genau zum Ort der Hochzeit.

Die Hochzeit war am 12.07.2014 auf der Burg Falkenstein.

Beim Rückflug nach **Palma de Mallorca,** im Oktober 2013 mussten wir bei der Kontrolle unser Handgepäck öffnen und diese Holzkiste samt Inhalt vorzeigen.

Nun, als unser Entschluss der Rückkehr nach Deutschland feststand, waren wir uns beide sofort einig. Nach der Hochzeit fliegen wir nicht wieder nach **Mallorca,** bis dahin wollen wir wieder unseren ständigen Wohnsitz in Deutschland haben.

Das Jahr neigte sich dem Ende zu, Silvester feierten wir bei unseren Bekannten Birgit und Henning. Es waren auch Bekannte dort, die ebenfalls nach vielen Jahren des Insellebens nach Deutschland zurückkehren. Die älteste Tochter wird 2014 eingeschult und dies soll in Deutschland erfolgen. Das spanische Schulsystem hat ein minderwertigeres Niveau als das deutsche. Wir hatten Silvester Birgit und Hennig noch nicht in unseren Plan eingeweiht. Wir konnten ruhig noch eine Weile warten. Es war wie immer eine fröhliche Feier, an die wir uns gern zurück erinnern.

Das Jahr 2014 hatte begonnen. Es sollte für uns wiedermal ein besonderes, ereignisreiches Jahr werden. Ein Jahr mit einem Wendepunkt in unserem Leben! Wird alles reibungslos klappen? Werden wir eine geeignete Wohnung in Deutschland finden? Wie wird unsere Vermieterin unseren Entschluss aufnehmen? Fragen über Fragen bewegten uns schon am ersten Tag des neuen Jahres. Eine ganz entscheidende Frage bewegte uns besonders. Was werden unsere Kinder zu diesem Entschluss sagen? Bis zum 06.01.2014 mussten wir noch auf die Antwort warten, denn da kamen Uwe, Juana und Lena mal wieder zu uns auf die Insel. Wir konnten die Zeit kaum abwarten und zählten wie immer die Tage bis zu ihrer Ankunft.

Dann endlich war es soweit. Wir fuhren zum Airport und warteten sehnsüchtig auf den Flieger. Wie fixiert schauten wir auf die große

Anzeigetafel, dann endlich die erwartete Anzeige. Sie befanden sich im Landeanflug und Minuten später kam die Anzeige „gelandet". Während die „Drei" auf dem Weg zum Kofferband waren, telefonierten wir miteinander und wir konnten ihnen den Ausgang durchsagen, an dem wir sie erwarteten. Die Begrüßung war wieder sehr herzlich, besonders mit unserer kleinen Lena. Wie hatte sie sich innerhalb eines halben Jahres wieder verändert.

Wir verlebten eine schöne, erlebnisreiche Woche miteinander. Unser geplanter Feuerkorb- Abend, gemeinsam auch mit unseren Bekannten Birgit und Henning, fiel buchstäblich ins Wasser. Wir hatten draußen alles so schön hergerichtet, doch es sollte nicht sein. Nach einer kurzen Zeit fing es zu regnen an, so dass wir uns nach drinnen zurückziehen mussten. Aber auch hier machten wir es uns gemütlich, so dass der Abend doch noch gerettet wurde.

Eines Abends war es dann so weit, wir offenbarten unseren Kindern den Entschluss der „Auswanderung nach Deutschland". Sie schauten uns zunächst ratlos und erstaunt an. Sie wollten es nicht glauben und dachten wir machen einen Scherz mit ihnen. „Ihr habt es euch doch hier so schön gemacht, das war ja dann alles umsonst", waren ihre Worte. Wir mussten ihnen erklären, dass überhaupt nichts umsonst war. Wir hatten hier eine schöne Zeit, die uns immer in Erinnerung bleibt. Es war eine große Lebenserfahrung. Aber nun beginnt ein neuer Lebensabschnitt, auf den wir uns ebenfalls sehr freuen. Als wir ihnen erklärten, dass materielle Dinge nicht das Wichtigste im Leben sind, sondern der familiäre Zusammenhalt und das „Für einander dazu sein" viel wichtiger sei, da löste sich allmählich auch bei ihnen die Anspannung. Denn genau das konnten wir uns bei den Mallorquinern abschauen. Der Glanz der Augen durch die Freudentränen bei Juana zeigte uns, wie sehr sie sich freute. Es war ein langer und schöner Abend bei guter mallorquinischer Küche und einigen Gläsern Sekt mit Aperol und natürlich durfte der

Herbes de Mallorca nicht fehlen. Erste Pläne wurden bereits geschmiedet und wir gaben ihnen das Versprechen, dass wir alles unternehmen werden, dass es nach ihrer Hochzeit im Juli für uns keinen Rückflug mehr nach Mallorca geben wird. Juana versprach, uns bei der Wohnungssuche in Deutschland zu unterstützen.

Die Verabschiedung am Airport bei ihrem Rückflug nach Deutschland fiel uns bedeutend leichter als je zuvor. Wir hatten ja nun einen überschaubaren Zeitraum vor uns, bis es keine derartigen Trennungen mehr geben wird.

Gleich nach ihrem Abflug begannen wir mit der Organisation unserer bevorstehenden Aufgaben. Unter Beachtung der Kündigungsfrist unseres Mietvertrages, buchten wir als erstes einen Flug nach Deutschland. Nur einen Hinflug für zwei Personen und zwei Katzen. Vorher hatten wir uns nochmals mit den Transportbedingungen von Tieren im Fluggastraum beschäftigt. Wir wollten nicht, dass unsere beiden Katzen im Transportraum des Flugzeuges befördert werden. Unter der Überschrift „Auf Palmas Flughafen leben Tiere gefährlich" hatten wir im Mallorca Magazin gelesen, dass es schon mehrmals zu Zwischenfällen bei der Beförderung von Hunden gekommen sei. Da sind Transportkäfige vom Beförderungsband und vom Transportwagen zum Flugzeug heruntergefallen, hatten sich geöffnet und die Tiere sind in Panik auf dem Flughafen und dem umliegenden Gelände herumgeirrt. Bei einer derartigen lieblosen Beförderung sind natürlich Katzen davor auch nicht geschützt. Bedenken hatten wir beim zulässigen Gewicht zur Beförderung im Fluggastraum. Garfield lag mit seinem Gewicht um fast zwei Kilogramm darüber. Wir wollten aber das Risiko eingehen, vielleicht wiegt man die Katzen beim Einchecken nicht nach. Wir buchten also den Flug für den 30.04.2014.

Unserer Vermieterin schickten wir eine EMail mit einer vorläufigen Ankündigung unserer Kündigung des Mietvertrages zum 30.04.2014. Eine verbindliche Kündigung würden wir ihr unverzüglich senden, sobald wir einen Mietvertrag in Deutschland haben. Unsere Vermieterin war sehr erstaunt, um nicht zu sagen erschrocken, von uns eine derartige Nachricht zu erhalten. Dennoch war sie bereit, unsere vorgeschlagene Vorgehensweise zu akzeptieren.

Nun nahmen wir einen ersten Kontakt mit einem Speditionsunternehmen bezüglich des Rücktransports unserer Möbel, Einrichtungsgegenstände und des PKWs auf. Wir hatten Glück, denn wir kontaktierten eine Spedition, die gleichzeitig unser Auto mit transportiert.

Im Baumarkt kauften wir Umzugskartons, Verpackungsfolie und diverse Rollen an Klebeband. Wir hatten leider 2011, als wir auf der Insel ankamen, alle derartigen Umzugsmaterialien entsorgt.

Bisher verlief alles reibungslos, wir ahnten aber noch nicht im Geringsten, was alles noch auf uns zukommen wird.

Im Internet suchten wir nach geeignetem Wohnraum für uns, mit Schwerpunkt in Magdeburg und Umgebung. Die Suche gestaltete sich sehr mühselig und schwierig. Viele Tage hatten wir damit zu tun. Mal waren wir euphorisch vor Freude, dann wieder maßlos enttäuscht. Hatten wir eine Wohnung gefunden, kontaktierten wir telefonisch den Vermieter oder den Makler und baten um einen Besichtigungstermin, welcher stellvertretend für uns von Juana wahrgenommen wurde. Am Tag der Besichtigung warteten wir abends angespannt auf den Anruf von Juana. Wie war die Besichtigung? Wie ist die Wohnung? Wie ist deren Zustand? Wie ist die Lage? Kann ein Mietvertrag bis zum 01.05.2014 abgeschlossen werden? Fragen über Fragen bewegten uns! Insgesamt besichtigte Juana stellvertretend für uns acht Wohnungen. Immer gab es irgendetwas zu bemängeln. Die meisten Wohnungen waren nicht renoviert und befanden sich in einem schlechten Zustand. Langsam lösten wir uns auch von dem Wunsch, in Magdeburg und naher Umgebung eine entsprechende Wohnung zu finden. Wir hatten ja auch vor unserer Auswanderung nach **Mallorca** viele Jahre auf dem Lande gewohnt. Uns kam die Idee, im Wohnpark „Hohe Börde" in Hohenwarsleben eine Wohnung zu suchen. Der Wohnpark wurde kurz nach der deutschen Wiedervereinigung gebaut. Wie der Zufall es will, oder besser gesagt, uns fiel eine Wohnung im Internet zu. Wir nahmen sofort Kontakt mit dem Vermietungsbüro auf und Juana durfte die achte Besichtigung vornehmen. Wieder warteten wir angespannt auf das Klingel unseres Handys am Abend der Besichtigung. Diesmal hatte Juana eine gute Nachricht für uns. Es passte alles, auch ein Mietvertrag zum 01.05.2014 kann zustande kommen.

Wir waren überglücklich!

Gleich am nächsten Tag telefonierten wir mit dem Vermietungsbüro und stimmten alle weiteren Schritte ab. Per E-Mail erhielten wir einen Vorabdruck des Mietvertrages zur Einsicht. Nachdem wir uns inhaltlich mit dem Mietvertrag beschäftigt hatten, stimmten wir ihm zu. Die Mietkaution und die erste Monatsmiete überwiesen wir von **Mallorca** aus unverzüglich an das Vermietungsbüro. Nun war alles, wie man so schön sagt, in „Sack und Tüten"!

Unserer Vermieterin schickten wir nun ebenfalls per EMail die verbindliche Kündigung des Mietvertrages zum 30.04.2014 zu. Mit dieser Kündigung übergaben wir ihr diverse Fotos von der Außenanlage unseres Objektes. Mit diesen Fotos unterbreiteten wir ihr auch den Vorschlag, die Terrassengestaltung, den Außenessplatz, den Carport, die Umbauung des Wasseranschlusses, das Kakteenbeet und sonstige Bepflanzungen für den Preis einer Kaltmiete mit zu übernehmen. Wir waren der Ansicht, dass sie dieses Angebot annehmen würde, vielleicht nicht zu diesem Preis, aber sie würde es tun. Immer wenn sie uns mal besuchte, schwärmte sie davon, wie schön wir alles gestaltet hatten. Leider hatten wir uns aber sehr geirrt, denn bis auf den Carport und den Außenessplatz mussten wir alles zurückbauen. Auch die gesamte Wohnung, die wir beim Einzug farblich neu gestaltet hatten, mussten wir wieder in eine „Krankenhausoptik" umgestalten. Also alle Zimmer weiß streichen, zumal beim Einzug die Wohnung verlebt war. Wir wollten uns aber nicht auf einen Disput einlassen und stimmten somit zu. Damit standen noch eine Menge Arbeiten vor uns. Was wir aber überhaupt nicht verstanden, war folgender Widerspruch: Einerseits verwendete unsere Vermieterin eines unserer Fotos, um ihr Haus im Internet zum Kauf oder zur Vermietung anzubieten. Andererseits jedoch beauflagte sie uns, alle Bepflanzungen und die Terrassengestaltung zu entfernen. Schaut sich nun ein Interessent das Foto im Internet an, so ist er vom ersten Eindruck sicherlich beeindruckt. Schaut er sich das Objekt danach vor Ort an, so stellt er sicherlich mit Bedauern fest, dass das Bild eine Täuschung war. Was das sollte, wir fanden dafür keine Erklärung.

Von nun an hatten wir gleichzeitig mehrere Arbeiten zu tätigen. Den Außenzustand wieder herzustellen, also alle gesammelten Felssteine wieder entfernen, Pflanzen und alle Kakteen wieder herausnehmen, die Terrassengestaltung und die Umbauung des Wasseranschlusses entfernen.

Die Zimmer mussten gestrichen und natürlich alle Möbel und Einrichtungsgegenstände zum Rücktransport vorbereitet werden.

Zwischenzeitlich hatten wir Birgit und Henning unseren „Rückzug" offenbart. Auch sie waren erstaunt und überrascht, hatten aber volles Verständnis für unsere Gründe. Froh waren wir aber darüber, dass sie uns einige nicht mehr benötigte Gartengeräte, Pflanzen und Felssteine abnahmen, denn somit gaben wir alles in gute Hände.

Da wir unter Zeitdruck standen, denn am 30.04.2015 musste ja alles erledigt sein, hatten wir täglich reichlich zu tun.

Mit der Spedition konnten wir nun auch den Vertrag abschließen. Der Inhaber dieser Spedition schaute persönlich bei uns vorbei, um sich einen Überblick über das Transportvolumen zu verschaffen. Einige Tage später bekamen wir den Gesamtpreis genannt. Der Umzug kostete uns insgesamt, einschließlich der PKW Überführung, **4438,89 EURO.**

Die Tage vergingen, vier Wochen vor Abflug waren wir mit unseren beiden Katzen auch nochmal beim Tierarzt. Sie brauchten die erforderlichen Impfungen für ihre Auswanderung nach Deutschland.

Der 30.04.2014 rückte immer näher. Wir hatten alle unsere Arbeiten rechtzeitig erledigt. Einige Tage vor dem geplanten Flug hatten wir bei Birgit und Hennig einen Abschiedsabend. Bis in die späte Nacht hinein saßen wir ein letztes Mal gemütlich zusammen. Schade, es hatte immer viel Spaß gemacht! Beide wollten uns auch am 30.04.2014 zum Airport bringen, worüber wir erfreut waren.

Wir sind wieder da

Am 28.04.2014 war es soweit, wir warteten auf die Spedition. Ein Teil der Möbel wurde bereits vor einigen Tagen abgeholt und zunächst in einem Lager der Spedition zwischengelagert. Nun sollte der Rest, die größere Menge, und unser Auto abgeholt werden. Auch unser Auto hatten wir mit Sachen vollgepackt.

Pünktlich zur vereinbarten Zeit standen sie vor unserer Tür und das Beladen konnte beginnen. Alles wurde zügig und professionell im Fahrzeug verstaut. Nachdem alles erledigt war, zahlten wir **2000,00 EURO** in bar. Der Restbetrag wurde bei der Anlieferung in Deutschland fällig. Jetzt brauchten wir nur noch unser Auto, die Schlüssel und die Papiere in vertrauliche Hände übergeben. Ein Mitarbeiter fuhr unser Auto zum Lager der Spedition. Der gesamte Transport sollte erst Tage später erfolgen. Das gesamte Umzugsgut und unser PKW wurden dann mit einem großen Fahrzeug nach Deutschland transportiert. Immer donnerstags erfolgt solch eine Tour. Das hat wohl etwas mit den Fahrverbotstagen an den Sonntagen in Frankreich und Deutschland zu tun. Man will damit die aufgezwungenen Stillstandszeiten verkürzen. Wir schauten beiden Fahrzeugen noch nach und wünschten uns, dass alles problemlos verlaufen wird.

Gut war es, dass wir im Haus eine angemietete Küche sowie ein Gästebett hatten. So war gesichert, dass wir die letzten beiden Tage schlafen und uns auch noch versorgen konnten. Wir ließen die beiden letzten Tage ruhig vergehen, denn diese Ruhe hatten wir uns durch die Anspannung der letzten Monate redlich verdient.

Am Abend des 29.04.2014 waren wir noch ein letztes Mal zum Meer gegangen. Dort blieben wir aber absichtlich nicht allzu lange, denn dieser schöne Anblick hätte uns mental nur zusätzlich aufgewühlt.

Die letzte Nacht hatte ich nicht besonders gut geschlafen. Zu viele Gedanken gingen mir im Kopf herum. Trotzdem war die Vorfreude auf den heutigen Tag groß. Nach dem Frühstück hatten wir die Zimmer nochmals gereinigt und unsere letzten Sachen im Koffer verstaut. Wir reisten ja nur mit einem Koffer, den beiden Tragetaschen mit unseren Katzen und Regina mit ihrer Handtasche. Alle nicht mehr benötigten Sachen, wie die Bettdecken, Bettwäsche, die Reinigungsutensilien, restliche Lebensmittel sowie den nochmals angefallenen Müll entsorgten wir am Müllplatz. Ungefähr dreihundert Meter musste ich zweimal mit diesem Zeug laufen, um es in die entsprechenden Container zu werfen. Ich erinnere mich noch genau daran, Mallorca zeigte sich an unserem letzten Tag von seiner besten Seite. Es war sehr warm, so dass ich barfuß, mit freiem Oberkörper und nur mit einer Turnhose bekleidet, zum Müllplatz lief und trotzdem richtig ins Schwitzen kam. Barfuß lief ich sowieso gern.

Um 10.00 Uhr kam die Verwalterin des Hauses. In Abstimmung mit unserer Vermieterin hatten wir vereinbart, dass die Übergabe des Hauses an die Verwalterin erfolgen soll. Gemeinsam gingen wir durch alle Räume und sie schaute sich auch den Außenbereich an. Mängel gab es keine. Das von uns vorbereitete Übergabeprotokoll wurde von ihr unterzeichnet und wir übergaben ihr sämtliche Schlüssel. Wir unterhielten uns noch eine ganze Weile, bis wir uns herzlich voneinander verabschiedeten. Für die freundliche und stets hilfsbereite Unterstützung bedankten wir uns bei ihr.

Nun war wieder ein Kapitel unseres Lebens abgeschlossen. Wir waren somit für nächsten Stunden „Obdachlose" auf der Insel Mallorca. Um 13.00 Uhr holten uns Birgit und Henning ab. Eine

Stunde vorher hatten wir Sissi eine halbe, von der Tierärztin verschriebene Beruhigungstablette verabreicht. Sie fährt ungern Auto, denn für sie ist es immer riesiger Stress. Die Ärztin sagte uns, dass die Wirkung ungefähr acht Stunden anhalten wird. Genau richtig, damit waren auch die Zeit des Fluges und die Autofahrt in Deutschland abgesichert. Nachdem wir unser Gepäck im Auto verladen hatten, fuhren wir ein letztes Mal die Strecke zum Airport, eine Strecke die wir zwischenzeitlich sehr gut kannten. Oft sind wir sie gefahren, um unseren Besuch abzuholen oder wenn wir selbst zu Besuch nach Deutschland flogen. Nun wurden wir zum Airport gebracht, zu einem Flug ohne Rückkehr. Es war schon ein seltsames Gefühl. Eine halbe Stunde später standen wir vor dem Abflugterminal. Wir verabschiedeten uns recht schnell, denn wir wollten keine Gefühle des Abschieds für immer aufkommen lassen.

Mit einem mulmigen Gefühl gingen wir zum Abfertigungsschalter. Werden sie die Tragetaschen mit unseren Katzen wiegen? Gott sei Dank! Es ging alles gut. Wir mussten die Tierpässe vorzeigen. Man schaute, ob alle Impfungen erfolgt und ob die Stempel der letzten klinischen Untersuchungen enthalten sind. In Spanien ist es Vorschrift, einen Tag vor Abflug die Tiere nochmals von einem Tierarzt untersuchen zu lassen. Wir hatten eine kulante Tierärztin, denn bereits beim letzten Arztbesuch hatte sie die Stempel mit dem Datum 29.04.2014 in die Tierpässe gedrückt. Genau nach diesem Stempel wurde intensiv in den Tierpässen gesucht. Die erste Hürde war überstanden. Angespannt wurde es nochmal beim Betreten des Abflugbereiches. Die Tragetaschen der Tiere durften ja nicht mit den Tieren auf das Förderband gestellt werden. Das war auch gut so! Wir mussten also die Katzen heraus nehmen, und sie auf dem Armen haltend, durch die Schleuse gehen. Ich trug Garfield und Regina Sissi. Bei Sissi merkte man, dass die Wirkung der Beruhigungstablette schon längst eingetreten war, denn auch auf der Fahrt zum Airport war sie ruhig im Auto. Garfield musste ich richtig fest halten, denn was wäre, wenn er mir aus den Armen springt? Er hätte sich sicherlich irgendwo vor Angst verkrochen. Aber auch hier verlief alles reibungslos. Da wir bis zum Abflug noch genügend Zeit hatten, gingen wir gemütlich bis zum Boarding-Bereich unseres Flugzeuges. Unser Flieger stand schon bereit, wurde gerade bei unserer Ankunft betankt und für den Flug nach Hannover vorbereitet. Wir telefonierten noch ein letztes Mal mit Juana. Auch sie war schon in voller Vorfreude, denn in ungefähr drei Stunden können wir uns wiedersehen. Sie wollte nun auch nach Hannover losfahren, um uns dort abzuholen. Kurze Zeit später, nach unserem Telefonat, war es so weit, es ertönte die Durchsage:

„Ihr Flugzeug steht nun zum Einsteigen bereit. Bitte halten sie auch ihre Pässe und Bordkarten bereit"! Auch hier verlief alles reibungslos. Nachdem wir unsere Sitzplätze gefunden hatten, verstauten wir die beiden Tragetaschen mit unseren Katzen unter den vor uns befindlichen Sitzen.

Geschafft!

Adiós Mallorca!   Auf Wiedersehen **Mallorca**!

¡Qué te vaya bien!   Alles Gute für die Zukunft!

Wir waren so aufgeregt, die Zeit des Fluges kam uns unendlich vor. Nach ungefähr zwei Stunden und vierzig Minuten landeten wir auf dem Airport von Hannover. Zügig gingen wir zum Kofferband. Dort sahen wir bereits Juana hinter einer großen Glasscheibe im Außenbereich stehen. Unsere Begrüßung war sehr herzlich, wir hatten alle drei Tränen in den Augen. Es war ein unbeschreiblich schönes Gefühl! Hier auf dem Airport von Hannover begann unsere Auswanderung, genau hier endete sie auch: **„Die Geschichte einer Auswanderung- Mallorca hin und zurück"**!

Inhalt

Verrückt nach Meer	7
Erste Urlaube auf der Baleareninsel Mallorca	15
Der Countdown hat begonnen	23
Das Jahr der Entscheidung	28
Die letzten Monate und Tage in Deutschland	38
Goodbye Deutschland	57
Die Einweisung und Übergabe	63
Der Start auf Mallorca	67
Im Labyrinth der Behörden	76
Pech und Pannen	91
Der erste Besuch unserer Lieben	99
Ein bewegtes Jahr ging zu Ende	115
Ein neues Jahr hat begonnen	119
Aus Nachbarn werden Freunde	133
Die Feste feiern wie sie fallen	143
Unsere Besuche	150

Auf den Straßen Mallorcas	155
Die Tiere auf dem Grundstück	167
Weitere Familienaufgaben	181
Mallorcas Glanz verblasst	190
Wehmut und Heimweh macht sich breit	207
Die Entscheidung ist gefallen	214
Wir sind wieder da	227

Nachwort

Fast zweieinhalb Jahre durften wir die Insel Mallorca in ihrer ganzen Schönheit erleben.

Wir erlebten nicht nur das smaragdgrüne Türkis des Meeres, in dem sich das Azurblau des Himmels spiegelt. Nein, wir erlebten auch die Vielseitigkeit zwischen Wäldern, Wiesen, Hügeln und Tälern, zwischen Ackerland und dem Gebirge. Wir durften auch die Veränderung von Anblick und Schönheit zwischen den Jahreszeiten genießen. Das weiße und rosa Meer der Mandelblüte im Februar, das satte junge Grün, wenn die Gräser sprießen und das leuchtende Rot der Mohnblumen. Wir sahen aber auch im Sommer weite Flächen beigefarbener, von der Sonne verbrannter Erde.

Wir haben liebevolle und freundliche Mallorquiner kennengelernt. Der familiäre Zusammenhalt mallorquinischer Familien ließ uns staunen. Bemerkenswert fanden wir auch den Stolz und die Pflege alter Traditionen, wie zum Beispiel der „Ball de Bot" ein Volkstanz in mallorquinischer Tracht, der heute noch an Kinder und Jugendliche weitergegeben wird. Alte mallorquinische Lieder die früher bei der Feldarbeit gesungen wurden, werden heute noch auf den alten Musikinstrumenten wie der „Xeremies" oder der „Ximbombes" auch von jungen Menschen gespielt.

Danke Mallorca!

Wir hatten eine sehr schöne Zeit auf der Insel, die uns für immer in Erinnerung bleibt!

Quellen

Mallorca Magazin
deutschsprachige Wochenzeitung auf den Balearen
Kristiane Albert Verlag

Mallorca Zeitung
deutschsprachige Wochenzeitung auf den Balearen

El Aviso
monatliche Gratiszeitschrift
Verlag Calles an Francisco 56 E- 07620 Llucmajor

Inselzeitung
monatliches Gratismagazin
Produkt des Medienhauses Mallorca S.L.

New Mallorca
monatliche Gratisbroschüre
Herausgeber: New Mallorca c.b. Nelly Berens, Stefan Götz c/Sant Jordi 21 07199 Sant Jordi Palma de Mallorca Illes Baleares/España

Richtig mieten auf Mallorca
Ratgeber für Langzeitmieter in Spanien 2009
Volker Saupe
Books on Demand GmbH, Norderstedt
ISBN 978-3-8391-0154-4, PB.